本书出版获云南大学一流大学“中国语言文学”学科建设项目资助

本书系国家社科基金项目“云南少数民族民间文学稀见资料整理与研究（1958—1983）”（20CZW059）阶段性成果

云南大学 | 少数民族民间文学调查资料丛刊

云南大学1963年
怒江民间文学
调查资料集

Collection of 1963
Nujiang Lisu Autonomous Prefecture Folk Literature
Survey of Yunnan University

云南大学文学院 编

商务印书馆
创于1897 The Commercial Press

雲南大學 | 少数民族民间文学调查资料丛刊

顾　问

张文勋　李子贤　李从宗　张福三　冯寿轩

编委会（按姓氏笔画排列）

王　新　王卫东　伍　奇　杜　鲜　李生森
杨立权　张　多　陈　芳　罗　瑛　段炳昌
秦　臻　高　健　黄　泽　黄静华　董秀团

云南大学少数民族民间文学调查资料丛刊

前 言

王卫东

这套丛书的整理出版是一件偶然的事——准确说，是源于一件偶然的事。2006 年 5 月的一天，杨立权冲进我的办公室，兴冲冲地对我说："王老师，挖到宝了。"他迫不及待地告诉我，在四楼中文系会议室旁边小房间的乱纸堆里发现了云南省民族民间文学调查的资料，我和他跑上去，看到杂物堆上的少数民族民间文学调查资料，有署名"云南大学中文系少数民族语言文学教研室编"的 1964 年和 1979 年版的《云南民族文学资料集》，有署名"云南大学中文系"的 1979 年 12 月版的《民族文学作品选》，有署名"云南大学中文系少数民族文学概论师训班编"的 1980 年 6 月版的《民族民间文学资料》，有署名"云南大学中文系"的《云南民族文学资料》，还有署名"云南大学中文系印"的 1980 年 4 月版的《云南民族文学资料》、署名"云南大学中文系翻印"的《云南民族文学资料》，此外还有很多"云南大学中文系翻印"的各少数民族文学作品选，最为珍贵的当然是云大中文系调查整理的云南少数民族民间文学资料。大家都非常高兴，这纯属意外之喜。2005 年 8 月份我任中文系主任后，有两项重点工作：文艺学博士点申报和教育部本科合格评估。博士点获批，我就全力以赴做评估的准备。除了常规的教学档案整理之外，我希望借此机会把我之前做的科研档案扩展为人员档案和中文系系史，于是就请杨立权把中文系资料室和其他地方的东西清一清，图书杂志造册上架，供师生查阅；教材著作如果数量多，部分留存后可以给愿意要的学生，不必堆在那里浪费；涉及中文系历史的资料分类整理，作为历史档案保留。没想到整理过程中惊喜连连，在图书杂志之外，发现了很多会议记录、规章制度，还有讲义、教案、课程表、历届学生名单、毕业论文、学年论文、课程作业，甚至还有入党申请书……出乎意料又令人惊喜的是，还发现了《阿诗玛》的多个版本。这次的发现，更是令人想不到的大喜事。杨立权带着学生把四楼和一楼彻底清理后，将名为“云南民间文学资料”的油印版单独归类，我和他审查后确认，主要有 1964 年、1979 年和 1980 年三批。随后我和杨立权给中文系所属人文学院院长段炳昌老师汇报了这事。段老师对中文系的历史以及民间文学调查比我和杨立权更为熟悉，也更了解这些资料的价值。我也给黄泽兄说了这事，他是专家，为此很是高兴。过了一段时间，我和段老师去见张文勋先生，告诉他这个发现。张先生极为兴奋，说 1964 年中文系印出来以后，部分进行交流，大多用作教学。这套资料主要留存在云大中文系和云南省文联。“文革”期间，省文联的全都流失不存，中文系的也不见踪影。他也曾动过寻找的念头，但“文革”后百废待兴，1984 年初他离任中文系主任后不再参与管理，中文系的办公室、资料室地点屡迁，资料室人员变动频繁，他以为这些资料已经消失，没想到竟然从杂物堆里打捞了出来。

资料有了，下一步就是整理和出版的事。但就在这个环节大家出现了分歧。我力主出版，认为署名不是问题，少数民族民间文学调查是政府主导，各个单位安排的，属于职务成果，不是任何个人的，统一署名云南大学中文系调查整理，把所有署名者列出即可。但不少人还是有所顾虑甚至是顾忌，担心到时出现署名权的争议。编纂出版是出于公心，是为云大，是为学术，但最终责任由个人承受，这就不值。2004 年至 2005 年曾任文学与新闻学院党委书记，时任云大宣传部长的任其昆老师认同我的看法。但当时有顾虑的人毕竟更多，这事也就搁下了。

虽然出版被搁置，但这套资料的价值在那里，谁都清楚。杨立权还带着学生整理，段炳昌老师和董秀团老师等会讨论这书的处理方式，老先生们也不时会提到这事，主要是李子贤先生。每年去见李老师时，他都会说到这套书。他基本同意我的看法，但也担心出问题，毕竟有前车之鉴。一次，我与何明兄聊天时说到这事，他马上就表态，经费由他担任院长的民族研究院解决，中文系和民族研究院联合整理出版，作为中文学科和民族学学科的共同成果。遗憾的是最终没有落地。那些年虽然我在很多场合都在说这套书，告诉大家这是不可复现、不可再得的，强调它的唯一性、不可替代性，说明它在史学、文学、民族学、社会学以及学术史等方面的学术价值和社会价值，但出版的事一直拖而不决。2015 年学校给中文系 50 万的出版经费，我准备抓住这次机会把书出了，不再左右顾虑。请学校把出版经费直接划拨给云南大学出版社，同时把全部资料给了他们，希望他们先录入，再组织人员进一步整理、出版。但没想到年底，学校进行教学科研机构调整，我调到云大艺术与设计学院主持行政，这套书自然就离开了我，虽然我还时时惦记着它。

没想到，这套书确实与我有缘。2020 年，学校把我调回文学院主持行政。在了解文学院近几年的情况时，我得知这套书仍未完成整理，决定借助云南大学百年校庆把这事解决了。在学院党政联席会上我提出文学院百年校庆的活动内容，包括编写院史、口述史和整理出版这套书，这个想法得到文学院班子的支持。几经波折，这套书的整理出版终于露出了曙光。

在文学院校庆活动的会议上，确定由何丹娜副书记具体负责院史，陈芳副院长负责口述史，张多、高健负责这套书的整理，我整体统筹。后因资料从出版社取回后由张多管理，张多做了很多的整理工作，还以此申报 2020 年的国家社科基金项目并获批，就由张多具体负责，并以百年中文课题立项的形式组建团队进行整理、录入和校对。

我原来希望这套书由云南大学出版社出版，但由于云大出版社五年内换了三任社长，社内领导班子也几经变动，编辑变化很大，直到 2020 年再次启动时，这套书与 2015 年我离开时几无区别。（负责这套书的副社长伍奇老师在 2015 年底调整时调离了出版社，也无法再管这套书的整理出版，更不清楚这套书的着落，直到 2021 年她还提醒我把资料从出版社取回以免遗失。）我担心云大出版社在2023年百年校庆时不能完成这套书的编辑出版，有老师推荐商务印书馆。应了好事多磨这话，这套书确实否极泰来，遇上了一个好编辑，冯淑华老师了解到这套书的情况后，以极高的效率完成了报批，使这套书进入出版程序。虽然这两年中诸多波折，但冯老师都以她的超常耐心和毅力，忍常人所不能忍，迎来了最终的圆满。在此对冯淑华老师致以最高的感谢！

这套书能够面世，首功当归杨立权老师。他是当时不多、现在罕见的只为做事不问结果的人。他发现了这些资料，才有了这套书的出版。包括这套书在内的所有中文系少数民族民间文学调查资料最初都是他带着学生整理的，从杂物中找出来，分类归档，标明篇目，顺序陈放。没有杨立权老师，就不可能有这套书。

另外要感谢张多老师。这套书整理的工作量和难度是没参与的人难以想象的。首先是工作量，当初谈论这套书的整理，大家都认为应该以1964年版为基础，1979年、1980年版为参考和补充。段炳昌老师和我们也讨论过，认为应以云大中文系师生调查整理的资料为原则，至少是云大中文系师生为主调查整理的文本才能纳入，杨立权老师找到的资料从1958年一直到20世纪80年代中期，除了1977年以后是云大中文系师生调查整理的，参与调查整理的人员来自云南省的各个地区和单位，全部纳入，体量太大。即便如此，内容仍然十分庞杂，一则上述三个资料集之外的资料还有很多，二则三个资料集以及其他资料都混杂着不同单位的搜集整理者的文本，有一些并没有云大中文系的师生参与，需要仔细甄别。这就需要了解和熟悉那个时期云大中文系师生以及他们参与调查、整理的情况。其次是难度，编辑整理这些资料对学术水平的要求很高，要有学术眼光，有学术史的标准，有严谨的学术态度，有细心和耐心。整理时应该忠实于材料，尽可能呈现出最初的样貌，不能依据自己的立场观点，或者为了文雅、结构的“合理”、避免“重复啰唆”等随意增减删改，否则就成为改写本，这也是对整理者的考验。（其实，民间文学中的重复是其非常重要的结构特点，是文本的必要构成。我在给学生讲课时，曾提及《诗经》的“风”和后来的“乐府”诗，保存了民间歌谣，但有得亦有失，得是如果没有当时官府的搜集整理，我们无法窥见当时的民间文学；失是人们见到的文本都是经过雅化的，这就大大降低了这些作品的价值。1964 年版的“前言”里说“对这些原始资料，除字句不通加以适当修改外，一律不予删改，保持原始面貌，以提供研究之用”，这体现了老一辈学者的学术智慧。）此外，1964 年的版本是手刻油印的，1979 年、1980 年版部分文字是当时的简化字，没有经过那个时代教育的师生可能不认识，等等，这也增加了录入和校对的难度。感谢张多老师和他的团队，给我们呈现出一个较为理想的文本。

还要感谢李子贤先生。我和黄泽兄管理中文系后，于教师节以中文系的名义去慰问两位老师，又让中文系办公室恢复了他们的信箱，请他们参加中文系的活动，李老师也就顺势回到中文系。（2005 年他告诉我，以后他的会议就由中文系主办，之后他主导的学术会议确实都交给了中文系。）整理这些资料时发现 1964 年、1979 年、1980 年版各有问题，1979 年版少了两册（已记不住哪两册，好像是 18 册和 21 册）。幸运的是，去看望李子贤老师时，说起这事，李老师说他家里也保存了一部分，放在老房子里，刚好有这两册。这又是一个意外之喜，看来老天爷也想促成此事。之后几年去看他，他都与我谈起这些资料，支持整理出版。2015 年底，我调到云大艺术与设计学院。随后几年我与李老师和任老师联系较少（李老师给我打过电话），直到 2020 年确定回文学院，我给李老师打了个电话。他听到我的声音，第一句话就是“卫东，这么多年，你终于想起我们了”。听我说回到文学院后准备出这套书，他叹道：“早就该出了。”

感谢张文勋先生。张先生是云南省民族民间文学调查的全程参与者，也是 1977 年以后把少数民族民间文学调查作为毕业实习主要项目这个传统的决定者。1979 年、1980 年版的资料集，1980 年为“全国《少数民族民间文学概论》师资培训班”编印的《民族民间文学资料》都是在他任上编印的。

感谢段炳昌老师和黄泽老师。他们从学理上明确了这套书的学术价值和现实意义，提出了不少有关整理的原则和方法。段老师一直是这套书整理出版的推动者。

感谢董秀团、高健、伍奇、段然各位老师。他们在不同时间、不同程度，以不同方式参与了这套书的整理，推动了这套书的出版。尤其是段然老师，由于出版单位的变换，给她的工作带来了不便和冲击，但她了解到整个过程后，表示对调整的理解。我们以 1980 年为界，之前的交由商务印书馆出版，之后的云南少数民族民间文学调查资料以及所有年代的影印版交给云大出版社。感谢小段老师的理解和支持。

还要感谢云南大学校领导的支持。校党委林文勋书记今年 7 月到文学院调研时，我把这套书的出版经费作为第一项诉求，得到他的明确表态支持。感谢于春滨和张林两任"一流办"主任，得知这套书的价值后，他们都表示支持。张林兄去年年底上任后就把这套书作为重点支持项目，这次在省财政经费未足额下拨的情况下，他把这套书的出版经费单列，才保证了这笔钱没在最后关头被争先恐后的报账者们"抢走"。

最后，要感谢上世纪三十年间进行云南少数民族民间文学调查的各位前辈，是他们不畏艰辛，克服重重困难，才给后人留下了一批无法复现、不可替代的一手资料，让我们能隔着半个多世纪的时光，触摸到那个时代的脉搏，感受那个时代人们的情感，得以重现那个时代的社会面貌。那个时代的人们借助于这些资料而复活，各位调查整理的前辈因了这些文字而永恒！向各位前辈致敬！

六十年，这套资料从口头文本到纸质文本；十六年，这套资料从重新发现到出版。与这套书结缘的人或有始无终，或有终无始，只留下我经历从重新发现到出版的始终。终于得以出版，为这套书做出贡献的所有人也可以心安了！

2022 年 12 月 23 日于云南大学映秋院

编纂说明[1]

张多

2023年是云南大学建校满100周年的重要节点，同时也是云南大学中国语言文学学科办学100周年。民间文学是云南大学文科的重要组成部分和特色专业方向，自1937年徐嘉瑞先生到中文系[2]执教开始便一直贯穿在中文系教学、科研、文化传承的脉络中。

民间文学注重到民间去采风，或曰搜集整理。这里主要指的是将民众口头讲述或演唱的散韵文学，转化成书面文字，这其中包含录音、记音、听写、记录、誊录、移译、转译、整理、汇编、校订、注释、改编等若干技术性手段。当然，对云南来说，对各民族书面典籍的搜集整理和翻译也同样重要。

云南大学中文系在20世纪开展了若干次大规模少数民族民间文学调查，积累了一大批原始资料。这些资料有的已经先期单行出版，有的被纳入了一些民间文学选集，但遗憾的是一直没有集中公开呈现。这套“云南大学少数民族民间文学调查资料丛刊”便是弥补缺憾的一项重要工作。

---

① 本文撰写承蒙段炳昌教授指导，专此致谢。

② 云南大学中文、历史二科在很长时期内为合并建制，或为文史学系，或为人文学院。这一时期即为文史学系。

一、影响深远的几次大调查

1940年，时任云大文史系主任徐嘉瑞（1895—1977）完成了我国第一部研究云南民间戏曲花灯的专著《云南农村戏曲史》[①]。在写作过程中，他开展了广泛的实地田野调查，常请昆明郊区农村的花灯艺人讲剧本。徐先生1945年的大著《大理古代文化史》也具备系统的田野调查基础，包含大量民间文学资料和分析方法。这种实地调查的传统在云大中文系特别是民间文学学科一直保持至今。

在这一时期，云大文科各系的学者如闻宥、方国瑜、陶云逵、邢公畹、光未然、岑家梧、杨堃等，都开展过或多或少的民间文学实地调查，并且兼备语言学、历史学、社会学、民俗学的方法，这对当时文史学系的学生产生了重要影响，其中包括后来的著名民间文艺学家朱宜初、张文勋等。

1958年9月云南省委宣传部牵头组织了大规模“云南民族民间文学调查”。这次调查是当时云南省最大规模、最专业的一次民间文学调查，由来自云南大学中文系、昆明师范学院中文系、中国作家协会昆明分会等单位共计115人组成7支调查队，分赴大理、丽江、红河、楚雄、德宏、文山、思茅（今普洱市）调查。这次调查涉及苗族、彝族、壮族、瑶族、白族、哈尼族、傣族、傈僳族、佤族、拉祜族、纳西族、景颇族、阿昌族、怒族、德昂族等民族。调查队在各地又与地方文化干部、群众文艺工作者、本民族知识分子百余人合作，搜集到万余件各类民间文学文本。云大中文系是这次调查活动的最主要力量，当时绝大多数教师和学生都参与了调查。参加调查的一些成员后来成了云大民间文学学科的重要成员，如张文勋、朱宜初、冯寿轩（当时在省文联）、杨秉礼、李从宗、郑谦、张福三（当时为本科生）、杨光汉（当时为本科生）、傅光宇（当时为昆明师院本科生）等。

---

① 徐嘉瑞:《云南农村戏曲史》，国立云南大学西南文化研究室，1940年。

这次调查云大师生所获成果颇多。比如在采录文本基础上，张文勋先生领衔的大理调查队撰写了《白族文学史》、丽江调查队撰写了《纳西族文学史》初稿，作为“三选一史”[①]的示范本，堪称中国少数民族文学研究的里程碑。此外还出版了许多单行本，比如彝族创世史诗《阿细的先基》[②]、纳西族创世史诗《创世纪》[③]、彝族创世史诗《梅葛》[④]、彝族经籍史诗《查姆》[⑤]等。这次调查从搜集文本的数量来说，傣族文本数量最多，比如叙事长诗《千瓣莲花》《线秀》《葫芦信》《娥并与桑洛》等傣文贝叶经和口头演唱文本都得到详细整理。[⑥]“1958 年调查”这一时期，李广田（1906—1968）校长非常重视民间文艺，同时张文勋、朱宜初开始在学坛崭露头角，他们借助大调查，顺势推动了民族文学、民间文学学科建设。

1959 年，在著名文学家、时任云南大学校长李广田的主持下，云大中文系开办了中国首个中国少数民族语言文学本科专业，并于 1959 年、1960 年、1964 年招收三届学生 100 余人。这三届学生中走出了秦家华、李子贤、左玉堂、王明达等一批民间文学家。1962 年和 1963 年，少数民族语言文学专业的师生组织了两次毕业实习，也即民族文学调查。由于这两次毕业实习调查去的地方多为“1958 年调查”未涉足且交通艰险的地区，因此两次实习得到云南省人民政府和云南大学的强力支持。其中 1962 年实习分为三个队，赴小凉山彝族地区、迪庆藏族地区和西双版纳傣族地区，由朱宜初、

① “三选一史”是 1958 年中宣部的计划，包括中国民间文艺研究会主持的各地歌谣选、各地民间故事选、民间叙事长诗选，中国科学院文学研究所主持的少数民族文学史。

② 云南省民族民间文学红河调查队搜集翻译整理：《阿细的先基》，云南人民出版社，1959 年。

③ 云南省民族民间文学丽江调查队搜集翻译整理：《创世纪：纳西族民间史诗》，云南人民出版社，1960 年。

④ 云南省民族民间文学楚雄调查队搜集翻译整理：《梅葛》，人民文学出版社，1960 年。

⑤ 云南省民族民间文学楚雄、红河调查队搜集，郭思九、陶学良整理：《查姆：彝族史诗》，云南人民出版社，1981 年。

⑥ 1958 年调查的原始资料现主要收藏于云南大学文学院，另有部分资料藏于云南省民间文艺家协会。

杨秉礼、张必琴、杨光汉等教师带队；1963年实习赴彝族撒尼人地区、独龙江独龙族地区、怒江怒族和傈僳族地区调查，由朱宜初、杨秉礼，以及毕业留校的青年教员李子贤、秦家华带队。这几次实习采风的原始资料，包括彝族撒尼人长诗《阿诗玛》、怒族《迎亲调》，以及钟敬文极为重视的藏族神话《女娲娘娘补天》[①]等，现藏于云南大学文学院。

李子贤是1962年和1963年调查的主要成员。他于1959年考入云南大学首届少数民族语言文学本科专业。1962年2—7月，他以学生身份参加了小凉山（宁蒗彝族自治县）调查队到泸沽湖区采录彝族、纳西族摩梭人的民间文学。正是这次调查改变了他的文学观，他开始将兴趣转入少数民族民间文学，尤其是神话学。1963年他毕业后留校任教，又以教师身份带领独龙江调查队进入独龙族地区。

独龙江流域是20世纪中国疆域内最封闭的地区之一，地处我国滇、藏和缅甸交界处。进入独龙江，需要先进入怒江大峡谷，沿江而上到达贡山县城，再翻越高黎贡山脉，一年中有半年大雪封山。1963年7月到1964年2月，李子贤带领调查队历经磨难进出独龙江峡谷，这是中国学者首次对独龙族民间文学进行专题调查。这次调查成果中比较有代表性的，如1963年11月在独龙江畔孟丁村搜集的，独龙族村民伊里亚演唱的韵文体《创世纪》史诗文本，[②]这一口头演述传统在今天已近乎绝唱。

同一方向上，朱宜初、杨秉礼带队进入怒江大峡谷，对沿线傈僳族、怒族民间文学开展调查，取得丰硕成果，为研究怒江民间文学存留了宝贵历史档案。当时进入怒江大峡谷交通条件极为危险，调查队员向峡谷深处走了很多村落，一直到丙中洛的秋那桶村（近滇藏界）。这样的调查力度，即便在今天也是不容易办到的。

---

① 钟敬文:《论民族志在古典神话研究上的作用——以〈女娲娘娘补天〉新资料为例证》,《北京师范大学学报》（社会科学版）1981年第2期。

② 李子贤:《再探神话王国——活形态神话新论》，云南人民出版社，2016年，第207—227页。独龙族《创世纪》原始调查资料现藏于云南大学文学院。

另一边，秦家华带队到宜良、石林一带彝族撒尼人中间，不仅采录了经典叙事长诗《阿诗玛》的有关文本，还对撒尼民间文学做了全面搜集，留下宝贵资料。

在1978年之后，云大的民间文学学科得到恢复，时任中文系主任张文勋先生大力支持民间文学学科的发展，在原有师资朱宜初、李子贤、秦家华①的基础上，先后调入冯寿轩、张福三、傅光宇等，大大加强了师资力量，有效地支撑了民间文学调查和研究。

正是在民间文学研究特别是少数民族民间文学人才培养和研究方面的突出成就，加之1956年到1964年间的大规模调查成绩，1980年教育部委托云大中文系举办“全国《少数民族民间文学概论》师资培训班”。②1980年3月，来自中央民族学院、吉林大学、吉林师范大学、中山大学、新疆大学、贵州大学、西藏师范学院、青海师范学院、西北民族学院、西南民族学院、广西民族学院等16所高等院校的20多名中青年教师参加了学习。钟敬文亲临昆明为学员授课，发表题为《谈民间文学的收集记录整理和出版问题》的演讲，他认为“收集就是田野调查”③，是科学性的体现。为了配合师训班，云大中文系又编选了28卷《云南民间文学资料集》，将上述几次民间文学调查的文本加以汇编。此次师训班的学员还在朱宜初、冯寿轩、杨秉礼、秦家华等云大教员的带领下，到德宏和西双版纳进行了民间文学调查，采录到一批傣族、阿昌族、景颇族、德昂族等的口头文本及贝叶经，比如《九颗珍珠》《遮帕麻和遮米玛》《神鬼斗争》等。后来，《少数民族民间文学概论》经过两届学生试用后于1983年正式出版，④系中国首部该选题教材。

此后，从20世纪80年代到90年代初，云大中文系的每一届本科生，

---

① 秦家华先生此时主要在云南大学《思想战线》编辑部工作。

② 1978年教育部召开文科教学工作座谈会，即决定委托云大举办该师训班。

③ 钟敬文:《谈民间文学的收集记录整理和出版问题》，1980年6月30日，手抄本，云南大学文学院藏。

④ 朱宜初、李子贤主编:《少数民族民间文学概论》，云南人民出版社，1983年。

都进行过民间文学搜集整理的专业实习。中文系教师朱宜初、李子贤、张福三、傅光宇、冯寿轩、杨振昆、邓贤、周婉华、李平、刘敏、段炳昌、秦臻、张国庆、木霁弘等教师先后作为带队教师，参加了民间文学调查。当时，朱宜初先生已年近六旬，仍远赴丽江、德宏等地的偏远山村，早起晚归，亲力亲为，率领学生深入调查。这一时期每次实习调查的时间通常在一个月左右，所获不少，留下了一批调查资料。

后来，民俗学、中国少数民族语言文学、中国民间文学专业的硕士研究生，以及中国少数民族艺术、中国少数民族语言文学、中国民间文学专业的博士研究生，在他们的学位论文研究过程中，也积累了一些新采录的民间文学文本。也就是说，到民间去调查、采录民间文学的传统，在云南大学中文系一直没有中断过。

二、1964 年和 1979 年的内部油印本

1958 年调查所搜集整理的数以万计原始资料，仅有少数得以出版或内部油印。1963 年以中国科学院云南分院的名义内部出版了《云南民族文学资料》，选用了部分文本。1964 年云南大学中文系内部油印了 21 卷《云南民族文学资料集》，多为手写字体，选辑了较多高质量文本。1976 年到 1979 年云南大学中文系内部陆续油印了 20 余卷《云南民族文学资料集》，主要是在 1964 年基础上增补了白族等的文本。这批油印本主要是 1979 年印制，个别是在 1976 年和 1977 年印制。1964 年、1979 年的两批资料集成为当时中国重要的少数民族民间文学一手资料，但因油印数量少，不易得见。

本次集中出版的文本，正是以 1964 年和 1979 年两批油印本为主要底本，整理过程中也参考了原始手稿。这其中筛除了个别不合时宜的文本。①

在 1964 年油印本每册的扉页上，都印有一段“前言”，说明了编选的基

---

① 例如不是云大主导的团队的文本或者有碍民族团结等的文本。

本原则和工作方式。“前言”落款为“云南大学中文系少数民族语言文学教研室”，时间是“1964年5月中旬”。其原文如下：

> 在党的领导下，我教研室教师将几年来调查的各族文学原始资料汇编成目，并选其中较好的作品以及具有较显著民族风格的作品油印成册。对这些原始资料，除字句不通加以适当修改外，一律不予删改，保持原始面貌，以提供研究之用。因此，这些资料只宜供少数做研究工作的同志用，不宜广大读者传阅。在研究时也应根据毛主席关于批判继承文化遗产的精神，分清精华与糟粕，加强我们研究工作中的战斗性与现实性。使我们所编选的这些原始资料在研究工作者的手中，能为社会主义服务，能为今日的工农兵服务。
>
> 我们对编选各族文学原始资料，还缺乏经验，其中一定还存在着不少缺点，还希望同志们提出意见。
>
> 并希望你们单位如果有少数民族文学、社会历史、风土人情等方面的资料，也请寄给我们。

也就是说，这次编选的原则是“选其中较好的作品以及具有较显著民族风格的”“能为社会主义服务，能为今日的工农兵服务”，因此原始手稿中许多与此相悖的文本未选入，这些筛选痕迹在原始手稿档案中都有记录。当时的少数民族语言文学教研室，1978年升格为“云南大学中文系少数民族文学研究室”，一词之易，却是当时比较前沿的尖端系设研究机构。后来，研究室的建制几经调整，形成了今天文学院的民间文学教研室、西南少数民族文学研究所、神话研究所的“一室两所”格局。

1979年油印本也有一个扉页“说明”，原文如下：

> 编印《云南民族文学资料》，目的在于：为民族文学工作者和爱好者提供原始资料，使它在整理云南民族文学遗产和发展民族新文学这

个艰巨又光荣的任务中，起到垫一块砖的作用。因此，我们在编辑时，对原始记录材料一般不作更动，精华糟粕并存，除非原文确实看不懂，或有明显的记录笔误，我们才做些变动。

资料的内容，包括云南各民族传统的和现代的有重要价值或有一定价值的叙事长诗、民歌、情歌、儿歌、神话传说、民间故事、历史故事、寓言、戏剧、曲艺等文学作品，以及对研究云南民族文学有相当价值的部分其它资料。

资料集今后将陆续编印出版。我们希望搜集和保存有这类资料的有关单位和个人，将你们的资料寄（或借）给我们编印；并且，希望你们对我们的工作随时提出批评和改进意见，我们将是非常欢迎和感谢的。

从这里可以看出，1979 年油印本更强调学术价值，并且对公开出版已经有了规划。但遗憾的是，这一公开出版的工作计划，一直持续了 40 年都未能付诸实施。

三、“丛刊”问世的始末

1979 年油印本实际上是在为 1980 年的全国“师训班”做准备，因此只选了小部分文本。而 1956 年以来若干次少数民族民间文学调查的原始手稿资料，多达数千份，还沉睡在中文系资料室。有鉴于此，历次调查的亲历者张文勋、李子贤、秦家华、冯寿轩、张福三，以及此时进入民间文学学科任教的傅光宇教授，都很看重系里这一笔资料遗产。但囿于经费和人手、资料规模庞大且千头万绪、出版条件制约等因素，在 1980 年“师训班”结束后，一直没有启动资料整理工作。这一阶段资料保存在东陆园的熊庆来、李广田旧居，这是会泽院后面的一幢中西合璧的小别墅。

1997 年中文系参与组建人文学院，2004 年又改组文学与新闻学院。这一阶段包括这批资料在内的中文系大量旧资料，已经转移到英华园北学楼，但由于资料管理人员变动频繁，此时已经无人知晓民间文学资料的确切情况，处于“消失”状态。

2006年，中文系再次参与重组人文学院，由段炳昌教授任院长、王卫东教授任中文系主任。正是2006年在杨立权博士的清理下，这批民间文学资料得以重见天日。这一阶段及此后数年，段炳昌、王卫东、黄泽、秦臻、董秀团等教授，都为这批资料的整理和出版计划贡献了很大心力。人文学院的建制一直维持到2015年底，其间还涉及学院整体搬迁到呈贡新校区。但因为中文系办公地点几经变更、出版意见存在分歧、经手工作人员也几经易替，资料的整理一度搁浅。

直到2015年12月，以中文系为主体组建文学院，学院又搬回东陆校区，进驻东陆园映秋院办公。李生森、王卫东两任院长以及李子贤、段炳昌、秦臻、黄泽、董秀团教授再次将这批资料的整理和公开出版提上议事日程，列为学院重点工作。为此，学院多次召开座谈会，张文勋、李子贤、李从宗等老先生在会上回忆了当时调查和整理的情况，并为出版这些资料献计献策。在资料识别录入工作早期，由时任云南大学出版社编辑伍奇博士经手整理；后期高健博士做了大量工作。

2019年，笔者正式接手主理此项工作。在上述老师以及赵永忠、陈芳、王新、黄静华、杜鲜、罗瑛等老师的支持下，组织本科生、研究生开展大规模的系统整理。并且，我们通过多种途径补齐缺漏文本、建立了档案和目录体系、在映秋院建立了资料贮藏室。在这一过程中，文学院李道和、何丹娜、卢云燕老师，云大出版社的王昱洋、段然老师，云大档案馆的宋诚老师，都不同程度提供了帮助。尤其是高健博士2021年接任民间文学教研室主任后做了很多幕后贡献。商务印书馆的冯淑华、张鹏、肖媛等编辑老师也在最后阶段给予了专业的支持。

从2004年算起，该项整理工作，先后获得了云南大学211工程项目、云南大学一流大学建设项目、国家社科基金项目、国家“十四五”出版规划项目、云南大学文学院“百年中文”项目、云南省“兴滇人才支持计划”青年人才项目、云南大学高层次引进人才支持项目等的资金支持。

需要说明的是，“1958 年调查”有一部分文本出于不同原因未纳入“丛刊”的首批出版。第一种情形是先期已经公开出版。例如纳西族史诗《创世纪》在 1960 年由云南人民出版社出版，1978 年、2009 年再版。第二种情形是搜集整理工作不是云南大学师生主导（但有不同程度参与）。例如《查姆》主要是云南师范大学师生搜集整理，但其中云南大学学生陶学良、黄生富等人参与了整理。而《阿细的先基》则主要是云南师范大学中文系师生搜集整理。第三种情形是后人重新整理，但原稿不全。例如壮族逃婚调《幽骚》，系刘德荣（云大中文系 1970 届毕业生）、张鸿鑫（云师大中文系 1959 届毕业生）在 1958 年调查油印本资料的基础上，于 1984 年重新搜集整理出版，但原稿已残缺。这些文本清理和研究也很重要，留待日后再做。

“云南大学少数民族民间文学调查资料丛刊”第一辑的分册安排如下：

《云南大学 1958 年白族民间文学调查资料集》，主要是 1958 年云南省民族民间文学大理调查队（张文勋先生领衔）搜集整理的白族民间文学文本，但实际上该册白族文本采录的跨度是从 1950 年到 1968 年。1956 年到 1958 年的少量文本采录为“1958 年调查”奠定了基础，1959 年到 1963 年的调查实际上是“1958 年调查”的延续，有些也是在撰写《白族文学史》的过程中的补充调查。其中也包括怒江地区的白族勒墨人、白族那马人的文本。

《云南大学 1958 年傣族民间文学调查资料集》，主要是 1958 年云南省民族民间文学西双版纳调查队（朱宜初先生领衔）、红河调查队在西双版纳、临沧、普洱、红河等地区搜集整理的傣族民间文学文本。

《云南大学 1959—1962 年傣族叙事长诗调查资料集》，主要是“1958 年调查”西双版纳调查队于 1959 年在西双版纳采录的叙事长诗，以及 1962 年云南大学中文系中国少数民族语言文学专业本科毕业实习，在傣族地区采录的长诗，包括《章响》《苏文》《乔三冒》《苏年达》《千瓣莲花》《召香勐》《松帕敏》《姆莱》《召波啦》等长诗。

《云南大学 1962 年藏族民间文学调查资料集》，主要是 1962 年云南大学中文系中国少数民族语言文学专业本科毕业实习，在迪庆、怒江等藏族地区采录的民间文学文本。

《云南大学1963年怒江民间文学调查资料集》，主要是1963年云南大学中文系中国少数民族语言文学专业本科毕业实习，在怒江和独龙江流域傈僳族、独龙族、怒族地区采录的民间文学文本，本册还包括迪庆州维西县傈僳族的资料。

《云南大学1962—1964年彝族、哈尼族、壮族民间文学调查资料集》，主要是1962年、1963年云南大学中文系中国少数民族语言文学专业本科毕业实习，在宁蒗、石林、红河、金平等地采录的彝族、哈尼族、壮族民间文学文本。

《云南大学1980年德宏民间文学调查资料集》，主要是1980年“全国《少数民族民间文学概论》师资培训班”教师和学员，到德宏傣族景颇族自治州采录的傣族、阿昌族、德昂族、景颇族民间文学文本。此外还附有田野调查笔记。

四、跨越70年的师生代际协作

20世纪五六十年代的几次大调查，是师生合作的成果。那个时代，研究和教学条件简陋，外出调查的交通和后勤条件非常艰苦。但在青年教师和青年学子的通力合作之下，这几次调查反而是取得成果最丰硕的。20世纪七八十年代及此后的调查，大体也采取师生合作的方式。

从1964年和1979年油印本的署名情况来看，可以大致整理出从1958年到1963年参与历次调查活动的师生名单，这也是本“丛刊”所收入文本的来自云南大学的调查者名单。需要说明，由于当时具体调查人员的细节难以考全，以下名单是不完全名单。

时任教师：

张文勋、朱宜初、张必琴、张友铭、杨秉礼、李子贤、秦家华、郑谦、徐嘉瑞[①]等（当时还有其他教师参与，暂未考出）

本科生：

1944级汉语言文学：陈贵培

1947级汉语言文学：朱宜初

1948级汉语言文学：张文勋

1951级汉语言文学：杨秉礼

1954级汉语言文学：赵曙云

1955级汉语言文学：张福三、杜惠荣、杨天禄、魏静华、喻夷群、李必雨、王则昌、李从宗、杨千成、史纯武、景文连、朱世铭、张俊芳、戴家麟、向源洪、吴国柱、刁成志、杨光汉、佘仁澍、戴美莹、“集体署名”[②]

1956级汉语言文学：周天纵、余大光、李云鹤、“集体署名”

1957级汉语言文学：高连俊、余战生、陈郭、唐笠国、罗洪祥、仇学林

1958级汉语言文学：陶学良、陈思清、吴忠烈、陈发贵、黄传琨、黄生富

1959级中国少数民族语言文学：李仙、李子贤、秦家华、曾有琥、田玉忠、李荣高、郑孝儒、马学援、杨映福、周开学、吴开伦、马祥龙、符国锦、罗组熊、李志云、翁大齐、梁佩珍、朱玉堃、王大昆、段继彩、杞家望、陈列、孙宗舜、卢自发、曹爱贤、雷波

1960级中国少数民族语言文学：杨开应、李承明、马维翔、胡开田、吕晴、苗启明、李汝忠、左玉堂、张华、吴广甲、肖怡燕、何天良、李蓉珍、

---

① 徐嘉瑞在1958年这一时期，已经调任云南省文联主席，但他对云大师生的“1958年调查”亦有诸多指导和帮助。

② 也即署名了班级，未署名具体人员。

董开礼、夏文、张西道、冷用刚、李中发、李承明、陈荣祥、杨海生、张忠伟

2019年底接手整理工作之后，文学院专门划拨实训场地存放这批资料，又以百年校庆和百年系庆为契机，为组织学生参与整理提供了制度和资金支持。在突遇新冠肺炎疫情全球大流行的困难条件下，首批出版整理工作到2022年夏天正式完成，并提交商务印书馆。在这一阶段，笔者带领学生，将科研与教学相结合，高效推进了文字电子录入、校对的巨量工作。参与资料整理、录入、校对的学生名单如下：

本科生：

2018级汉语言文学：张芮鸣

2019级汉语言文学：高绮悦、常森瑞、施尧（白族）、李江平（彝族）、张乐、王正蓉、李志斌（回族）、丁斯涵、赵潇、王菁雅、赵洁莉（壮族）、杨丽睿、任阿云、张芷瑄

2019级汉语国际教育：陈佳琪、张海月、李堋炜（白族）、黄语萱、黄婉琪、顾弘研（彝族）、林雪欣（壮族）、罗雯、万蕊蕊

硕士研究生：

2018级民俗学：郑裕宝、陈悦

2018级中国现当代文学：田彤彤

2019级民俗学：刘兰兰、龚颖（彝族）、晏阳

2019级中国少数民族语言文学：王旭花（彝族）

2020级民俗学：梁贝贝、周鸿杨、张晓晓

2021级中国少数民族语言文学：赵晨之、曾思涵、冉苒、茜丽婉娜（傣族）、宋坤元、郑诗珂、夏祎璠、吴玥萱、闵萍、杜语彤、黄高端

2022级中国民间文学：满俊廷、徐子清

博士研究生：

2020 级中国少数民族语言文学：王自梅（彝族）

2021 级中国少数民族语言文学：杨识余（白族）

2022 级中国民间文学：杨慧玲

上述学生，全部听过民间文学有关课程，他们都对民间文学有或多或少的兴趣。在整理工作的第一阶段，本科生对文字录入有重要贡献；整理第二阶段，早期硕士生对校对工作贡献较大；整理第三阶段，后期硕士生和博士生对细节编辑工作贡献了力量。

从 20 世纪 50 年代的师生合作调查，到 21 世纪 20 年代初的师生合作整理，这些半个多世纪以前的文本再次发挥了科研和育人作用。如果从徐嘉瑞先生算起，从调查、油印到再整理、出版的过程，中间大约经历了本系七代学人。目前所呈现的“丛刊”是正式出版的第一批文本。当然，调查、整理的成果和荣誉是属于几十年来参与此项工作的全体师生的，而出版环节如有失误和瑕疵则由编者负责。

五、整理和编辑说明

“丛刊”的整理、研究和出版，经历了一个非常艰难的过程。其“艰难”主要是由于这批历史资料游走于口语和书面、民族语和汉语、原始记录和整理文本之间。对待这种特殊性质的历史文献档案，不仅要具备民间文学和少数民族文学的基础理论素养，还要有对云南现代社会文化史、行政区划史、民族关系史的相当把握。许多学生在整理资料的过程中，不断暴露出知识盲区，这是课堂教学所不具备的锻炼机会，同时对笔者来说又何尝不是呢。

“丛刊”编辑的过程中有一些情况，需要做如下说明：

（一）年份问题

由于20世纪下半叶本系经历过多次民间文学调查，规模大小不一，地区远近不等，因此有些民族的调查时间跨度比较大。比如白族的调查资料时间跨度从1950年到1968年，其中以“1958年调查”的资料为多，其前期预备工作其实从1956年就开始酝酿，那时候中国民间文艺研究会、云南省文联都参与过有关工作。“1958年调查”是从1958年底开始的，一直到1959年底结束。而后来为了编写《白族文学史》又进行过若干次补充调查。在这样的情况下，虽然资料搜集整理的时间年份不一，但由于“1958年调查”这一事件是核心，因此资料集以“1958”为题，以彰显“以事件为中心”的民间文学学术史理念。其他几册的情形也基本如此，年份命名都以学术史眼光来加以判定。

（二）篇名问题

民间文学书面整理文本的题目，或曰篇名，基本上都是搜集整理者根据文本情况起的，多数并不是民间口传演述的题目。在民间演述过程中，往往也不会刻意起一个题目。因此在1964年、1979年油印本中，有很多篇目的标题相互嵌套，比如《开天辟地神话》《开天辟地的故事》《关于开天辟地的传说》，同时使用了三个文类概念。对这种情况，编辑者一律将其改为“神话”，如遇到重名，则采取“同题异文”的编排方法，在同一篇名下区分“文本一”“文本二”。有少量标题比如“情歌”“儿歌”之类，大量重复，为了区分则用起首句子重起标题。

（三）地名问题

由于从20世纪五六十年代至今，云南省的行政区划发生了巨大变迁，地名变化较多，本次“丛刊”统一采用2022年的地名和行政区划。在必要时对原地名和原行政区划做出标注，以利研究。地名标注统一使用全称，例如红河哈尼族彝族自治州、耿马傣族佤族自治县等。云南省地市级行政区划的地名变更主要涉及“思茅地区——普洱市”“玉溪地区——玉溪市”“丽江地区——丽江市”，县级行政区划的地名变更主要涉及“中甸县——香格里拉市”“路南彝族自治县——石林彝族自治县”“潞西市、潞西县——芒市”“碧江县——泸水市、福贡县”等。乡镇级行政区划调整主要是合并、撤销居多，统一使用当前区划名称。

（四）族称问题

德昂族在20世纪80年代之前被称为“崩龙族”，本书中一律使用现称“德昂族”。独龙族在20世纪80年代之前被称为“俅族”“俅人”，本书中一律使用现称“独龙族”。

对于现有56个民族之下各民族的支系，有的支系在学术研究上常常单另看待，这部分民族支系统一采用“某某人”的写法，例如白族勒墨人、彝族撒尼人、壮族沙人。

（五）语言问题

“丛刊”在整理过程中，语言和文字的识别和订正是最大的障碍。

第一，1964年、1979年油印本使用了大量“二简字”，“二简字”系中国文字改革委员会1960年向全国征集意见、1966年中断制订，到1972年恢复制订、1975年报请国务院审阅，1977年12月20日正式公布的汉字简化方案。“二简字”于1986年6月24日废除。因此，大量笔者以及学生都没有使用过“二简字”。识别并更正“二简字”造成了极大工作量，对2000年前后出生的学生来说更是极大挑战。

第二，许多少数民族民间文学翻译成汉语的时候，采用了云南汉语方言词汇，例如“过了一久”“老象”“咯是”等。笔者相对精通云南方言词汇，整理过程中全部保留了原词，必要时加注释解释意思。

第三，有些民族语词汇翻译时采用了不同的汉字，比如“吗回”“玛悔”“妈瑞”都是“穷小子智救七公主”故事的标题，这种情况都保留了原用字，并加以说明。有个别地方采用了通行用字。

第四，油印本中的用字不规范之处，皆予以更正，比如“好象”改为“好像”，“一支老虎”改为“一只老虎”等。

第五，由于油印本年代较久，保存状况较差，有些地方由于纸张破损、墨迹晕染、墨迹淡化、手写字迹潦草等，无法辨认。对无法辨认的字，如果能根据上下文还原的，皆予以补全；如果无法还原，则用脱文符号“□”占位。

第六，由于云南各少数民族普遍通用包括汉语在内的多种语言，故有的文本是用民族语讲述后经过翻译的，有的文本则是讲述者用汉语讲述的，这一点在部分文本原稿中并没有明晰的记录，故无从查证。

第七，本“丛刊”有很多文本涉及傣语、彝语、白语、藏语等民族语的词汇，有的如果用汉语思维去理解会有逻辑瑕疵。对此，我们尽量保留原文面貌，交给有语言背景的读者去判断。

第八，有的同一个词语，原整理者在不同篇章作注，表述上略有差异。为保持原貌，予以保留。

（六）体例问题

“丛刊”文本大多数都有采录信息，包括讲述者、记录者、整理者、翻译者、时间、地点、材料来源等数据项目。这些信息对研究来说意义重大，因此全部保留，有些信息还根据资料整理成果予以补全。个别文本没有任何采录信息，为了体现油印本的收录全貌，也都予以保留。

凡标注为“编者注”的脚注，都是“丛刊”编者所作，没有标明的都是原整理者所作脚注。

（七）表述问题

原文本中，有些文类划分、文类表述有歧义，比如“寓言故事”。这一类问题皆按照当前最新的民间文学理论加以订正，力求表述清晰。对于材料来源的表述，没有特别说明的，都是口头演述。

原文本中有些表述，在今天的学术伦理中属于原则问题的，皆予以删除。例如有一则故事的附记是“内容宣传 × 教，作反面材料”。这显然是不符合当前学术伦理的。还有有关历史上多民族起义事件的传说，也涉及一些不符合当前民族宗教表述伦理的语汇，也予以删节。

（八）历史名词伦理问题

在个别文本中，原搜集记录者标出了讲述者的“富农”“贫农”身份，这是特定历史时期用来区分人的手段，带有对讲述者的政治出身评判，因此出于学术伦理的考量，一律删去。

（九）署名和人员问题

纳入本“丛刊”的文本，都与云南大学中文系有关，或是由云大师生搜集整理，或是由云大组织调查，或是搜集整理工作与云大师生有合作关系。但是涉及的具体人员未必都是云南大学的，例如刘宗明（岩峰）是西双版纳州文化馆工作人员、金云是宜良县文化馆工作人员、杨亮才是中国民间文艺家协会著名学者等。这些民间文艺工作者居功至伟，特此致谢。

1980 年“师训班”赴德宏等地的调查人员中也有来自其他高校的学者，这部分学者已尽可能注明其单位。

由此牵涉出的所谓“版权”问题，在此作如下说明：第一，中国民间文学的知识产权划分问题到目前为止并没有形成立法共识，学界、法律界和全国人大为此已经开展了若干次大讨论。如果从有利于传承中华优秀传统文化的角度来说，民间广泛流传的口头文学（包含与口头法则有关的书面民间文学材料）的知识产权不应只属于特定个人（尤其不应专属于搜集整理者），因为“专利化”不利于民间文学在广大人民群众中的再创编、传播、流布和共享。第二，“丛刊”已经尽最大努力还原每一篇文本的讲述者、翻译者、整理者，并标出姓名，如有读者能够提供未署名部分的确凿证据，编者十分欢迎并致力于还原学术史。第三，“丛刊”致力于为学术界、文化界和广大群众提供历史资料，如有读者引用、采用本“丛刊”文本，恳请注明出处和有关署名人员。

有些文本，在云南大学中文系前辈手中经过了二次整理，例如傣族的《岩叫铁》于 1958 搜集整理，到 1985 年张福三、冉红又对其重新整理。对此，“丛刊”尽量将两个文本都加以呈现，并对新整理文本有关人员也予以署名。

编者衷心希望和欢迎历次调查、整理的亲历者提供资料。如条件许可，后续我们将继续编选《续编》，出版此编以外的散佚资料和 20 世纪 80 年代以后的文本。在此，也要向在调查、整理和编纂各个阶段发挥巨大作用的张文勋、朱宜初、李子贤、秦家华、傅光宇、张福三、冯寿轩等先生致以崇高敬意。在出版过程中，商务印书馆的编辑冯淑华、张鹏、肖媛三位老师付出了许多心力，使得“丛刊”避免了诸多讹误。在此特致谢忱。

2023 年 2 月 22 日于云南大学东陆园

目　录

第一编　傈僳族民间文学

第二编　怒族民间文学

第三编　独龙族民间文学

第一编

傈僳族民间文学

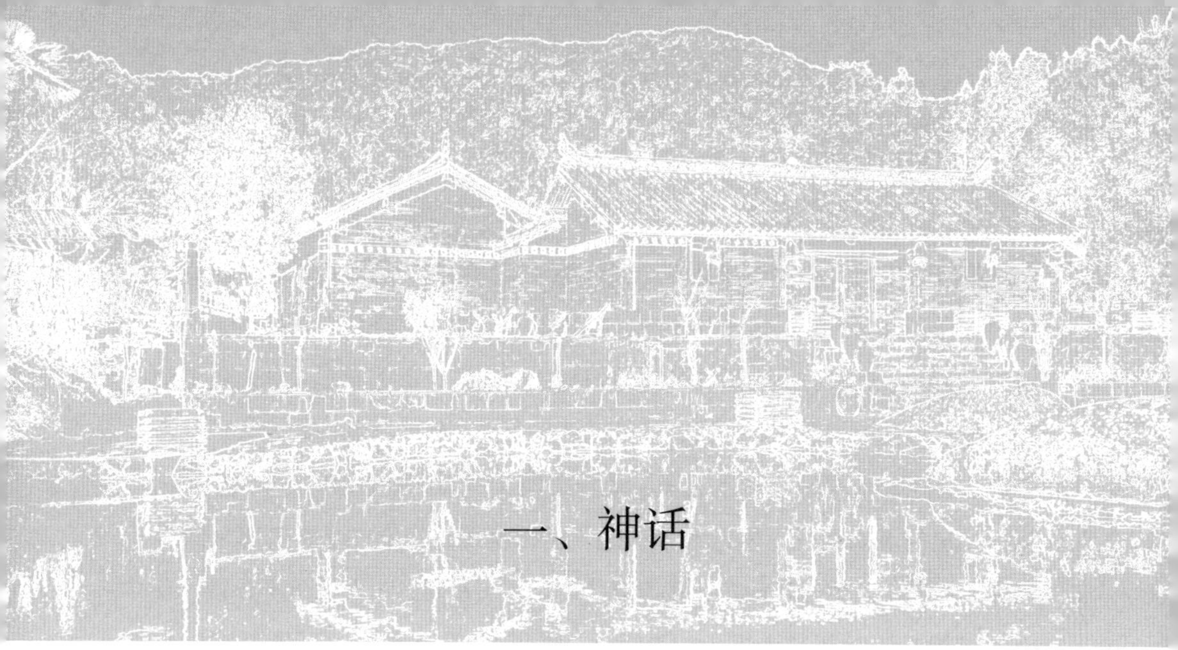

一、神话

开天辟地的故事

记录者：杨秉礼、陈荣祥
翻译者：李小允
搜集地点：云南省迪庆藏族自治州维西傈僳族自治县康普乡齐乐村托拔组[1]

古时候有两兄妹，他们已没有父母。妹妹每天放一条牛、一条猪，哥哥每天种地。但是今天挖完地，第二天又生出草来，天天如此，他很奇怪。晚上他要去瞧瞧，见一个白胡子老倌用手棍去扒平土，他说：“阿老，我辛辛苦苦地挖地种粮食吃，你为什么把土扒平了？”老人说：“你还种什么粮食吃？隔两三天地要翻过来，你赶快把牛、猪杀了，把肉吃了，把牛皮缝成口袋，你们兄妹两个钻进去，把牛皮挂在树上。世界上动物都飞进去，你们莫伤害它们，把它们好好装起来。”他听老人的话，照着办了。

① 本书少数文本的搜集地点是迪庆藏族自治州下辖的维西傈僳族自治县，如果按照行政区划来说，这确实不属于“怒江傈僳族自治州”。但是，维西县紧邻怒江州的福贡县、贡山独龙族怒族自治县、兰坪白族普米族自治县，且维西县境内碧罗雪山是怒江和澜沧江的分水岭，因此维西县也可以算作是广义“怒江”地区的组成部分，此次调查任务亦分属怒江调查队，故符合本书题旨。——编者注

第二天晚上，真的山崩地裂，到处都“顶荀，顶荀”地响。他们照老人的话去做了。第三天，耗子咬牛皮，咬通了一个洞，哥哥用石头打下去，听听有水声，第二次打，打不响了，他们打开牛皮，见世上没有人烟。放出动物，他们到处走，走了好几天，见松树丛里有火，他们照着亮处走去，见两个老人，他们的眼睛已看不见了，老奶奶做饭，煮熟给老倌吃，老倌煮饭，煮熟，递给老奶奶吃，他们两个一递，兄妹就接过来吃，老奶奶递来的哥哥接着吃了，老倌递来的妹妹接着吃了。吃了一小份，三天肚子不会饿。有一天老奶奶说：“我肚子饿了，煮的饭去哪里了？”老倌说：“我不是递给你了吗？”老倌也喊饿，老奶奶也说：“煮熟都递给你了嘛。”他们两兄妹听了，齐声说：“大妈、大爹，我们吃了。”两个老人听见人说话，知道世上还有人烟，心里高兴了。原来老倌是太阳，老奶奶是月亮。

老奶奶、老倌领俩兄妹去看牛打架，在海边有一条红花牛和一条黑花牛，是两条龙，地翻了洪水泛滥就是因为牛打架惹起的，兄妹两个用桑树枝做成弩弓和箭，把牛射死，他们射死了牛，就在地上画了两匹马，马就能跑，他们兄妹骑起马就跑，一直跑到老人处。二老说：“世上没有人烟，你们两个是夫妻，不是兄妹。”他们两个说：“不行，我们是兄妹。”两个老人说：“你们是世上的人种，你们不信把磨盘放在两座山上。”两兄妹一个背一扇，放在两座山上，第二天真的合在一起，他们两兄妹没法：“我们真的是人种了。”老人一样给他们一点东西，叫他们栽种，动物也有了，老人也不见了，这时白天太阳出来了，晚上月亮出来了，照得亮晃晃的。

两兄妹到处走，找到瓜种，找到地方住下，结出了一个大瓜，瓜越长越大，两个人舍不得吃，有一天忽然瓜内孩子乱，切成两瓣，男的女的一对对的在瓜里，他们顺着鼻梁划下去，成了夫妇，他们喊“爹爹，妈妈”，找来吃的，送给母亲、父亲吃，从此找来鱼的就姓余，找来鼠的就姓褚，找来雀的就姓雀，送来熊的就姓熊，姓由这时起。

老人对他们说箭没打失，第一个太阳出来没射，以后出来的射好了，以前有十二个太阳，其他十一个太阳被他射死了。

以前因为有十二个太阳，猫热得受不住，在地上打滚，就打起火，从此有了火。火由猫身上起。

创世纪

记录者：杨海生、张文臣
翻译者：蜂汝铨
搜集地点：云南省迪庆藏族自治州维西傈僳族自治县叶枝镇松洛村

文本一

远古时候，传说世间的一切地方都会出水，人大多淹死了，只剩下三个人——两个哥哥、一个妹子，他们辛勤劳动。第一天，兄妹挖了地，第二天去，挖起的地又合拢了，第三天再到地里，菩萨坐在田中央，把地又铺平了。老大拿出刀子，去刺杀菩萨。菩萨说："昨天我铺平了地。今晚五更天，无论天上地下，动植物都要出水，把整个大地淹没。我在这里特意告诉你们，不要动刀动武。"

三个人听了受感动，菩萨为他们杀了牛，做成两个皮口袋，一只口袋能装两个，一只口袋装一个——老大单独一只口袋。

菩萨对老大说："鸡没有叫以前，你把牛皮套在身上，并且拴在一棵大树上。"又对两兄妹说："另一只牛皮内装下你们兄妹俩，再放进一只公鸡、一条狗、一把刀以及各种粮食作物种子。鸡没有叫以前，把牛皮拴在一块大石崖上。公鸡叫两遍，你们将要升上天空九次，降下来七次，这时，你们在牛皮袋上开个小洞，放狗出去；鸡叫三遍，再把洞口开大一点，放鸡出去。鸡叫过三遍，你们便可以出去了。当你们出去后，会很难过，但是，不用怕。"

午夜，大水暴发，拴在树上的老大给淹死了。鸡叫了两遍，共住在一个皮口袋里的两兄妹，拿出小刀，在牛皮上划开一个小洞，把狗放出去，听到水已经把狗冲走，发出哀叫；鸡叫三遍，牛皮上的小洞又给划大了一些，再把公鸡放出去。鸡一样被水冲走，发出一阵哀啼。鸡啼过三遍，兄妹把牛皮上的小洞再划大，眼睛向外望，水已经干涸，洪水退尽。

人出来，只见一片光亮，树木、石头……全都没有留下。兄妹二人很悲痛，感到做人的困难，因为不单没有父母姊妹，他们再也找不到一个人了，世界上只留下他们两个。没有一件衣服，也没有一头牛，更没有一个碗。他们放声地大哭，一边哭，他们这样想："幸好菩萨为我们留下很多种子……"

二人边向前走边说，在前面发现一根金拐棍。金拐棍划成同样大小的两半，兄妹二人一人拉一根。兄妹二人拄着金拐棍，前面遇着一条江。他们分开了，哥哥沿着上游走，妹妹沿着下游走。他们要去找地球上剩下来的人。各种作物种子一样平半分，他们约定，每走一天，每住了下来歇宿，都要把各种作物种子播下一对。

路上，兄妹二人都没有东西吃，因为他们舍不得吃种子。每到一处，住了下来，总是吃草度日子，也许菩萨为他们生出一种草，专供他们食用。这样过了一年多，他们相遇了，并且一个认不出一个来。

相遇了，同样拄着金拐棍，却是互相不认识。他们哭着，相互诉说，通过金拐棍，他们才认出是亲兄妹。兄妹二人一个拉着一个的金拐棍哭，打算一起回到原来所在的地方——洪水发生前的居住处。一路所过，他们发现路上种下的种子都成熟了，并且恰好够每天的吃喝，今天吃完，到明天宿营，住处的种子又熟了。

兄妹二人走呀走，遇着一盘手磨和两座山。他们坐在两个梁子①中间，各拿了一扇磨，站在两个山梁的尖顶上，哥拿上扇，妹拿下扇。"如果世上

① 梁子：在云南，该词常被用来命名山峰。——编者注

真的只剩下我们二人，磨盘从山梁上滚下，哥的磨盘压在妹的磨盘上，我们只好做夫妻。”果然，从两个山梁上滚下来的石磨合在一处了。第二次，他们遇上两口锅——菩萨为他们着意要放好，兄妹二人按照先前滚磨的方式，一人拿一口锅，到山梁上去滚。两口锅从两座山头滚到下面的沟里，一点不差地合在一起。

这样，他们做了夫妻。可是，过了很长很长的日子，他们没有孩子。这时，他们的年纪已经相当大了。

一天，他们种瓜，男的挖坑，女的放种子，边劳动边唱着伤心的调子，还掉下了眼泪。这样过了七天，种下的瓜开花，马上结出了小瓜。二人成天看着小瓜哭。

绿颜色的小瓜，过了七天，变成黄色的瓜。黄色的瓜经过一个月，长得有房头大。后来，经过了两年，这个黄色的大瓜，黄得更令人喜爱，仔细地听，从瓜里面传出各种民族的语言和笛子、二胡等乐器的声音。从此，二人天天到大瓜那儿听，这样打发着日子。听了四天，到那第五天，女的对男的说：“瓜里的声音不像人发出，像是鬼和怪发出的声音。”他们觉得很奇怪，解释不出是什么原因，于是，商量着到大山上向菩萨要来一把刀，想划开大瓜，看里面究竟是怎么一回事。

菩萨给了他们一把七尺长的大刀，是从天上掉下来的。二人得到大刀，回到大瓜旁，对着天祷告：“如果老菩萨你给我们带来人种，这把刀砍在大瓜上不能受伤一个，里面若是鬼，便要在刀下死亡。”瓜破开，里面有两个鬼，一个让刀砍死，一个逃跑了。大瓜里面有三隔人，怒族、独龙、傈僳、纳西、白、彝……所有种族都包括在其中。

从瓜里出来的各个民族，各自唱着本民族的歌，回到发洪水前该民族居住的地方。

夫妻二人想到，他们起先用石磨、锅的巧合结成夫妻，一直过的凄苦日子，没有一个孩子，曾为不能在世间传下人的后代而忧伤，经过了多次向菩萨请求，现在又有了这众多的民族，有什么困难，都可以互相求助，再不担忧传不下后代。从此，二人生活得很快乐。二人给瓜里出来的各族人民分粮食，教会他们种地、下种、薅锄……农作技术，使他们学会了耕作。学会种地，庄稼十分有收成，吃不完，用不尽，出现了煮吃的方法。

要想吃熟食，可是没有火，生产出的粮食还不能煮吃呀！后来，听说一个地方经常滚石头，二人到了那儿。二人见石头从上面滚下来，每当两块石头相碰撞，都散出火花，火花一圈一圈地爆发着，忽熄忽亮。最初，当火星一冒，火叶子一燃，树枝被烧着，二人看了慌，心里害怕。树枝虽然燃烧着，由于害怕，他们返回去了，没有取到火。过了三天，二人又去看，走到山头，见火已经烧尽。他们发现一只被火烧死的麂子。由于没有刀，二人你一块我一块地啃，吃起来味道很鲜美。他们说："火烧出来的东西这样好吃，不知火的用处有多大？"这时候，他们拿到一粒火种，在山上做了一次试验，用它烤身子，觉得很舒适。后来，他们把火抬到一个大岩洞，把粮食拿了试着烧吃，觉得比前几年吃的作物更加可口。经过多次试验，他们不让火熄灭，随时看守着，于是，二人喊来从瓜里出来的各民族人民，对他们说："我二人费了很长时间，发现了这样好的火，这样方便的火，大家拿去吧……"还当着众人的面，如先前一样给他们做试验，讲明了火的用处，把所有的粮食作物一种一种地做成熟食分给大家吃，并说明保管的方法。这些各民族人民十分感谢他们二人，说："我们以前没有粮食的时候，你们二人给我们解决，也教给我们耕作方法，现在，又新发现用火，解决了我们生活上的不便，给我们带来莫大幸福。往后还应该不断地给我们指教。"后来这些众多的民族，每隔十天来一次，向二人请教经验，如何种好粮食，如何保证过好生活。

经过对各民族人民的教导，一二年后，这二人联想到水荒以前所过的生活：有锅，在锅里做饭，又新鲜又好吃；有锄头，才能在劳动中方便。二人拿出在山上滚用过的两口锅，在锅里煮出各种不同的粮食，给各民族吃。他们觉得，有火有锅，为人带来了方便和幸福，可是，许多民族没有碗，没有勺子，光用两手抓吃。二人在日常生活里，出了不少主意，想了不少办法，才又回想到水荒前铁器等的用处。他们在路上走着走着，发现一把斧头，二人用斧头放倒一棵大树，做了一个大风箱[1]。二人又在山上走着走着，发现无数的煤，带回家中，终于烧出了炭，用铁矿打成所需的工具，如做成了凿子，制成了木碗、木盆、镰刀、剪子……这样，生活中可算带来十分的幸福了。二人召集各民族的人民，送给了他们日常生活所需要的多种用具。二人又发明了盖木楞房和楼房，人的住处多了，各族人民一样地学会建制房子的技术。然后，二人又联想到水荒前麻的种植方法和用途，把麻籽撒在地上，麻立刻长出来。刈了麻，用麻织成布，做成衣服，做成许多其他用品，世界上的生活更方便了。当初，麻布的质地差，经过多年的加工和改进，质量提高了，手工操作的技术大大改进。

在许多年的时间里，有了手磨可仍然不会运用，只能拿颗粒煮，不会磨细成粉面，二人又联想起水荒前手磨的用途，他们拿先前滚过的手磨磨出面粉，做成了粑粑和各种吃食。这样，更使生活得到方便。

文本二

从瓜里出来了许多民族，其中有一个民族中有一个人，他不听菩萨的话，菩萨给他说了很多话他都不听，最后，他跑到森林里变成一只猴子摘野果吃。他到森林后，俩兄妹多次地去找他说，但他还是不听。现在猴子在树林里的原因，主要就是不听菩萨和俩兄妹的话。

俩兄妹死了以后，从瓜里出来的各个民族，没有了领导人，社会上发生了混乱，产生了战争。战争出现了很久，在第二次战争中，出现了一个很贫穷的人，他提出意见说："不要战争了，否则世界要灭亡的。"他还说："你们如果还要发动战争，那么你们两边共同商量，选出一个领导人来，这样

① 大风箱：打铁用。

就不会再发生战争了。”后来真的选出了一个领导人。这个领导人很穷，自选出来这个领导人后，战争才平息下来，人口得到了发展。这个领导人因为人口一天天地多起来，自己无法治理了，他就提出说：“现在人口多了，我无法领导，最好是你们各民族中自己选出一个本民族的领导人，各族治理各族，这样更方便些。”

各族听了他的话以后，就各自商量，每个民族都选出自己的领导人。在各族选领导人的这天，开了一个“娱乐大会”。在会上各个民族唱各个民族的山歌，在唱的当中，虽然他们各个民族唱的声音不同，但是，唱的内容都是诉苦，说：“前一段的战争太不应该了，我们都是一个父母养的，后来发生了战争，自己人打自己人，确实太对不起祖先了。”群众在唱的时候又商量出在每年的过年时，都要大家集中起来在一起唱调子、跳舞，这样过了十多年，原选的领导人都已死去，重选了一个领导人。

这人良心非常黑，常年四季靠剥削人民为生，他同情有钱人，仇恨贫穷的人民，在他的统治下，受苦的人一天天多起来，人们吃不上穿不上，过着牛马不如的生活。人民在实在无法生活的时候，只得逃到山林里面去依靠吃野果为生。选出来的这位“领导人”把各村较聪明的人都抓来做自己的军队，用军队来控制人民，免得人民对自己反抗。他公开地说：“各个地方的树林、土地都是我的，应该归我来管理。”他大量地用这些土地来剥削人民，这样一来，受苦的人遍居天下，人民由于无法生活，就产生了偷盗抢劫，有的人怕别人抢，连一只鸡、一口猪都不敢养。在这样的日子里，闹得夫妻分家，丈夫把自己的牛羊赶到山上去，妻子的无法只得放在家里。丈夫把自己的牛羊赶到山上说：“我的牲口随它养在山里，等我想吃肉的时候再去杀。”牲畜放在山里时间长了，猪变成了野猪；鸡成了野鸡；牛成了野牛；羊成了岩羊、麂子……原来羊在山里是有一只狗保护着的，由于羊变了，狗也就变成了豺狗。

因为家畜都变成了野的，男的背着几斗粮食到山里去拿也无法拿到，置扣子[1]拴也无法拴到。后来男的没有办法，只得又转回来和自己的妻子团圆，和妻子在[2]了一久[3]，妻子又给他做了干粮，叫他到山里去打猎。男的背着粮食到了山上，看到自己下的扣子拴到一只麂子，他就把麂子背着往回走，在路上他发现自己的影子，认为是有人跟着他来要肉吃。他急忙把自己背着的麂子肉一块一块地割下往后丢，手一丢去，影子射在地上，他看到又是一只手伸出来，又赶忙割一块麂子肉丢去，手一丢去，又是一只手的影子射在地上，他又急忙去割肉丢。一直把自己背着的麂子肉都丢完了才为止。到家里，他高高兴兴地把自己拴到一只麂子的情况告诉爱人。他爱人问他说："打到猎，肉背到什么地方去了呢？"他听妻子一问，就把一路有人伸手要肉吃的情况告诉她，妻子听了就急忙背起筐子，顺着男人来的路去把肉捡回来。妻子回到家里对自己的丈夫说："你以后不要到山上去了，要吃肉在家杀我的牲口吃。"

妻子背回来的肉并没有敢吃，先送了一部分去给头人。头人知道有人到山上去打猎，就下令说："以后在山上打猎也要上税。"从此以后，头人对人民的剥削又加进了一步。

由于头人对人民的剥削一天天地加重，劳动人民无法生活，他们在这样的情况下，只有组织起来，在夜里去偷偷地杀头人。在这一夜只杀了一个小头人，并没有杀到大头人，这事被大头人知道以后，就派来许多军队把所有会讲话的人都杀了。穷苦的人都杀完了，最后只剩下一个男孩和一个女孩。

这两个小孩他们天天到河里捡一些小虫来吃。最后在一个岩脚发现一个小洞，他们就住在里面，不给有钱人知道，后来妹妹给哥哥缝了一件树叶子衣服，哥哥穿起衣服就去山上了。妹妹离开了哥哥，慢慢地就变成了一只猴子。一天，哥哥在山上唱起一支山歌："没有爹爹的孤儿，没有妈妈

① 扣子：猎人打猎的一种用具，用以使野兽落入圈套。
② 在：云南汉语方言，意为"在某地方待着"。——编者注
③ 一久：意为"不久"，是云南汉语方言，故遵照原始资料。

的孤儿，穿着树叶的可怜家。”[①]在这时他们村子里的放羊人听到了他的歌声，就跑去看他。那放羊人看到他穿着山茶花叶做成的衣服，觉得很奇怪，后来他们就将他领了回去，到家里就将他的树叶衣服脱去，脱了树叶衣服发现里面还穿着一件羊胡子（羊胡子是从树上长出来的一种植物，很长，绿白色）衣服。放羊人脱去他的羊胡子衣服，就将自己的衣服脱下一件给那孩子穿起来。原来这放羊的人是头人的奴隶，他非常同情受苦的人们，他看到了这苦孩子，就将他领到头人面前，并把详细情况说给头人，请求头人把这孩子留下。头人听了说：“这是人家不要的人，用树叶捆了丢去山里的，不要领来我家里。”放羊的人没有办法，就把孩子安置在头人的房子脚下睡。有时带出一点东西来给他吃。

放羊的人每天去放羊，那孩子天天在那头人的房后睡，没有吃的就去讨饭吃。有一天小孩穿着放羊人给的衣服，躲在头人的大门后面，太阳出来照在他的身上，他就唱起一支山歌说：“爹爹来到了，妈妈来到了！”头人听到了他的歌声，就拿起一根棍子来问他说：“你为什么这样唱？”小孩听了就改变口气说：“我是说阿爹好好地抚养你，阿妈好好地抚养你。”头人听小孩这样说就没有打他。从那天后小孩就天天帮村里的人家和头人家扫地。帮村里人扫，他们给小孩粮食吃，帮头人家扫，头人家只给他糠吃。这样一直过了十年左右的时间，在这一段时间中，小孩看到太阳出来，向太阳磕一个头问：“太阳，我的父母到哪里去了？他们为什么会死？”月亮出来了，他向月亮磕一个头说：“月亮，我的父母到哪里去了？他们是不是死了？如是死了，他们为什么会死？”太阳和月亮都告诉他说：“你的父母已经死了，他们是被万恶的头人杀死的，他们没有什么罪恶。”小孩听了太阳和月亮的话，就把这仇恨牢牢地记在心里。

有一天，小孩帮一家人扫地，在那家大门后面拾到一把十分漂亮的刀

① 这三句翻译注明它的意思是：我为什么没有爹，我为什么没有妈，他们去哪里了？我为什么这样可怜？

子。他怕被人发现，就把刀连着灰土扫到一个粪坑里。有一天，小孩给[①]别人家借来一口破烂不堪的锅，从那天起，他天天给头人烧洗脚、洗脸水。慢慢地，头人对他也就喜欢了，给了他一些破衣服穿，并叫他把那口破锅还给了人家，去拿自己的好锅来烧。这样就给了小孩一个奴隶地位，叫他天天烧水。孩子一天天地勤快起来，并且去唱一些很动听的歌子。头人不但喜欢孩子的勤快，同时也很喜欢听孩子唱的歌。有一天，头人对孩子说："你如果真正想做我的儿子的话，你一晚上侍我三样水，一样是洗脚水；一样是洗脸水；一样是洗下身水。"小孩听了非常生气。从此小孩就经常注意头人家里的武器。

有一天，小孩心里想："我这样大了还没有一个名字，不如自己起个名字去问问头人是不是要得。"他想了半天，起什么好呢？起"报仇"，不行，这样土司听了一定要把我杀了的。究竟起什么好呢？起个"望春"是不是可以呢？不管，先问问头人是不是可以。他就去问头人说："现在我已这样大了，为了方便你们在使唤时好叫，今天我给自己起了一个名字叫'望春'。现在想问问你老人家是不是要得。"他才说完，头人就说："奴隶的名字，高兴叫什么就叫什么，何必要来问我，滚你的蛋！"从此小孩的名字就自起望春。

头人天天压迫望春，逼迫望春侍三样水。有一天，望春脱去衣服，把身上沾上蜂蜜，又沾上棉花，把前几天发现的刀子藏在手背下，等头人来接洗脸水的时候，一到就把头人杀死了，望春杀死了头人，为父母报了仇，就急忙逃出来，许多军队看见头人家出来了一个白毛人，以为是出现神鬼了，都大吃一惊，各人逃命去了。望春看到那些军队都逃跑了，也觉得害怕起来，就背着刀子跑到另一个地方去了。他走着走着，来到一座大山头上，唱出了一支幸福的歌儿："爸爸的仇人杀掉了，妈妈的仇人杀掉了，今后我也幸福了，今后人民宽心了。"这时，山里有放羊的母女二人，她们听到了望

① 给：此处为方言发音，意为"跟"。——编者注

春的歌声，也唱了一首："做个放牛伙伴来，做个放马伙伴来，因为没有男人，因为没有丈夫，肮脏的头发解不开。"

望春听到后又唱：

一年十二个月，
一月三十天，
十二月完花要开，
三十天完树叶绿起来。

母女唱：

没有丈夫多可怜，
没有男人多孤单。
有牛没人去犁地，
有马没人背上骑。

望春：

为了寻求爱情，
舍不得丢的太阳丢掉了，
舍不得丢的月亮丢掉了。
头发长得不好看的女人，
我知道你在这里放牛。
头发长得不好看的妈妈，
我知道你有一个漂亮的姑娘。
我就是来找女人，
我就是来谈爱情。

母女：

左一山来右一山，
母女放牛多孤单。
这山虽有鲜花开，
可惜没人采花来。

望春：

山上鲜花鲜又鲜，
树上叶子绿茵茵。
我本想把鲜花扯，
可怜无衣怕见人。

母女：

赶着牛来找男人，
赶着牛来找丈夫。
一年只有春生草，
牛吃青草等着你。

望春：

山上堆着雪，
树上结着冰，
为了使放牛的人幸福，
为了使放马的人愉快，
山上栽起了金树，
山上栽起了银树。

母女：

栽下金树牛得活，
栽下金树马不饿。

望春：

金树长出来，
是为了你放牛；
银树长出来，
是为了你养马。

母女：

树叶长出，我们宽心，

树叶长出，我们幸福。
放牛人儿心愉快，
摘个叶子口里吹。
放马人儿心高兴，
吹吹叶子散散心。

望春：

你要树枝尽受折，
你要树叶尽受摘。
北斗星星亮晶晶，
照着我们在谈情。
可怜我没衣裤穿，
星星下面难见人。

母女：

如果你没衣服穿，
我们丢给你羊皮；
如果你没裤子穿，
我们丢给你牛皮。
穿着羊皮来见我，
围上牛皮来谈情。

望春：

放牛不要说牛皮，
放马不要说马皮，
不是牛皮是绸子，
不是马皮是绫罗，
现在我有了绸子，
现在我有了绫罗。
我获得了新生，

我获得了幸福。
如果你喜欢做我的媳妇，
如果你喜欢做我的爱人，
那么将来不要破裂感情，
要像棕树四季常青。
栽树要栽金树，
栽树要栽银树，
要使金树开金花，
要使银树结银果。
今天有了金树，
今天有了银树。
天塌下来我不反悔，
地崩山摇我心更坚。

姑娘：

如果你变成了我的丈夫，
如果你变成了我的男人，
父亲死了可以活转来，
母亲死了可以还魂。
点起灯也找不到，
太阳地下也难寻。
你我二人配成双，
真是神仙未决定。

望春听到她们母女是真心喜欢他，就慢慢地走到她们身边。母亲见到望春过来，就先回去了，让他们二人畅快地谈。母亲在回家的路上唱：“金花有人爱上了，银花有人来摘了，今后做不动的活儿不用愁了，今后抬不起的东西有人来帮忙了。”唱着就回去了。

山上只有姑娘和望春独坐在一块石头上，姑娘低下了头，显得不好意思的样子，望春看到这种情形就唱：

栽得了金树，
今后我们必得金果；
栽得了银树，
今后我们必得银果。

姑娘：

如果我们没有感情，
金花开了也会谢掉的；
如果我们不是真心，
银花也会被人丢掉的。

望春：

今后要让金花开得更鲜，
今后要让银果结得更壮。

姑娘：

如果我俩真做夫妻，
那么就先回去我的家里。

望春：

我们回去养母亲，
这些牛马交给谁？

姑娘：

如果爱情是真心，
牛马自然有山神。

望春：

这样我们就回去，
好好奉养父母亲。

母亲回到家里，就先做好饭，等候女儿和女婿回来，饭做好了，姑娘和望春也赶到家了。母亲为了庆贺女儿的婚事，请来了许多亲戚朋友。在吃饭当中，望春号召大家到头人家里去抢金银。同时他又向大家说："如果这次能抢到金银，那么我一点也不要，完全分给大家。"所有的人听了他的话，都拥护他。

第二天，望春领着成千上万的群众到头人家里去抢金银。这次事情很成功，抢到了许多的金银财宝，头人家的军队见到人多也不敢动。

金银抢回来了，望春把它们全部分给大家，自己一点也不要。虽然望春没有得东西，但是他思想上非常高兴。因为望春对人民非常好，因此后来被人民选为领导人。各地人民听到选他这样好的领导人，都非常高兴。自望春当了领导人以后，人民生活水平不断提高，社会生产也得到了发展。

我们的祖先

记录者：李汝忠、何天良
翻译者：和付生
搜集地点：云南省怒江傈僳族自治州泸水市古登乡哈古独村（原碧江县[①]五区二村哈谷都）

古时江水涨到了天上，人们都被江水淹死完了，连小动物都全被淹死，上帝为以后的人类着想，将一家两兄妹装在葫芦里，让他们始终都能漂在水面上，没有被水淹死，等江水下落时，他们停在江岸上，慢慢地出了葫芦，妹妹向江北去找丈夫，哥哥向着江南去找妻子，结果兄妹都没有找到爱人，为了后代，兄妹准备结为夫妻，但是这又是历来没有出现过的事，怎么办呢？

于是兄妹俩对天发誓，最后去山上滚磨。俩兄妹各拿一扇磨，从两座山上滚向一条箐里，如果两扇磨滚到箐中能合拢，那么兄妹可以结为夫妻，

① 碧江县：旧县置，今分属怒江傈僳族自治州福贡县、泸水市。——编者注

如果两扇磨不合拢，就不能配为夫妻。兄妹开始把磨滚下去，结果两扇磨在一条山箐里合拢了。接着他们又射箭，如果两发箭都能同时射入一个针孔里，则两兄妹可配为夫妻，如果不能同时射进针孔里，两兄妹就不能配为夫妻，结果两支箭同时射入了一个针孔里。于是两兄妹配成了夫妻。

生下了九个男孩和七个女孩，他们各人又去找对象，找着养荞子为对象的，生的后代就姓荞，也就是今天的荞族；找狼为对象的，生下的后代就是狼族；找鼠为对象的，生下的后代就是鼠族；找鱼为对象的，生的后代就是鱼族；找小岩羊为对象的，生的后代就是小岩羊族；找大岩羊为对象的，生的后代就叫大岩羊族；找羊为对象的，生的后代就叫羊族；找猪为对象的，生的后代就叫猪族；找牛为对象的，生的后代就叫牛族；找马为对象的，生的后代就叫马族；找绵羊为对象的，生的后代就叫绵羊族；找玉米为对象的，生的后代就叫玉米族；找毛虫为对象的，生的后代就叫毛虫族；找蛇为对象的，生的后代就叫蛇族；找青蛙为对象的，生的后代就叫青蛙族。

所以现在的各兄弟民族，归根到底都是同一个祖先传下来的。

起源神话

记录者：苗启明、李蓉珍
翻译者：和振强
搜集地点：云南省怒江傈僳族自治州泸水市古登乡海米各村（原碧江县五区孩明古村）

文本一：开天辟地的故事

很久以前，大地被水淹没了，从南方伸出一根葫芦藤来，只结了一个特别大的葫芦，被大地上剩下的两个人看见了。他们就把它锯开坐在里面，男的叫薛砍薛杀，女的叫孩刺孩杀。

他们在葫芦里东漂、西漂，就这样活了下来。水退后，大地上一无所有，两人分头去找伙伴，一个向怒江，一个向澜沧江，走到一个很远的地方，又相遇了，那个地方生活着许多妖怪，只有一间房子完整地保存在那儿，两人就住了进去，那些妖怪白天躲在森林里，夜里来到房子周围来吃人，两人就白天劳动，夜间闭门在房里，辛辛苦苦干了二十年，生了九十九个男孩，九十九个女孩，生活也好起来了，吃穿享用不尽，存下了满仓库的布匹和粮食。

文本二：怒江源

由于妖怪被木必[①]杀光了，人又多起来，生产也发展了，经过几百年的安居乐业，到处都是人，分散到各地成为各种各样的民族，有民家族[②]、勒墨人[③]、傈僳族、怒族等。

怒江的源头，有个叫蛙上阿马子的地方，住着两兄弟，兄叫热十她川，弟叫汪吉利，生性复杂，兄能在天空飞行，弟能在江中钻来钻去。南方的汉人听说有这两兄弟以后，就派大兵来了。他们听说南方来了汉人的兵，马上就招了自己的古宗兵向汉族应战，古宗人用很长的绳子拴上石头，打谁中谁，打中就死。他们把石绳丢出一天路程之外。南方来的汉人用的是铜炮枪，命中力常常不强，双方用这种方法和武器，打了一年之久。古宗人就把汉人赶到乙合罗，那个地方前有河，右有怒江，左有绝壁，汉族的逃兵到了这里，开始煮饭吃，这时古宗人也赶来了，在这里开始了肉搏，双方原来各有一千人，战后只剩下因怕死而逃到森林里保存下来的一百人。结果汉

① 木必：怒江傈僳族荞氏族中的一个家族首领，是明代带领傈僳族率先迁徙进入怒江地区的英雄人物。——编者注

② 民家是白族旧称，主要指生活在洱海坝子周边的白族。——编者注

③ 勒墨是白族的一个支系，生活在怒江地区。——编者注

人回到南方，古宗人回到北方，此后就没有战争了。

怒江为什么山多箐多

记录者：冷用刚
翻译者：和树珍
搜集地点：云南省怒江傈僳族自治州福贡县鹿马登乡

在很久很久以前，远处有一家人，老两口派他们的儿子造大地，这个儿子用泥巴捏出许多大平地，还造出有山有水的许多美丽的地方。

正当这个儿子造到丽江、兰坪和维西一带的时候，家里来信说父亲病了，要叫他回去，他想，造大地的事很要紧，父亲病了大概不会严重，于是又继续造。隔了一久，又接到家里一封急信，说是父亲已病逝了。他很是悲伤，但是他还是认为造大地要紧，父亲死也死了，回去也没有办法，他把悲痛化为力量，继续造。当他造到澜沧江的时候，家里又来信说母亲也病了，叫他赶快回去，他想，母亲的病总不至于像父亲那样，还是赶着造好大地要紧，于是又加紧造，他日夜不停地造，造好了澜沧江地带，已经造到怒江一带了，他接到家信说母亲也病逝了。

他一惊，想道："父亲像月亮一样，死了没关系，母亲像太阳一样，能给人温暖，死了怎么了得。"于是七手八脚将泥巴乱扔一气就走了，所以怒江这些大山和一条条的深箐就是那时乱扔下的泥巴形成的。

二、民间故事

俩姊弟

讲述者：叶付士
记录者：李汝忠
搜集地点：云南省怒江傈僳族自治州福贡县

从前，有两个孤儿，失去了父母，他俩年纪小，自己不能生活，就到他们的叔叔家过活。叔叔把姐姐留在家做家务事，把弟弟当成猪关进猪圈中，并在他前额脑门上插了一颗大长针。让他肥到针不见时，就可杀吃他。弟弟果然胖到针都看不见了，姐姐又把长针拉出一截，这样拉了胖，胖了又拉，拉了几次。有一次胖到针尖都不见了。叔叔没有见针，就想他已够胖了，要准备杀吃他。叔叔就叫他姐姐去砍很干净的树叶，并要求树叶上不准有一点鸟屎，姐姐却不听他的话，尽砍回一些不干净而且堆满鸟屎的树叶。叔叔很气愤。大骂了她一顿，并亲自出去砍。

姐姐告诉弟弟：“今天叔叔要杀吃你。他回来，要杀时，他会像叫猪那样‘哎哎’地叫你，他一叫你就很快地跑出猪圈。”并拿给了他一个铜锅，准备跑出以后用，又告诉他：“我叫你往上跑，你就往下跑，我叫你往下跑，你就往上跑。”

叔叔找着树叶回来了，他就去“哎哎”地叫“猪”。一叫，弟弟就“唰”地跑出了猪圈，叔叔就追。这时，姐叫他往上跑，他就往下跑，叫他往下跑，他就往上跑。叔叔没办法，追了半天，追不着他，他便逃脱了。晚上姐姐就到树林里去找弟弟，弟弟找到了，这里有一条河，弟弟对姐姐说：“以后我就顺着这条河，生活在河边。”并说：“以后我生活好时，我就放一根木头到河里，你见河里漂着木头时，你就上来。如果生活苦，我就放树叶，见了树叶，就不要上来。”

弟弟没有办法，只在山上找树叶、野菜吃，下扣子扣些鸟、鼠等小动物来过活。有一天，他去看扣子，只扣着一只小鸟的脚。第二天去，仍只扣着一只小脚，第三天仍然是这样。他气愤了，便自言自语地说：“不要这样，我是因为没有吃的才这样搞。”第四天一去看，果然扣了一只大野鸡，他就抱起野鸡高高兴兴地回住处去了。

一进岩洞，野鸡变成了一个老倌，他就对老倌说：“你不要这样，我没有吃的才这样搞。”老倌哈哈地笑着问他：“你想吃什么？”他说：“只要能吃的我都想吃。”老倌就拿出两颗大米、两块木片给他，并告诉他：“你要吃饭，只消煮一颗米的一半，要吃肉只消撕下木块上的一小片来煮就够了，吃完这些后，又另想办法。”话刚落音，老倌就不见了。

他想，这样一小颗来煮一半怎么够吃，就把两颗一起放进锅里，一放进去，就涨起来，涨得锅都装不下，有一颗从锅里“砰”地跳出来，他看到是真的，就把锅里煮的那颗也分成两半，只煮一半，另一半留起，见是真的，木片也就不敢多煮，依老人的话撕一小片煮。木片一煮果真成了肉，他这样吃了两三天，米和木片都吃完了。又照常去下扣子、找野菜，生活很苦，他就摘了些树叶放进河中，让姐知道自己生活不好。

当他回到岩洞，老人又坐在他面前，问他：“你的米和木片吃完了没有？”他回答老人说：“吃完了！”老头就对他说：“你跟我去吧！我家里没有其他人，只有我一个独老倌，跟我一起生活去吧！”他真的跟着老倌去了。他们走了又走，翻过七座大山，到了一个汪洋大海的海边。老头指着大海说："我家就在这里了。"小弟听了就赶忙向老人说："爷爷，我不敢去。"老头说："不要怕！你只要闭上眼睛就行了。"老倌就叫："闭起眼睛！"小弟听话，闭起了眼睛。一睁开眼，就见一座金光闪闪的大房子。老倌给了他房间、床被，还给了其他许多东西，叫他就在这里生活，从此，他就在这里生活得很好。

有一天，他们闭上眼睛，出来到海边，小弟放木头到河里，让姐姐知道自己生活好了。第二天，他就等在海边，姐姐果然来了，他叫姐姐闭起眼睛同他一起到自己家里。他很好地招待姐姐，给了她衣服等许多东西，并叫她第二天去请叔叔来。第二天她就去，叔叔果然随姐姐来了。他叫姐姐睡在棉被床上，给叔叔睡在鸡棚里，过了一夜，他就叫他俩叔侄回去，并给叔叔一匹马骑，说："叔叔，你就骑这匹马回去。"还给了他叔叔一竹筒午饭。这个竹筒不是装的饭，而是装着一大筒黑蜂。并告诉他叔叔："吃午饭时要把马拴在自己大腿上。"他也给了姐姐一筒，里面放的尽是白米饭、猪肉，并私下告诉姐姐："吃午饭时，不要和叔父坐在一起，要远离他，要隔他一座山那么远。"

他俩叔侄就出发回家了，到了一座山坡，姐姐才到山脚下。叔叔大声喊："吃午饭了！"他照侄儿的话把马拴在自己大腿上。把竹筒一打开，大黑马蜂就"嗡"地飞出团团围着马叮，马一飞跑，把他大腿拉断了，并带着这只大腿回到主人弟弟那里，他把腿用大火烧成灰，并把灰撒入大海，他又骑上马去追姐姐，追到了姐姐，把她扶在马上回到家中，分给他姐姐房间、床被。从此以后俩姊弟的生活就过得很幸福了。

俩兄弟

讲述者：光富益
记录者：李汝忠
搜集地点：云南省怒江傈僳族自治州福贡县

从前，有俩兄弟，他们有一个老母亲，先都住在一起，后来哥哥分居出去了，家中只剩小兄弟和老母亲。哥哥分居出去后，生活很富裕。母亲年老，弟弟幼小，不能劳动，生活很穷，有一天，母亲肚子饿了，叫小弟到哥哥家要点粮食，说了半天，哥哥才给他一小点，弟弟就回来了，吃完了那点粮食，又没有办法了，母亲又第二次催弟弟再去要，这一次，哥哥不仅一点粮食不给，而且大骂了他弟弟一顿，弟弟只好回来了。

路过一座山，见山上有两只岩羊腿，他很高兴，就扛起两只岩羊腿往回走，不到十公里，遇着一位老太婆，老人头发雪白，衣服破烂，斜坐在路边，他就问："奶奶，你为何坐在这里？"老人说："我肚子饿，路也走不动。"他听了老人的话，就把岩羊腿分给了老奶奶一只。老人说："你母亲肚子也很饿，怎么把羊腿分给我？"他说："我母亲虽饿，可是你也饿了，所以才分给你一只。"他把羊腿给了老太婆一只后，就走了。

刚离开两三步，老太婆喊他，叫他转回来。老太婆就对他说："你跟我来。"他就跟老太婆进入一座大山岩洞中，走了一天，才走到老太婆家，老太婆招待他喝酒吃饭，又把那一只羊腿还给他，还给了他一个小磨，老太婆告诉他："你把这磨拿去，你要什么它就出什么，叫它走它就走，叫它停它就停，有了这个磨，你们母子俩就不会饿死了。"小弟弟拿起小磨，扛着两只羊腿回来了，到家后，他母亲很高兴。

他开始用小磨，就向磨喊："出来米。"米真的出来了。又叫："出来肉。"肉也果然出来了。出来的东西，除母子俩吃外，还分给许多穷人。他哥哥听到了这个消息，就来了，问他母亲米由哪里来的。母亲老老实实把弟弟遇老人，老人给他一个小磨的事全告诉了他。他听了之后，心里就打起了坏主意，他家虽然很富裕，但他还不满足，还想要这个磨，他就向母亲要求说："给我看看。"母亲也老老实实把磨拿出来给他看，刚一拿出，他就从母亲手中一把抢走，拿回他家，自己很高兴，认为要什么就可以出什么了。

他等不得就喊："出来米！"可是，不仅没有出来米，还出来一大堆马粪，堆满了他的房子。他又喊："出盐巴。"这一次也没有出盐巴，却出来很多蚂蚁。第三次又再大喊："出肉来！"这一回呀，却出来一大群黑蜂，围着他就叮，不多时，就把他叮死了。弟弟就把磨拿回去了。不到几天，县官知道了，就派大船，带着几百兵亲自出来了，到穷人家，把磨抢走。县官那里盐巴很缺，他把磨一装进船，什么都不先磨，就磨盐巴，磨一直磨，盐巴一直出，可是县官不知道停磨的办法，磨不停地磨着，盐越磨越多，结果把船压沉了，县官和那群兵都被淹死了。磨虽被县官抢走，可是那母子俩生活仍然很好，因为小儿子已经长大，能够靠劳动过活了。

茨巴姐的故事

记录者：左玉堂、张华
翻译者：汉永生
搜集地点：云南省怒江傈僳族自治州泸水市（原碧江县五区三村拉特里）

古时候有个寡妇，她有两个姑娘，大姑娘叫茨巴姐，她很聪明，妹妹很不伶俐。

一天，寡妇在家煮米酒，叫她的两个姑娘去看守小米地。茨巴姐和妹妹在窝棚里面喊"呜咿，呜咿"，她们吆喝着雀鸟。这时，地里也有人学着她们的声音在喊，姊妹两人听了很奇怪。她们又照样地吆喝着。可是地边也同样在吆喝，她们怕了便跑回家告诉妈妈。她妈说："你们想吃锅巴才跑回来。”拿了两块锅巴给她们，叫她们再去看守小米。她们来到地里又吆喝鸟，但地边同样在学着她们的声音。这使她们害怕极了，忙跑回家把事情告诉妈妈。她妈对她们说：“你们看着锅，不要让它烧糊了，我去看看。”寡妇说完就到小米地里。她也就呜呜地吆喝鸟雀，只听得地边也有人在学她吆喝。她很奇怪，说道：“你要是妖怪从篾索上过来，要是人就可以走过来。”一会，妖怪真的从篾索上过来了，到寡妇身边说：“哎！来来，你给我找找。”寡妇给妖怪找了一阵虱子，头上尽是牛虱，她拿下来都给她吃了。后来妖怪说：“我也给你找一下。”妖怪给寡妇找虱子。一会，寡妇听到耳边有个牛蛙在叫：“你的头被她吃完了！”寡妇伸手一摸，头被妖怪吃了一半。她就和妖怪打架，她将要胜时，不料脚踩进一个老鼠洞里使不了力，结果妖怪把她吃掉了。

妖怪吃了寡妇，她就变成那个寡妇，回家去了。到了家门口，只见门紧紧闭着。她就装成寡妇的声音去叫门：“茨巴姐、茨巴姐，快来开门，阿妈回来了。”茨巴姐跑到门边，从门缝里一望，见不是妈妈，全身都长着很多长毛，说道：“你不是我阿妈，我阿妈身上没有毛，肉皮是白生生的。”妖怪听了，立即把身上的毛拔光了又喊门，茨巴姐又一看，说：“你不是我阿妈，我阿妈戴着耳环，胸前挂着拉本（装饰品）。”妖怪戴上耳环和拉本，又来叫门。茨巴姐看了又说道：“你不是我阿妈，我阿妈头上包着包头。”

妖怪又包上了包头，又来叫门了。妹妹年纪小又不懂事，就叫道：“阿妈，门是用麻秆关的，你推一推就可以进来了。”妖怪听了，用力一推便进来了，就对茨巴姐姊妹说：“我渴得要死，去打点水来。”茨巴姐姊妹们去打水，茨巴姐打些浑水，妹妹不肯抬，倒了浑水又去打清水。来到家里，妖怪喝了水之后说：“打清水给我喝的跟我睡，打浑水给我的，不要跟我睡。”

晚上，妹妹就和妖怪睡了。妖怪睡时手拿一块磨石、一碗麻子、一碗水，放在枕头边，又对茨巴姐说道：“晚上要是你听见喝水声，我就是喝水了，你听见咔嚓咔嚓声，我就在吃麻子，你听见咕咚咕咚声我在动磨石。”

茨巴姐睡在楼上。到了半夜三更，她听见楼下咕咚咕咚的声音，就问：

“阿妈，你在搞什么？”妖怪回道：“我在动石头。”歇了一会，她又听见唧唧声响，便问：“阿妈，你在搞什么？”妖怪说：“我在喝水。”又过了一会，只听得咔嚓咔嚓声响，忙问道：“阿妈，你在搞什么？”妖怪回答：“我在吃麻子。”

第二天早晨，茨巴姐见妹妹还不起来，就问：“阿妈，阿妹怎么还不起身？”妖怪拦道：“她睡得很香，别叫醒她。”一直到太阳出来，妖怪尿急了，便去解手。茨巴姐拿一团麻线拴在妖怪屁股后面，告诉她麻线团放完了就可以解了，妖怪拉了一阵说：“这里可以解了吧？”茨巴姐说：“不行，那是我阿爸削箭的地方，不能解。”妖怪又走一阵说：“这里可以解了吧？”茨巴姐又说：“不行，那是我阿妈织布的地方。”妖怪又走了一程问：“这里可以解了吧？”茨巴姐说：“不行，那是我阿父制弩弓的地方。”妖怪又走了一段问：“这里可以解了吧？”茨巴姐说：“不行，那是我阿妈纺线的地方。”妖怪又走了一阵问：“这里可以解了吧？”茨巴姐答道：“那里是我祖父的坟地，不能解。”妖怪又走了一段问道：“这里可以解了吧？”茨巴姐说：“不行，那是我祖母的坟地。”妖怪就这样一直走啊走啊，一直翻过了三座大山，越过了三条大河。这时，麻团也放完了，茨巴姐把被盖掀开一看，不见妹妹，只剩下几根血淋淋的骨头，茨巴姐想，妖怪回来一定会来吃她，她拿出一把针，碓上插了一枚，四个屋角里每处插一枚，柱子上插一枚，就说：“妖怪回来叫我时，你们就答应她。”说完她就跑到房旁一棵梨树上。

这时，妖怪解了手，跑回来了，一进院子就大叫“茨巴姐”。这时，碓就答应“嗯”，妖怪朝碓扑过去，一扑被针刺倒，才知道不是茨巴姐，放手又叫“茨巴姐”，屋角又“嗯”地应了一声，妖怪又扑向屋角，又扑了一个空，她又跑到阳台上叫，柱子又“嗯”地应了一声，她扑在柱子上，又扑了一个空，妖怪连扑了几个空，知道中了计，她着慌了，又跑到院子里到处张望。

茨巴姐趴在梨树上，身影投在地上，妖怪见了影子，误认为茨巴姐，猛扑过去，又扑了个空，她抬头一看，发现茨巴姐趴在梨树上，她高兴得笑道："哦，你原来在这里！"说着就爬上树，可是左爬右爬她都爬不上去，茨巴姐在树上说道："阿妈，阿妈，你把鼻涕擦在树上就可以爬上来了。"妖怪听信了，就把鼻涕抹在树上，这回树越滑了，妖怪越爬不上去了。茨巴姐又说："阿妈，把你的奶挂在树枝上，就可以爬上来了。"妖怪真的把她的奶挂在树枝上，她用力一挣，奶挣出血来了，茨巴姐又说："阿妈，你爬是爬不上来了，你回去把我阿爸的那杆银矛烧红来，我摘梨给你吃。"妖怪回去把银矛烧红拿来递给茨巴姐，茨巴姐说："阿妈，你闭上眼睛，张开嘴巴接着，我丢给你梨吃。"妖怪闭上眼睛，张开嘴巴，茨巴姐把烧红的银矛使劲插进妖怪嘴里，妖怪的鲜血喷出来滴满一地，慢慢地淹到梨树半腰，快淹没茨巴姐了，就在这时，来了几个猎人，茨巴姐喊道："大叔，大叔，快救救我。"猎人说："我们还要去打猎来不及了，你喊喊太阳爷爷吧！"

于是茨巴姐就向着太阳喊："太阳爷爷，太阳爷爷，快来救救我吧！"太阳对她说："我一天要做七十七件事，你就喊月亮伯伯救你吧！"茨巴姐又急切地喊："月亮伯伯，月亮伯伯，快来救救我！"

月亮听了就来救她了，月亮下来快着地时被两座大山挡住，他落不下来，茨巴姐便大叫："月亮伯伯，你侧着身落下来。"月亮侧着身落下来，吸干了妖怪的鲜血，把茨巴姐连带树挖到月亮上。从此，茨巴姐就住在月亮上了。直到今天，我们还可以在月亮里看到一棵大树，那就是茨巴姐爬的那棵梨树。

三姑娘的故事

记录者：左玉堂
翻译者：汉永生
搜集地点：云南省怒江傈僳族自治州福贡县（原碧江县）

古时，有个寡妇有三个姑娘，大姑娘、二姑娘都长得不好，而三姑娘长得很漂亮。有一天，她们母女四个到山上去割茅草。她们各人割了一背，准备背回家去。三个姑娘都背起背箩了，可是母亲怎么也背不起来。她觉得很奇怪，于是解开绳子来看，只见背箩里有一条大蟒蛇。这蟒蛇突然说起话来了："寡妇，你的姑娘给我一个吧！要不，我要吃掉你。"母亲听了没办法，便问大姑娘："大姑娘，你愿意跟他去吗？"大姑娘摇摇头，说不愿去。她又问二姑娘，二姑娘也不愿去。后来她又问三姑娘。三姑娘说："要是不去，他会吃了阿妈，为了阿妈，我愿意去。"

三姑娘就这样跟大蟒蛇去了。她又怕又伤心，哭着来到岔路口，这时蟒蛇对她说道："姑娘啊，你走上路去，我走下路去，我们在前面上坡歇气处相遇吧！"姑娘就沿着上路来到了山坡歇气处。这时，那里已经坐着个英俊的小伙子了。那小伙子对姑娘说道："妹妹，歇个气，给我找找虱子。"姑娘便给小伙子找虱子，她找着，突然发现他的后脑壳上有蛇皮，便问："大哥，你头上怎么有蛇皮？"小伙子回答："是啰，我俩分开才一锅烟的时间，你就认不出我了吗？"

这时，三姑娘知道那蟒蛇已变成一个好小伙子，她高兴了，于是他们就成了亲。

两年后，三姑娘生了个男娃娃，名叫西得子，西得子满一周岁时，姑娘和小伙子背着娃娃回娘家看母亲。他们在娘家住了三天后，小伙子对姑娘说："我先回去了，你再住几天回来。"小伙子走了。三姑娘在娘家又住了几天。这天，三姑娘准备回自己家。二姑娘对三姑娘说道："妹妹，我跟你去。"三姑娘就领着她二姐回去了。到半路上，二姑娘对三姑娘说："妹妹，你儿子西得子太可爱了，让我来背背他。"三姑娘把儿子让二姐背了，二姑娘背了西得子后，便用手指捏他的小脚，西得子哭了。二姑娘就对三姑娘说："妹妹，娃娃要你的拉本（妇女胸前的一种装饰品），把你的拉本拿给我挂吧！"三姑娘就把拉本给了二姐，过了一会，她们又来到一处危岩上边，二姑娘又使力捏西得子的小脚，娃娃又哇哇地哭了。三姑娘问："娃娃怎么又哭了？"二姑娘指着路上边岩石上的花说："他要那朵花。"二姑娘就叫三姑娘踩在她的肩上去摘花，三姑娘刚踩在二姑娘肩上，二姑娘就用力一提，把三姑娘甩到万丈悬崖下面跌死了。

二姑娘便背着西得子，装成三姑娘，回到小伙子家来了。小伙子一看，觉得不像自己的妻子，便说："你不是我的妻子。"二姑娘骗他说："在阿妈家病多，又出天花，样子也变了。"小伙子说不过她，只得把她留下了。

这样过了几年，西得子长到十三岁那年，他上山去放牛，不知从哪里飞来一只小鸟，歇在树枝上，唱着动听的歌。西得子被歌声迷住了，他呆呆地听着。突然，这小鸟喝道："我的儿子西得子，不要帮人家放牛了，人家不会给你吃饱肚子。"西得子更是听呆了，结果，他放的牛跑去吃了人家的粮食。

晚上，那些人家就跑来找西得子，对西得子的父亲说："你家儿子不好好地放牛，吃了我家粮食。"他气了，把西得子拉来透打了一顿。

第二天，西得子又赶着牛来到放牛的山上，而那只小鸟又飞来了。它又唱道："我的儿子西得子，不要帮人家放牛了，人家不会给你吃饭。"西得子听着听着又听迷了，他的牛又跑去吃了人家的粮食，晚上，那些人又来他家骂他，于是，他父亲又把他拉来问道："你一天天到底做什么去了？让牛去吃人家的粮食。"西得子害怕了，就说："阿爹，我没有帽子，蚊子一大天叮我，误了看牛。"他爹听了，就买了一顶帽子给他。但以后西得子天天上山放牛，牛天天都吃人家的粮食，人家天天来找他。他爹问他，他说是没有衣服穿，蚊子咬，误了放牛。后来他父亲给他买了衣服，但是他仍然误事。人家又跑来告他。这回他爹气极了，把他拉在身边问道："你到底做什么去了？不说实话，老子要杀了你！"西得子怕了，只得把实话说给了他父亲。他父亲听了很奇怪，第二天就叫西得子带他到山上去看。

第二天，西得子领着他父亲，赶着牛来到他放牛的地方，但是那只天天飞来的小鸟却不见了，他父亲气了，说他哄他，拿起棍子就要打他。他害怕地喊道："小鸟啊，可怜可怜我吧，你再不飞出来，我就要挨打了。"他的话说完，小鸟真的飞来了，它又像前几天一样地叫起来。西得子的父亲听了，一下想起他那美丽的妻子来，于是，他跑回家里，舂来一簸箕米，对小鸟说道："你要是我的前妻的话，你就落下来吃米，不是的话，就别来吃。"小鸟真的落下来，便啄吃起米来。西得子的父亲把小鸟捉住，带回家来，做了一个笼子养着。每当傍晚，那小鸟便"西得子，西得子"地叫着，叫声显得格外的凄凉。

二姑娘听了后，知道这鸟是她的三妹变来的，乘她丈夫和西得子不在的时候，就悄悄地把小鸟捉来杀死烧吃了。她把骨头分给西得子吃，肉留着她自己吃，可是奇怪得很，西得子的骨头吃起来全都变成了肉，而二姑娘的肉却变成了骨头。她气极了，把它都倒在火塘里。第二天早晨，她把灶灰撮了倒在门外，一会，那灶灰里面便长出一棵绿茵茵的黄果树来，黄果树一天天长大，长得又大又高，结出的果子，一大个一大个，又甜又香。可是，二姑娘吃起来，却又酸又涩。她又气坏了，悄悄地把黄果树砍来烧了。

第二天早晨，有个无依无靠的老大妈来要火种，她一要恰恰要着黄果树柴那一根，拿回家来烧火。次日她起来，看见火塘里有一把剪子。她把剪子藏在箱子里。说也奇怪，从这天起，老大妈每天下地做活回来，家里饭菜都煮好了，一连几天，天天都是这样。老大妈觉得很奇怪，她想："我无亲无戚，到底是什么人给我做饭呢？"她想看个究竟。这天，她装着要下地去劳动，来到半路途中，她又急忙转回去，在门前悄悄地偷看看。一会，那装剪子的箱子盖子一动一动的，接着箱子门开开了，剪子跳了出来，变成一个漂亮的姑娘，忙着做饭。老大妈把事情一一看在眼里，她再也忍耐不住了，急忙跑到姑娘身边，紧紧拉住她的衣襟恳求道："姑娘啊，我无儿无女，孤零零的一个，你就做我的姑娘吧！"

姑娘听了很感动，以此就做了老大妈的女儿了。她们母女俩生活得很快活，生活也愈来愈好过了。

一天，姑娘对阿妈说道："阿妈，我们请一次客吧！"老大妈回答说："姑娘呀，你看我们家穷的这个样子，谁愿来我家做客呢？"姑娘固执地定要请客，老大妈只得同意了。她们煮了酒肉饭菜，一切准备好了，这时，姑娘说："阿妈，我躲在箱子里，你好好地招待客人吧！"

客人来了，西得子、他的父亲和二姑娘也来了。吃饭时，大家都在吃饭，只有西得子不吃不喝，坐在一边望着箱子在哭。西得子的父亲见了，就问老大妈说："大妈，你箱子里装着什么？我的儿子饭也不吃，话也不肯说，望着箱在哭。"老大妈急了，忙说道："没装什么，没装什么！"经过再三恳求，老大妈只得如实地说了。这时，二姑娘听了知道就是她的妹妹，于是不好意思地走了。

老大妈把姑娘喊出来，西得子的父亲望呆了，话都说不出一句来，而西得子边哭边扑向姑娘怀里。西得子父亲这才惊醒过来，认出这就是他的前妻，带着哭声说道："哦，原来是你……"走过去，紧紧握住了她的手。

西得子一家又团圆的喜讯传到寨子里，全寨的人便宰猪蒸酒来庆贺他们的团圆。

从此，西得子一家又团圆了，过着幸福美满的生活。

龙女的故事

讲述者：黑阿则
记录者：和振文、左玉堂
翻译者：和振文
搜集地点：云南省怒江傈僳族自治州福贡县上帕镇腊乌村

在古时候，有个老倌，他有七个儿子，有一天，老倌叫七个儿子到他跟前，说："你们七个弟兄，现在都长大了，从今天起，你们七个弟兄出门去各人学一套本领。"就这样，弟兄七个出门学本领去了。

过了三年，他们七个弟兄都回来了。老倌又把七个儿子喊来一个个地问。他问大儿子学得什么本领，大儿子回答说："我学得盘[①]田种地。"他又

① 盘：云南汉语方言，意为"耕作"。——编者注

问二儿子，二儿子回答说："我学得铁匠。"又问三儿子，三儿子说："我学得做弩弓射箭的本事。"又问四儿子，四儿说："我学得木匠起房造屋的本领。"又问五儿，五儿说："我学得做瓦烧瓦的本领。"又问六儿子，六儿说："我学得饲养牲畜的本事。"老倌听了很满意，最后他又问老七，老七说："我学得弹琵琶、吹笛子、唱调子、跳舞。"

老倌听完了，就对六个儿子说："你们六个兄弟学得很好，从今天后，你们各人靠自己学得的本领去生活。"最后他指着七儿子说："你学的不正经，这是二流子才学的，不是劳动生产生活的本领，还要重新去学生活的本领，不然，别来见我。"

就这样，阿皮（老七）又出门学本领去了。一天，他爬了一座高山，走着，走着，来到一个大龙潭边。他累了，就坐在龙潭边一块大石板上休息。他就弹琵琶、吹笛子，弹着、吹着，他高兴了，便唱着跳起舞来了。突然龙潭里响起了咕噜咕噜的声音。他怕了就跑开了几步。这时声音不响了。他又转回来弹着、吹着、唱着、跳着。

不一会，龙潭里又咕噜咕噜地响起来了。阿皮往龙潭一望，只见龙潭里走出来一个非常漂亮的姑娘。那姑娘开口说："我父亲说你弹得一手好琵琶，吹得一口好笛子，请你到我家里给我父亲弹一曲琵琶，吹一首笛子吧！如果你愿去，你要什么就给你什么。"

阿皮回答说："去是可以去，可我怎么到你家里去呢？"姑娘说："你愿意去，那不必担忧，我有办法的。"他们准备去了。这时，姑娘又对阿皮说："你到了我家，我父亲给你金银、珠宝，你什么也不要，只要阳台上拴着的那只小花狗和挂在我父亲枕头边的那个葫芦就是了。"说完，姑娘叫阿皮闭上眼睛。阿皮闭上眼睛，不知不觉到了龙潭，等他睁开眼来，已经来到龙宫里了。他跟着姑娘走了一院又一院，走了好久才到了龙王的住处。龙王对阿皮说："你弹的琵琶、吹的笛都很动听，现在就给弹一曲、吹一首听听。你要什么就给你什么。"

阿皮听了，便拨响了他心爱的琵琶，吹起动听的笛子。龙王听了很高兴，说："你现在要什么，我给你什么。"阿皮说："金子、银子，我都不要，我要阳台上那只小花狗。"龙王听他要小花狗，心中很舍不得，但有言在先，没法反口，只得答应给他了。这回，龙王又叫阿皮唱调子、跳舞给他看，说要什么给什么。阿皮便边唱边舞起来了，龙王越看越好看。跳完了，龙王问道："现在你要什么给你什么。"阿皮说："我不要金，也不要银，只要你枕头边挂的那个葫芦。"龙王实在舍不得给他，可是心想，自己的女儿都给了他了，葫芦也给他算了，于是，他把葫芦给了阿皮，阿皮把葫芦拴在腰上，系着小花狗对龙王说："现在我该回去了，但我不知道怎样回去。"龙王说："不要急，照来时那样回去。"阿皮刚闭上眼睛，又不知不觉地来到龙潭边了。他准备回家去，走了一段路，回头看看，突然牵着的小花狗不见了，只见那个姑娘跟在他后边，他对姑娘说："你别跟我了，我要回家去了。"姑娘说："我父亲已经把我给了你了，现在我是你的妻子了。"阿皮急忙说："我家里什么也没有，牛也没有一条，拿什么来出你的身价。"姑娘说："我的身价用不着你担心，我是已经给了你的人，你什么也不用愁。"阿皮又说："我把你领回家去，我阿爸会骂我的。"姑娘说："阿爹骂也不要怕，我们回去吧。"阿皮没法，就把姑娘领回家去了。

回到家里，老倌看见了就大骂阿皮，说："你这个人啊，真真是教育不过来的人了，不好好地去学本领，倒把人家的姑娘也拐来，你想怎么办？家里什么也没有，拿什么出人家姑娘的身价？你滚出去，随你去吧！"

阿皮没办法，把葫芦挂在腰上，领着姑娘走出了家门，找地方住去了。他们走着走着，来到了一个地方，这时，姑娘说："我们就住在这里吧。"阿皮说："这里房子也没有，怎么住呢？"姑娘说："不要紧，你把葫芦拿给我。"姑娘拿着葫芦就边摇边说："房子出来，房子出来。"一会，房子就真的出来了。阿皮又说："现在房子倒有了，可其他吃的盖的什么也没有，怎么办？"姑娘说："不要怕，不要急。"说罢，又摇着葫芦说："吃的、盖的、用的都出来……"一会，一切用的、吃的都出来了。从此，他们俩就在这个地方劳动、生活。

一天，阿皮对姑娘说：“我要去赶街。”姑娘不让他去，可他一定要去。姑娘说：“你要是非去不可的话，你把你的血滴几滴在我的衣裳上再去。”阿皮就把自己的血滴在姑娘的衣裳上，到县城去赶街去了。他在城里堆一大堆布卖着，买的人特别多。这时，县官老爷出来走串，见了便问阿皮道：“你这些布是从哪里拿来的？”老实的阿皮就把从葫芦里摇出的事告诉给县官老爷了。县官老爷一听这个宝葫芦，想抢走，就对阿皮说：“你的葫芦借我看看、试试。”阿皮把葫芦递给县官。县官拿起葫芦就摇，边摇边说：“布出来，布出来。”这一来，布倒是真的没有出来了，可出来了一泡屎。县官气了，大骂阿皮：“你这个人是个大骗子。”说着，叫他的手下人把阿皮拴起来，关到牢房里去，不久就把他砍成两截，一截埋在房后，一截埋在房前。葫芦就成了县官的了。

姑娘在家里等了两天都不见丈夫回来，她把衣裳拿出一看，衣裳上的血迹已成了白白的了。姑娘知道丈夫已经死了，她就赶到县城里找尸体，一直找啊找啊，找到了县官老爷那里，她看见县官挂着那个葫芦，便问县官，说：“这葫芦是我丈夫的，现在还给我吧。县官觉得留着也无用，就把葫芦还给了姑娘。姑娘得了葫芦后，就问县官：“我的丈夫到哪里去了？”县官照实说了。于是，姑娘就跑到房前、房后，把她丈夫的尸体翻出来，把他接在一起，然后摇着葫芦说：“又活回来，又活回来。”这样，阿皮的身体又慢慢地动起来了，一会就活过来了。县官见了也不敢说一句话。这样，阿皮和姑娘高高兴兴地回家去了。从此，他们过着快乐幸福的生活。

穷人和富人结亲

记录者：左玉堂、吴广甲、肖怡燕
翻译者：光富益
搜集地点：云南省怒江傈僳族自治州泸水市古登乡干本村

穷人的儿子名叫张刀华，富人的姑娘名叫张玉明，二人在一起读书，二人关系很好。后来，张玉明的父母不答应他二人结婚。

张玉明的父亲约了张刀华的父亲到家里来，刀华的父亲为了到富人家做客就借了老师的一套衣服穿在身上去玉明家做客。富人就对刀华父亲说："我的女儿不嫁给你的儿子，你要在这字据上盖印，否则我就撕烂你的衣服。"刀华父亲怕衣服被撕破，还不起老师，只好盖了印回到家里来。他很难过，但他并不对儿子和老婆说，气得三天三夜不吃饭，话也不说。刀华就问父亲："为什么这样难过？"要父亲把原因告诉他，父亲就把原因对他说了，刀华就说："世上女人多得很，她不嫁也别怕。"

后来，刀华就到富人家的房子周围追打麻雀，张玉明就对他说："你是不是张刀华？"刀华答："是。"玉明说："你到我这里一下。"接着又说："今晚你来我家大门口，我派一个兵送给你金子、银子各一百两。"刀华答应了，就回家去了。但是玉明的话被一个偷偷跟在刀华后面的人听见了，那人就对刀华说："侄子，我俩到街上喝酒去。"刀华说："我没有钱。"那人说："钱我很多，一起去喝吧！"于是，两个人就一起去喝酒，那人把刀华灌醉，刀华就睡在街上，把玉明的话都忘了。晚上，那人跑到玉明家门口，接了金银，杀了兵，就逃跑了。

刀华醒来，想起玉明的话，就昏昏沉沉地走到玉明家门口。他摸到富人家的边墙时，就摸到了死人的血，血沾满了他的手，他去摸门，血又印在门板上。

刀华等了好久，接不到钱，还把血印在自己家的大门上，他去睡觉，血又染在他的床上，但他一点也不知道，慢慢地就睡着了。

第二天，富人家找兵，见兵死在大门口，还有血印，就到各村去找凶手，找了好久，见到刀华家门口有血印，就把刀华带走了，带到富人家后就把他关了起来。玉明知道了，每天都在哭。

刀华在监狱里，看见大苍蝇吃小苍蝇，他就把大苍蝇打死，小苍蝇就活了起来，见黄蜂吃蜜蜂，他又把黄蜂打死，蜜蜂又活了起来。

一天，刀华要被拉去杀头，来看的人很多，当用枪打他时，蝇就来挡在枪口，枪打不着刀华。用刀砍他，蜜蜂又飞来粘在刀上，刀砍不死刀华。这时，一个小蜜蜂说："杀那兵的不是刀华，是另外一个人，你们赶快把刀华放掉。"

刀华回到家里见父亲已经气死了。家里只剩下一个爷爷，对他又不好，给他不好的吃，有时只给一点点。后来，刀华听说要征兵，他就对爷爷说："给我做一点干粮。"爷爷给他做了一个粑粑，里面放上了毒药。刀华当兵去了。到了半路，他饿了，他就对伙伴们说："我先去喝一点水，你们先吃吧。"等他吃水回来时，他的粑粑被伙伴吃了，他才知道里面有毒药，才晓得爷爷要害死他。

他的伙伴死了，他就走，他认为自己不认识路，一定会遇险，说不成，而前面又只有两条路。这时，他突然听到一种声音："你走下面那条，上面那条有老虎，会把你吃掉。"但他想，自己的伙伴死了，自己干脆也不如死了。他就往上面那条走去。遇见一只老虎边叫，边跳，边跑来到他面前。他就对老虎说："你如果要变作我的马，你就跪下来，如果你想吃我，就快吃吧，我也想死了。"老虎不吃他，反而跪下来，他就骑着虎走，走了一程，老虎变成了一匹肥壮的大马。走了一程遇到一个老头，老头对他说："你虽骑一匹好马，但没鞍，我卖给你一个。"刀华说："我没钱买不起。"老头就把鞍送给他。

又走了一程，遇一老头拿着一个叶子做的鞍子，并对他说：“你的鞍不好，我卖给你这个。”刀华说：“我没钱买不起。”老头就把鞍送给他，后来那鞍变成一个银鞍。

走了一程，又遇一个老头送他一个金鞍，另一个老头又给他一个马笼头，笼头上有三根绳，并对他说：“你拉第一根，你就上到天上；拉第二根，就可以在地上；拉第三根，你就可以钻到地里去。”他拉了第二根绳，就来到皇帝那里。但马不停步直进皇室。他把马拴在金柱上，他就住在皇室。皇帝问他：“你是来当兵的吗？”刀华答：“是。”皇帝就把他留下来，给他换了一套衣服，给他吃饭。饭后，就命令他当大官，带兵出去打仗，在战场上，他非常勇敢，百战百胜，所向无敌。

刀华屡胜后，他就回到皇室。第二次，他就拉笼头上的第三根绳，他就到了地下，见到了死去的父母。父亲对他说：“快回去，这里有妖怪会把你吃掉，你现在既然生活得很好，你给我立个墓碑。”他拉第二根绳，就来到了地上。然后，他到算命先生那里，算命先生对他说：“你父亲还没死，你到天上去把再生药拿来（这药是开红花的草），你把草的一片叶子拿到地上，再把单叶按在你父亲的胸口，你父亲就会活了。”他照算命先生的话做了，他父亲就活了，父子一同回到家里。

他回到家里，就到玉明家去，玉明对他说：“我们不能结婚，是由于村中一个富人破坏，你快去把那个富人和你爷爷一起杀掉。”刀华杀了两个人。最后，两人就结婚了。

木必的故事

记录者：左玉堂、朱宜初、肖怡燕
搜集地点：云南省怒江傈僳族自治州福贡县匹河怒族乡知子罗村，云南省怒江傈僳族自治州泸水市干本村

文本一：射鹰

每天，当皇帝设宴的时候，有只鹞鹰总是飞盘在上空，屙屎到皇帝饭碗中，使得皇帝没法吃饭。

这天，皇帝又设席吃饭，鹞鹰又飞来屙一泡屎，刚好落进皇帝的碗里。皇帝就对木必说：“我听说你很有本事，现在我要你射下这只鹞鹰来。”

木必的马是双层的，扳机是铜片做的。他就用他的这上好的弓，一扳，鹞鹰就刚好落在皇帝的饭桌上了。从此皇帝才佩服木必的本事。

文本二：跳马喝酒

一天，皇帝拉来一匹大马，马的左边设了酒肉，右边置了饭菜。他对木必说：“人人说你很能干，现在你就佩带上弓箭、长刀，从这面跳过马背，把那面的酒肉吃一口，又跳过来这面吃一口饭菜，这样不准碰着马背，一直到把酒肉饭菜吃完。”木必挎了长刀，带上弓箭跳过来又跳过去，一点都不碰着马背，把酒肉饭菜吃了。皇帝连连称赞道：“你真是能干。”

文本三：吃酸橘子

一天，皇帝摆了一席酒肉饭菜，对木必说："现在你看着我吃，不准淌口水。一淌口水就算输了。"皇帝吃着酒肉饭菜，木必在旁边看着，真的不淌口水。

木必又从口袋里拿出酸橘子，他一层一层慢慢地剥着吃，他边吃边嘶嘶地叫，皇帝在旁边看着忍不住，结果淌了一大摊口水。

文本四：木必烧妖怪

一天，木必下赶鸟扣，他听着下着了，可一去看，只有几根毛，这样做了三四回。

有一回，他就躲在旁边看着。后来有个妖怪把鸟吃走了。木必想把那妖怪除掉，就对妖怪说："哎，我俩做个朋友吧！"妖怪也想吃掉木必，就答应了。木必把妖怪带回家，给他吃又咸又老的腊肉，又把家中的水倒光，妖怪吃了腊肉，口渴得不得了，就要水喝，木必说家里没有水，叫他去水塘边去打水喝。走时，木必把松明子绑在妖怪手上，然后点着火，再给他一个底上通洞的葫芦。妖怪到水塘边打水，因为葫芦通洞，结果左打右打都打不满，明子烧了一阵就烧到手上了，他叫起来。这时上面有人叫他放进水里。妖怪一看。水里也有火，不敢把手伸进去，就这样活活烧死了。

文本五：木必杀妖怪

木必的家乡出了妖怪，人死了一埋下，就让他抬去吃了。

寨里的人没法，人死了都不敢埋，后来木必就装死，叫寨里的人守了三天三夜，把木必送到山上。木必穿九件皮衣，穿一件插上一把刀。捆上一道，穿两件又插上一把刀，再捆一道，件件都这样。把他装进棺材埋了。过了三天，妖怪来了，他把石头掀开，想抬走木必，但又有点怕他，转转眼睛还在动着，于是小妖怪就对大妖怪说："阿妈，阿妈，他的眼睛还会动。"大妖怪说："别说，猎神会跑掉。"妖怪把木必抬到他们的住处，抬去江边，把木必的衣裳一层一层地解下来。解到第九件衣时，木必的脚已被放进江水里，他一冷醒来，翻起来，拿起刀，把妖怪一个个杀了。

杨达益

记录者：苗启明、李蓉珍
翻译者：和振强
搜集地点：云南省怒江傈僳族自治州泸水市古登乡海米各村（原碧江县五区孩明古村）

杨达益是一个孤儿，生性勇敢，从小就给地主放牧牛羊而生活。有一天，他赶着牛羊来到西坝，发现了一把刀。他把它藏在一个地洞里，第二天又到那地方去放羊。有一个人过来问他："你拾到一把刀没有？"

孤儿说："拾到了一把。"

那人说："那就是你的刀，你抽它时，刀刃要朝外。"

孤儿把刀抽出一寸来长，他放牧的几百头牛羊的头都落了地，周围所有的树木都倒掉了。他回来后把这情况告诉了主人，主人说："不要紧，不要紧，让我看看这把刀就行了。"

这刀闪闪发光，真神刀也！从此主人就另眼看待杨达益，可以和主人同桌吃饭。

深夜，杨达益熟睡了，主人的儿子发现杨达益的鼻子里冒出两条绿色的长蛇，主人来一看，发现杨达益是虎头蛇身，吓了一跳，就悄悄地退了回去。第二天早晨，主人的儿子来喊杨达益吃饭。吃饭时，杨问："今天牛羊都没有了，干什么活呢？"主人说："今天我们上山砍柴。"

杨达益带着那把神刀，和主人上山砍柴，到了山上，看见一棵耸入青天的大树，杨把神刀抽出一寸来长，所有的大树都倒了。这天去的人只背回一根。

晚饭后，杨达益在院子里溜达，忽然发现一顶帽子，外面黑得发亮，里面是白的，他马上把这顶帽子戴在头上，进屋去了。他进来，主人一点也看不见他。这时那个送刀的人来说："把鬼帽放在口袋里。"

杨达益把帽子往口袋里一装，主人才看见了他。

生活好过了，杨达益想盖房子，那送刀人忽然出现，给了他一百五十名神工，这些神工白天一个也看不见，晚上才干活。

第一晚上砍来的木料堆满了院子，第二夜，院子里叮当叮当响，天一亮，木料都削成了一根根的方条。第三夜，又是彻夜斧头声，天一亮，地基都下好了。

他们吃的饭，由达益自己做。他做了十五桌饭、十五桌菜、十五桌汤。晚上把门一开，这些神工一齐进来，便什么也看不见了，只听见碗筷声。

第四夜，又是一夜叮当，天一亮，闪闪发光的新洋房就出现了，里面外面都很漂亮。而地主的房子还是草房。

房子盖好了，杨达益下令征兵，只要二十岁以下的人，建立自己的军队，准备攻打南方。南方的汉人听说了，就派了几倍的兵来攻打。兵们很怕，杨达益激励将士说："不用怕，看我的！"

他骑着高头大马，穿着长衫，冲向汉人。汉人用铜炮枪向他射击，他把长衫一兜，那些子弹都落到了兜子里，一会兜就落满了。他就把这些子弹一把向汉人撒去，打得汉人落花流水，死的死，逃的逃，杨达益打了大胜仗。

不久，汉人又组织了几百倍的兵去报复杨达益的军队。这次战斗中，杨达益有些吃紧，主人说："抽出你的宝刀来吧！"杨达益把宝刀抽出寸许，汉军的头就落了地，一个活的也不剩。

胜利后，杨达益写信问汉人：“还打不打了？”皇帝回答说：“还要打，你们来吧！”

杨达益说：“那也可以。”就带领所有的兵去打仗。

到了汉人那里，堡垒成群，稻田四方都是，根本无法打仗。他对部下说：“你们不要动，待我去前面看一下。”

他走到阵地前，看见他的士兵有一个不听话，悄悄地走到敌人的墙下，上首的汉人就倒下一盆开水，那士兵从头到脚的皮都被烫脱了。

看到这种情况，杨达益想了个办法，在四面的墙的下面埋下了炸药，把引线结到一起，一点，各处连续不断地炸开了。这一仗汉人彻底打败了。杨达益的部下大批大批地进了城，城里的人们献给他大批的金银财宝，连他的士兵也发了财。杨达益派人把大批的金银财宝送回家来，连原来没去作战的也要跟他去打仗。他和皇帝打仗，有很多老百姓都参加了他的队伍，他打了三十七年仗，战绩遍布全国各地。

到第三十七年，他还不断地去征战。有一次出征，一个老奶奶拉住他说：“你已经胜利了，别去打仗了！”杨达益不听老奶奶的话，说：“我打了三十七年的仗，没有不胜利的，为什么不要打了？”他就照常出发了。

大队来到一个很险的山水地方，从水里发出一声巨大的爆炸声，石开之处，跳出了千千万万的兵将，爆炸的时候，杨达益就被炸死了。他的兵把他抬回去，埋在路边，上面压着大石板。在这次战争中他的兵死了一半，剩下的坚持了七年，最后终于失败了。

这些失败的兵逃回家来，有家的回了家，无家的四处流浪。轰轰烈烈的战事就这样结束了。

孤儿和鱼女

记录者：夏文、苗启明
搜集地点：云南省怒江傈僳族自治州泸水市古登乡（原碧江县五区）

从前有个孤儿，从水里捕回两条鱼，养在家里。有一天，他还没有搓苞谷就出去劳动。但他回来苞谷已经搓好了。他很奇怪，就去问舅舅是谁搓的？舅舅说："是两个十七八岁的姑娘搓的。"孤儿一想，村里根本没有十七八岁的姑娘。又去问舅母，也是这样说，并且教他要求姑娘做自己的妻子。第二天，孤儿躲在门口，那两个姑娘又来了，孤儿照舅母的话说："我是个孤儿，你们做我的妻子吧。"并且一把搂住了那两个姑娘，于是他们就成了夫妻。

一天，妻子说："你没有房子、田地和牛羊。你今天把猪厩、牛厩盖起来吧。"孤儿说："我又没有猪和牛羊，盖它干什么？"妻子说："你照着做就是了。"他果然照办，晚上妻子对着门外喊一声"猪来"，四五十头猪就跑进猪厩里，又喊一声"牛来"，四五十头牛又跑进牛厩。他家的生活很快就富裕起来。

又有一天，妻子说："家境也富有了，明天我要回娘家一转[①]。"孤儿说："在哪里？"妻子说："在水里边。"他很害怕。第二天到了水边，妻子说："你闭上眼睛。"就把他带到宫里。她父亲不知道就问："你还是我的姑娘吗？为什么会有生人气味？"女儿说："是我的丈夫跟着我来到了宫里。"父亲又问："富人否？"女儿说："他是个孤儿，很贫穷。"父亲说："好得很！"于是大摆酒席招待，席散给了他九头牛、三匹马、五口猪、六只羊。孤儿愁着怎么带回家里。妻子说："不要紧，你只要抱着我，把眼睛闭起，很快就会回到我

① 转：云南汉语方言，意为"次""趟"。——编者注

们的家了。”他照办，果真是一下就回到了家。

他们共同劳动，一块生活，日子过得很快乐。他舅家看到非常眼红，就起了坏心，说：“侄儿，你要那臭鱼妻子干什么？让她离开吧，我把女儿嫁给你。”他听了很动心，就对妻子说：“臭鱼，烂鱼，我不要你了。”妻子说：“真的吗？你要好好考虑，回忆一下过去的情境。”孤儿不理，妻子就说：“那么你把这只拐脚羊拴起来吧。”妻子走到水边还问：“你真的不后悔吗？”他说：“绝对不后悔。”于是妻子没入水中，那些牛羊等也跟着跑进水中，连那拴着的拐脚羊也没有留住。

妻子走后，孤儿对舅舅说：“把女儿嫁给我吧。”舅舅说：“你穷成这点样子，把女儿嫁给你饿饭吗？”孤儿听了非常生气，知道自己上当了，就哭着跑到水边去找原妻。一个青蛙爬到水边问道：“孤儿你哭什么？”他说：“要找原来的妻子。”青蛙说：“你炒一升小麦来给我吃，我帮你去找。”他照办，青蛙吃了以后告诉他说：“我下水后你不要笑。”就下水塘把所有的水都吸干，肚子又圆又大，孤儿见了就大笑起来，于是青蛙肚里的水又放出来。水塘里的水又是满满的，孤儿无法下水去找妻子，只好瞪起眼睛。

兔子的故事

记录者：夏文、肖怡燕
搜集地点：云南省怒江傈僳族自治州泸水市古登乡（原碧江县五区）

有一天，兔子、狼、老熊和狐狸肚子都饿了。有几个做生意的过路，背了很多东西。兔子说：“把背东西的人引过来。”狼说：“他们见我出面就打，还是你们去好了。”兔子就去。狼、老熊和狐狸就躲在草里。兔子跑到生意人的前面，跳一下睡一下，但不让人捉住，生意人以为兔子跳不动，就放下东西去捉，但小兔却不让他们捉住，跑远了，生意人没有捉住兔子，东西反被狼拿走了。

东西拿走后，叫分，但一个也不分。叫狐狸分，他说："按体力分。"小兔子就自告奋勇说："我分。"小兔翻呀翻，翻到了一件线衣，说："线衣最好，给狐狸就适合，又不会着火，最适合。"翻呀翻，又翻到一个马铃，兔又对狼说："你一摇铃，羊就来了，给你最适合。"又翻到一双鞋，鞋子分给了老熊。又翻到一口锅，就作为兔子的份。再翻又翻着一桶油漆，一块糯米粑粑，小兔说："这是眼屎。"于是把它去掉。分完东西，大家就走了。

狐狸睡在火旁被烧死了。狼一摇铃，羊跑了，肚子饿得要命。老熊穿着鞋子爬树，跌得半死。老熊回来骂兔子，想把兔子搞死。小兔正炒糯米粑粑吃，见老熊来了就说："肚子太饿了，没办法，只好把眼睛挖了吃，你尝一点吧！"老熊吃后，说："好吃。"老熊就照样挖了自己的眼睛来炒吃，老熊对兔子说："很疼！"兔子说："再挖那只吃，以后我帮你，难走处我背。"后来老熊的两只眼睛都被吃了，它俩就一同走路。走到一处岩石处，兔子说："这是太平路，走快些！"熊掉下去了，恰巧，这块大石头处有一棵树，老熊咬住树没有跌下去。兔子说："朋友，你在哪里？"因老熊咬住树，回答的声音不太大。小兔又说："你在哪里？朋友！"老熊大声回答，咬着的树放了，跌在岩谷下死了。老熊死后，小兔就到处说："那里死了一只大熊，谁要就可以拿。"人们把老熊切成若干块后，小兔抓着一块大石头在山上叫喊："我抓不住了！"人吓跑了，小兔下去就把分成小块的熊肉背走，正走着，遇到狼，狼说："饿得要命，我要吃你。"兔子说："你是有良心的，当面咬死，你不忍心，朋友，最好是中午我睡觉的时候来，你就可以来吃，我的门上有红土，我就在里面睡，你敲门，我来开，然后就把我咬死。"

第二天，狼就照兔子说的去找，谁知，兔子说的地方是马蜂住的地方。一敲门，蜂子成群来叮狼，狼就在原地翻滚，兔子说："你来你要喊门，一喊门我就来帮你撵蜂。"兔子说了几句话后就走了。狼被叮的眼睛慢慢好了，又遇到兔子，狼拼命追，追到一个岩壁处，兔说："你慢来一下，这个石头要滚了，等我把它滚下去，你再来好了。你要追，我就放石头把你砸死。”说了后，狼就停下来，小兔又跑，最后狼又快追着走，这个地方有一棵树，长满枝杈，兔子从树杈上跑过去，狼一追，右脚被树夹住，就说：“朋友，你帮我一下。”小兔说：“好，但是你不要吃我了。你用力吐气就出来了。”狼照它说的做，一吐气，树杈把它夹得更紧，最后死了。兔子也跑了。

有声音的碗

讲述者：何贵志
记录者：吴广甲、张华
翻译者：光富益
搜集地点：云南省怒江傈僳族自治州泸水市千本村

有一对青年男女常常一起到山里放牛，他们俩每天在一起吹笛子讲故事。村里有一个富人，知道他们常在一起，派来了人把姑娘抢去做他的老婆。姑娘被抢，小伙子不知道，好几天不见姑娘来放牛，他到处打听姑娘的消息，才知道被富人抢走了。没办法，他仍回去放牛，不久闷闷而死。两个月后，尸体虽已腐烂，但他的心还活着。

一天，富人派许多奴隶到山上找木料，有一个奴隶走到了过去小伙子放牛的地方，听见笛声，但一看四处无人，奴隶随着笛声寻去，发现一颗活着的心，奴隶就把人心装在口袋里带回来。到家里一看，那颗心变成一个会响的碗。不久，富人便知道奴隶有一个响碗，就对那个奴隶说：“我请你吃饭，但你应该把碗带来。”吃饭时，奴隶拿出碗来，碗又响起来了，声音像吹笛子一样，被姑娘听到了，想起过去和自己在一起放牛的小伙子，走出来一看，碗便爆炸了，这时姑娘和小伙子变成两只蝴蝶向天空飞去了。

青蛙的故事

记录者：张华、吴广甲
翻译者：光富益
搜集地点：云南省怒江傈僳族自治州泸水市千本村

从前，有一个穷妇生下一只青蛙，生下以后，青蛙对母亲说：“有一家富人有三个姑娘请你给我娶一个。”穷妇说：“你是青蛙，又生在穷人家，人家的姑娘，怎么会给你呢？”他再三要求，母亲没法只得去对富人说，富人不答应。青蛙就亲自到富人家去说，富人不答应并把青蛙赶出来。青蛙对富人说：“你不给我就哭了。”青蛙一哭就下起雨来了，富人还是不给，青蛙又说：“我笑了。”青蛙一笑，树木连根震倒了，屋上的瓦都震动起来，富人没法，只好答应。便问他的三个姑娘谁愿意嫁给青蛙，大姑娘和二姑娘都不愿意，小姑娘说：“大家不肯去，我去好了。”便跟着青蛙去了。

到了青蛙家里，姑娘说：“家里杀猪杀羊的人都没有，你变一下吧！”青蛙把皮一脱，变成一个漂亮的小伙子。两个人便在一起生活，渐渐变成了富人。后来姑娘生了一个娃娃，她想回娘家，把娃娃也带去。返回来时，她的姐姐也跟着来，走到半路，姐姐对妹妹说：“娃娃让我背。”姐姐背着娃娃走了一程，用手打娃娃的脚，娃娃哭了，姐姐说：“娃娃要认人，你把你的衣服脱下给我穿。”姑娘就把自己的衣服脱下给姐姐穿上。又走了一程，姐姐又打娃娃，娃娃又哭了，又说：“娃娃又哭了，把你的包头给我。”两姐妹的衣服全调换了。到了海边，海边有一棵树开着美丽的花，姐姐又把娃娃打哭了，说：“娃娃哭了，他想要树上的花。”妹妹说：“花不好采。”姐姐说：“你踩在我的肩上上去采。”妹妹踩在姐姐肩上，不提防被姐姐推下海去。

姐姐回到妹妹家里，就和妹夫生活在一起。这家富人有个奴隶叫“司衣尼”，一天，他放牛到海边，这时姑娘变成一只鸟，叫：“司衣尼，司衣尼，你不要和别人家放牛。”司衣尼听见鸟叫，四处找，看到那只鸟，看得出神，牛把庄稼吃掉了。司衣尼回家，富人就打他。第二天，他又去放牛，那只鸟又在叫，他又听得出神，牛又把人家的庄稼吃掉。富人对司衣尼说：“你不专心放牛，把人家的庄稼吃掉，我赔不起人家，要把你杀了。”司衣尼只好把经过告诉主人，主人说：“既然是这样，我和你一起去听，如果你哄我，我就杀了你。”富人拿着簸箕，里面装着糯米和司衣尼一同到了海边，一切都静悄悄的。两人等了好久，鸟都不叫，主人说：“你哄我。”就要把奴隶杀了，司衣尼说：“昨天你在叫，今天为什么不叫呢？我主人要把我杀了。”这时鸟就叫起来了，主人说：“你真正是我的鸟，你飞下来停在簸箕边。”鸟真的飞到簸箕边上。

主人便把鸟带回家，装在笼里，吃饭时，鸟屎拉在姐姐的碗里，姐姐很生气，就把鸟弄死，吃它的肉，其他的人吃了全是肉，姐姐吃时都变成骨头，她非常生气，就把鸟骨头丢掉，不几天就长出一棵梨树，梨树长大以后，结的梨子别人吃了很甜很好吃，姐姐吃时又苦又酸，就把梨树砍了当柴烧，一点也不好烧，她索性丢掉了，丢了以后就变成剪子，被路人拾起，问是谁家的，姐姐说是我的，就装在衣柜里，第二天，打开一看，衣服全被剪坏了。把剪子又丢掉了，被一个老妈妈拾去，老妈妈没有儿女，只有她一人，她把剪子放在柜子里，第二天，老妈妈出去劳动，回来时家里的饭菜都已煮熟了，老妈妈很奇怪：“我家里什么人都没有，是谁做好的饭呢？”她就去问邻居，邻居说：“你出去之后，有一个姑娘帮你做饭。”老妈妈回来说：“帮我做饭的人出来给我一见。”老妈妈说后，剪子便变成一个姑娘出来说：“老妈妈，饭是我煮的。”从此，姑娘就和老妈妈住在一起了。

一天，姑娘对老妈妈说：“妈妈，我们请富人家来吃一顿饭吧。”老妈妈说：“人家富人哪里肯吃我们穷人做的饭？”姑娘不听，硬叫老妈妈去请。老妈妈去请，富人说：“我家里什么都有，我不去。”老妈妈回来，姑娘问请到没有，老妈妈说：“人家吃的都有，不肯来了。”姑娘还是要求老妈妈再去。老妈妈又去了，富人说：“你如果一定要我去，你如果能造一座金桥，我就来。”老妈妈回来说：“人家不肯来了，还说要架起金桥铺了银路才肯来。”姑娘把金桥银路铺好了，才把富人请来。

姑娘对老妈妈说：“富人来的时候，如果他的小娃娃要喝水，你就叫他到我房间里来。”富人领着他的妻子（姐姐）和小孩来了。小孩真的要喝水，老妈妈就叫他到房间里去喝，小孩到了房间里，姑娘就给他奶吃，孩子从房里出来就告诉他的父亲说：“妈妈的奶很甜，姨妈的奶是苦的。”他们吃饭，姑娘也出来和他们一起吃，富人认出是自己的妻子，心生一计，叫她们姐妹俩跳尖刀，谁跳得过便是他的老婆。妹妹一跳就跳过去了，姐姐一跳便被戮死了。妹妹又重新和丈夫、孩子生活在一起了。

孤儿和龙女

记录者：左玉堂
翻译者：汉永生
搜集地点：云南省怒江傈僳族自治州泸水市古登乡海米各村（原碧江县五区三村）

很久前，有个孤儿，父母双亡，上无亲，下无戚，又没钱娶妻，单单他一个人，过着孤苦伶仃的生活。他天天早出晚归，上山进林打鸟下雀过着日子。

一天，孤儿正在森林里起劲地打着鸟，忽然听得几声哇哇的哭声。他心想：“这个深山老箐里，哪来人在哭？”他便朝着哭声找寻过去。走了不远，只见有个小伙子被人捆在一棵大树上。他便忙赶上前去，拔出挎刀，一刀砍断了绳子，救下了小伙子。原来这小伙子是龙王的儿子。孤儿救了他，他从心眼里感激他。于是便把他带回他家去了。走到半路上，龙子对孤儿说，到了他家，叫他什么也不要要，独独要墙上挂着的那张画。孤儿把话一一记在心里。

到了龙宫，龙王问孤儿道：“你救了我的儿子，现在要什么答酬？”孤儿指着墙上挂着的画纸说："我什么也不要，单要这张画纸。"龙王不肯给。这时，龙王的儿子在一旁说道："他是我的救命恩人，给了他吧！"龙王听了儿子的这席话才不得不给，他取下画纸并折起来，叫孤儿别在半路上打开，回到家后再打开。可是，孤儿回到半路上，他去打鸟，把画纸一打开，猛然来了一股大风，把画纸给吹走了。这一吹就吹到皇宫里。画纸变成了个美丽的姑娘，皇帝生来没见过这样漂亮的姑娘，就把她霸占了。而姑娘想念着父亲配给她的孤儿，便悄悄地通信息给孤儿，叫他把所打来的鸟皮剥下来留着，缝成一件鸟衣，来皇宫找她团圆。孤儿得了这个消息后，便天天早出晚归打鸟，把打得的鸟皮子都剥下了。过了三年，他拼凑起来，缝成一件花花绿绿的鸟衣穿上，跋山涉水来到了皇宫旁，并在那里边唱边舞着。

再说那龙女，自从被皇帝把她抢为自己的妃子后，她三年来从没笑过一次，连话也没说过一句。这天，她看见宫外穿着鸟衣的孤儿。心里暗想："团圆的日子到了啊！"于是她笑了。这一笑，皇帝可乐坏了，他说："三年来我用金银财宝买你的一句话都买不来，今天见了鸟衣你倒笑了，我将它弄进宫来，看你还笑不笑？"说完，大摇大摆地走出宫来，对孤儿说道："穿鸟衣的，把鸟衣献上来！"孤儿不肯。皇帝认定要要。孤儿就说："要的话，把你的龙袍拿下来换。"皇帝把龙袍脱下来，与孤儿换了鸟衣。孤儿穿上龙袍便大踏步进皇宫。而皇帝得了鸟衣穿上，他高兴地直往宫里来。这时，孤儿对着门人喊道："别让他进来！把他杀掉！"差役听了，急赶去，把皇帝杀了。

于是，孤儿和龙女团圆，结成了美满夫妻。

兄弟俩织狐狸扣

记录者：李汝忠、尚怡燕
翻译者：叶仕富
搜集地点：云南省怒江傈僳族自治州泸水市古登乡哈古独村（原碧江县五区二村哈谷都）

从前，有两个孤儿，他们是兄弟，他俩到森林里去下狐狸扣。有一天，两兄弟去看扣子，扣子上扣着一个老头，俩兄弟刚到跟前，老头却变成一只狐狸跑走了。他俩兄弟没有得到那只狐狸就空手回家了。他们向村里人说："我们下了一个狐狸扣，边上扣着一个老人，我们刚到跟前，他又变成一只狐狸跑掉了。"村中老人告诉他俩，以后如果再扣着老人的话，你们就赶上前去打他几下，他就变成狐狸了。

第二天，他俩兄弟又去看扣子，仍然见扣子上扣着那个老头。这次他俩就急上前去打了那个老头几下，老头仍然变成了一只狐狸。他们就把它拖起回来了。路上碰见一个富人在放牛。富人对兄弟俩说："你们这只狗可能很会追猪吧？"俩兄弟对富人回答说："这只狗追猎很厉害。一追上就把野兽咬死，人不必射箭，就可追到很多野兽。"富人说："老乡，卖给我，给你一头牛。"俩兄弟说："不卖，卖了这条狗我们就无法生活了。"富人又说："给你两头牛。"俩兄弟仍不答应，富人再说："给你三头。"俩兄弟同意了，说："卖给你不过便宜你一点了。"俩兄弟就换来了三头牛，要走时，富人问他俩："你们这条狗在打猎时怎么驯服的？"兄弟俩告诉他，在打猎前要把它两只前腿拴在一起。兄弟俩就赶起牛回家了。富人带上狐狸就去打猎，并把狐狸两只前腿拴紧，把狐狸一放出去，狐狸就边走边滚，滚到一个大岩壁上就滚下去死了。富人很伤心地蹲在狐狸旁哭着："我这笔财白花了。"忽然从空中飞来一只大鸟落到他跟前问道："你哭什么？"富人回答说："我用三头牛换来这条猎狗，一个猎物都还没有追着就滚死在这里，我的三头牛白白地丢失了。”大鸟说：“不要紧，我帮你找那个人。”

鸟就背起富人，飞，飞，飞，一直飞到森林上空就把他放下去，那个森林很大，里面有很多豺狼虎豹，富人一放下去，就被那里的豺狼虎豹咬吃掉了。

懒汉的故事

记录者：李汝忠等
翻译者：叶仕富
搜集地点：云南省怒江傈僳族自治州泸水市古登乡（原碧江县五区）

从前，有一个人很懒，有一天，他父亲带他到野果林中，父亲摘了一小会，摘得一大堆果子，就要走了。并向儿子说：“孩子，你摘了多少果子？”他说：“爹，我不会摘，一个也没有摘到。”父亲就告诉他说：“如果你真的不会摘，你就躺着等风把果子吹到你嘴里吧。可以吃现成的。”他真的躺在树下张着嘴，风吹来了，果子就掉下来但偏偏只掉在他的两边，而一个也没有掉在他嘴里。他饿极了，就爬起来捡掉在两旁的果子吃。从此以后他才知道不劳动是不得食的，而由一个不会种庄稼的懒汉变成了一个勤劳的庄稼汉。

寡妇

记录者：李汝忠、肖怡燕
翻译者：叶仕富
搜集地点：云南省怒江傈僳族自治州泸水市古登乡哈古独村（原碧江县五区二村哈谷都）

有一户人家，生了四个小孩，最小的那个刚生下四个晚上，父亲就死去了，只剩下母亲。这个母亲变成了寡妇，这个寡妇为了养育儿女，就天天给人帮工，可是无法生活下去，她就到她姐姐家要点粮食给她的小孩，到姐姐家要了一小点粮食，一连要了三次，最后一次姐姐就不给了。

姐姐对她说："你把我头上的虱子捉光我就给你一背糠。"她就想："不管什么只要有点吃的能养活儿女就好。"她也就答应给她姐姐捉虱子了。捉了一天，虱子已经捉光，姐姐也就给了她一背米糠。她背着那箩米糠回家，走到半路，忽然听见姐姐在后面的叫声，叫她等一等。她也就停下不走了。姐姐来了说："你没有把我头上的虱子捉光，这背糠不能给你。"姐姐就把那背糠背了回去。她无法就很伤心地哭着回家。路上遇见一条大蟒蛇，她赶忙找棍子把蛇打到路下面，又继续往前走，走过了一座山，山洼里又碰着那条蛇，她又拿起棍子打它，蛇仍钻到路下面，她又继续走，又过了一座山，山洼里又碰见那条蛇，这条蛇这回是横躺在路中间，怎么打都打不开，她就叫天："上帝，吃物的话就跑进我这个箩箩里来。"她把箩刚一丢下，那蛇果然唰就跑进箩里。她就背起蛇回家。孩子围着向她要东西吃，她说："你们再睡一下，我煮东西给你们吃。"孩子很听她母亲的话就睡起来，她就从箩里把蛇取出切成一小块一小块的煮了一大锅。第二天早早一起，一打开锅盖，满锅都是金银，射得眼睛都睁不开，她很奇怪，就把金银捞出来，足足有三箩箩，她就用这金银去向富人家买粮食，买了好多粮食，孩子们也有吃的了。金银怎么用也还是用不完，一连用了十几年，四个孩子都养大成人了，她们家也就逐渐富裕起来了。

她姐姐家里渐渐穷下去了，她姐姐就到她家来对她说："妹妹，你们是怎样富裕起来的？"她回答姐姐："我的孩子已长大成人，所以渐渐富裕起来了。"姐姐又说："妹妹，我家里现在穷得一样东西都没有了，没有办法。"妹妹说："不要紧，我给你一头牛、一只羊和其他一些食物。"大儿子就问妈说："过去，姨母连一背糠都不给我们，你现在怎么给她这么多东西？"母亲说："你姨母现在穷下去了，不给不行，我们对穷人应该同情。"东西仍然给了姨母。接着她母亲就买了木料，盖了最漂亮的房子，又买了牛马，他们一家五口生活从此就富裕了。

最能干的人

记录者：夏文
翻译者：赵各
搜集地点：云南省怒江傈僳族自治州泸水市古登乡汉本自庆村（原碧江县汉本资其）

从前，有一对夫妇无儿无女，男女互相抱怨，二人打起架来。男人打破了女人的头。后来生下一个男孩，这男孩不到十天就会吃饭了。一年后，这男孩能吃一锣锅饭，他父亲说："他为什么这样吃得？"

一天，他父亲就把他领到山上去，一棵树快倒了，他父亲叫他用肩顶着，儿子被压得半死，他父亲抽刀砍了几刀树，树倒下去更压着儿子。他父亲说："死掉算了，他为什么这样吃得而没有力气呢？"

他父亲回去了，他和他老伴正吃着，儿子把树砍作几截抬了回来，但父亲还是说他儿子太吃得了，还是要把他害死。

一天，他父亲又喊他到山上砍树，叫儿子在悬岩上接着，树倒下去，儿子给树打得摔下去了。他父亲赶下去，不但不同情儿子的死活，反而抽刀把儿子砍作几截，回来对妻子说："今天，他该死了吧。"

过了一会，儿子又背着树回来了，说："爸爸，树放在什么地方？"

"还是放在园子里。"

"爸爸、妈妈，你们为什么这样恨我，给我一把弩弓，一条狗，我到高山上去独立生活。"

他爸爸给他一把弩弓，一个坏箭筒。但到了儿子手里却变成最好的工具。他到高山上生活。他到了高山上狩猎，百发百中，天天吃肉，生活富裕。他回来向他爸爸说："我虽然在高山上，生活却很好，天天吃肉，你不相信就跟我去住几天，看一看。"

他爸爸跟着他去了，果真家里挂满了肉。以后他母亲到他家里天天吃肉。一天，儿子又到山上去打猎，打到一只老熊，活着就拖了回来了。老熊被拖回来，他用手指头轻轻敲去，老熊便死了。他母亲剥着熊皮，他又去狩猎去了。

他到了岩洞旁，见两个姑娘，说："你们为什么来到这里？"

姑娘说："我们俩姊妹是皇帝的女儿，我们那里的女人，被老鹰吃光了，因为每年要送两个姑娘到老鹰这里，现在送光了，没法，我们也只好被打发来了，一会，老鹰就来吃我们了。"

这个青年说："你们为什么这样软弱，不用怕，我能制服它，但是，你们要做我的老婆。"两姊妹答应了。

老鹰来了之后，这青年说："你不要吃人，可不可以？如果要吃就吃猪、羊。"老鹰不答应。

这青年又说："不行，可以。但有个条件，你能够把死人头撞碎，这两个姑娘就让你吃，撞不碎，我就要割你的翅膀。"

老鹰欣然答应了。它飞得很高很高，猛冲下来，撞着的是一个石头，石头怎能撞得碎呢？一次、二次、三次都撞不碎。青年说："你输了，该割翅膀了。"老鹰只好支着让他砍了两翼各一截，痛得横冲直撞地飞走了。从此之后，老鹰不再吃人了。

这青年征服了老鹰，俩姊妹认为他是英雄，非常爱慕他，愿做他的老婆。

她俩做了老婆之后，身体就慢慢变瘦了，丈夫问："你们为什么瘦了？"老婆说："你每天去狩猎时，一个很不像人样的人吸了我的血，所以瘦了。"

这个青年在家等候，果真来了一个不人不鬼的人，他问："你来干什么？"

"我来这里找点肉吃，因为你打到很多兽。"

"好好，吃肉是可以，但有一个条件，我俩用绳子拴，一个拴一个，谁胜了，谁就用火烧，我给你一根金绳子（实际是一根草绳子）。"

妖怪说："好！"妖怪把他拴住，这青年轻轻一挣就断了。

这回轮到拴妖怪了，青年用一根最牢的铁绳把它捆住，挣都挣不脱。他的两个老婆用火烧这个妖怪，这妖怪被烧得大喊大叫。它挣呀挣的，就把树拔起来跑掉了，青年追去问："你见到一个白发老人没有？"

一群小孩答道："从这里去了，她是我们的祖母。"

这青年听见是他们的祖母，他认为是妖怪的子子孙孙，就把这些小妖怪统统杀掉了。杀后，青年还是追去，追呀追的，追了几年，还是追，遇到一群人们在生产，他们指给去路，这青年就追去，找到了妖怪家，这妖怪正在解剖人，这青年杀死了妖怪以后，就回转到家里。

由于追了几年妖怪，他的两个老婆不认他了，他一再地解劝不听，就把这两个老婆杀了。杀了以后，他又悔恨不该杀，说："她们终究是我的老婆。"

流浪汉寻妻

记录者：夏文
翻译者：汉永生
搜集地点：云南省怒江傈僳族自治州泸水市古登乡（原碧江县五区三村）

从前，有一个流浪汉，想要寻找一个富人家的漂亮姑娘做妻子，然而这个流浪汉一样也没有，凭什么要有钱人的姑娘呢？这个流浪汉到处走呀走的，一天遇着一个打铁人，这个人用自己的膝头做垫打的支持物，流浪汉就喊着这个人走了。二人走到一处，又遇到一个能拔树的人，这个人也被喊着走了，再遇到一个射飞鸟的人，他们四个人就一起流浪。流呀流的，他就见了一个富人家的漂亮女儿。这个流浪汉就去对她父亲说：

"把你的姑娘嫁给我。"

"你有什么家产？"

富人听了他说没有什么，而这个流浪汉一定要他的姑娘，富人没有办法，就说："你能把这棵树拔起来，就可以考虑。"

这个流浪汉就叫那个拔树人拔起了树。

富人说："你能把空中飞鸟射下来吗？"

流浪汉又叫那个擅长射飞鸟的射下了飞鸟，富人连声称赞，说："你很能干，我的女儿就嫁给你吧。"

这个流浪汉不仅得了富人的漂亮姑娘，而且还得了很多钱作为他的安家费用。

马剃复活的故事

记录者：何天良、张华
翻译者：叶仕富
搜集地点：云南省怒江傈僳族自治州泸水市古登乡哈古独村（原碧江县五区二村哈谷都）

从前有一个人名叫马剃，他有两个弟弟到俅江[①]去做生意，家里只剩下爸爸和马剃，马剃很会劳动，一天就挖完一大片土地，饭也吃得很多，一顿要吃一大锅（父子俩的饭被他一人就吃完）。天天如此，父亲就饿着肚子，很生气，想要杀死马剃，但怎么也杀不着他。

有一天，父亲想出一个法子，约马剃到山上去砍竹子。马剃说："行。"父子俩就上山去了。到了山上，俩人一起砍竹子，砍了三捆有腿大的竹子。父亲这时喊儿子在下面堵起，马剃真的下去了，走了约两百公尺[②]远。父亲把三捆竹子并为一大捆向马剃冲去，把马剃冲死了。当天黄昏之前马剃又活过来，并拉着竹子回到了家中，父亲很奇怪。第二天，父亲哄马剃说："我要去追蜂子，你在家里。"马剃说："可以。"父亲就背起斧头向森林中去了，一到森林里，他在一直线上一连砍了七棵树（每棵都砍去三分之二，但都没有倒）。第二天清早，就约儿子说："我昨天看见一窝马蜂，今天我们去烧。"马剃说："可以。"父子俩又向森林中去了，到了森林里，父亲叫马剃站在昨天砍过的七棵树底下，并对马剃说："我去烧蜂子，你在这里看蜂子掉在什么地方。"马剃真的站在那七棵树底下，父亲把上面的那棵树砍倒，第一棵压第二棵，这样七棵树被压都一齐倒下把马剃压死。当天深夜，马剃又活过来，就拖着那七棵树回到家中。父亲见马剃力气过大，非常恐惧，

---

① 俅江：现在的独龙河，为独龙族聚居地。

② 一公尺为一米，为呈现资料原貌，予以保留。——编者注

哑口无言，马剃说：“爸爸，你这样害我，我要到俅江找弟弟去。”清早，马剃溜过溜索，翻过险峻的高黎贡山，到了俅江，找到了弟弟。

俅江两岸住着会吃人的妖怪，马剃一到俅江，独龙族人就请他去杀尽江两岸的妖怪，马剃为了杀妖怪，在俅江两岸的森林中一连住了十年，最后杀尽了妖怪，独龙族人很感谢马剃，给了他一筛子金和一筛子银，把马剃当作恩人。

马剃拿着金银去找弟弟，途中被贼杀害抢去了金银。马剃死了的消息，被弟弟们知道了，就来找哥哥的尸体，很好地埋了。七年以后两个弟弟回到家乡，父亲问：“马剃到什么地方了？”弟弟们说：“哥哥被贼杀害了。他已埋在俅江七年了。”父亲知道马剃能复活的本领就对两个儿子说：“你们到马剃的坟边喊喊哥哥起来了，这样他就能活过来。”两个弟弟去了，到了坟边喊“哥哥，起来了”，这样马剃真的活起来了。兄弟三人又回到家里，父亲和弟弟不让他出门，怕他出门会有意外的事情发生，在家一连住了十三年，马剃年老了，就下决心在家里写作文章，他专写天下人民痛苦的文章和向皇帝上书的文章，皇帝看了大发慈悲，进行了救济人民，人民生活逐渐富裕起来，得到了安乐的生活。

两个孤儿的故事

记录者：吴广甲、张华
翻译者：光富益
搜集地点：云南省怒江傈僳族自治州泸水市干本村（原干本乡）粮管局

从前有两个孤儿，哥哥给富人放羊，弟弟专给富人擂碓。两兄弟吃穿都不好。

一天，哥哥去放羊，在山上找到一缸银子。他找到银子以后，就对弟弟说：“我们俩吃不好，穿不暖，你把碓里的米拿着，我们俩逃走。”到了一个山上，弟弟对哥哥说：“我分给你米，你给我点银子。”哥哥不干，再走了一程，哥哥饿了，就对弟弟说：“弟弟，你的米给我一点，我给你点银子。”弟弟也不干。再走一程，哥哥想喝水，就对弟弟说：“你帮我去找点水来。”弟弟找了许多地方，都没有水，最后找到了一点脏水，回到原处，一看米和银子都被哥哥拿走了，他到处找也找不到，他爬到树上去喊，看到树林里冒出火烟，他就跑到冒烟的地方去，但不是哥哥，却是一群木匠在那里砍树。弟弟问木匠：“看到我的哥哥没有？”木匠说：“没有。”弟弟对木匠说：“我的米被哥哥背走了，现在我肚子很饿，你们做饭时，给我一点汤喝。”木匠说：“汤和饭还不够我们吃，没有给你的。”

弟弟又走到一个地方，遇到一个老头领着他的儿子。他就对老头说：“我帮你做饭，做熟时我只要一点汤喝，因为我肚子很饿。”老头说：“不怕，我们一起吃饭吧。”一天，老头出去赶街，弟弟就在家里做饭，看到见西斯（人名）背着公主从他身边飞过，他拿着斧头向见西斯砍去，斧头还来不及从见西斯身上拔出，见西斯就挣扎着飞去了。弟弟去追，追到一个岩洞旁。晚上，赶街的人回来说：“谁看到公主，只要告诉皇帝，皇帝什么东西都给他。”弟弟听到这些话，就把见到公主的情况告诉老头。

第二天，所有的人都集中在一起，在人们的面前拴着一根筷子，皇帝派来的人说：“谁看到公主，跳起来就可以拿到筷子。”许多人都跳上去拿，都拿不着，弟弟一跳就把筷子拿到手里，皇帝派来的人很高兴，由弟弟领着去找公主。弟弟领着一群人到了洞边，就用一根大绳拴在腰间下洞去，到了洞里，看到见西斯半死不活，公主还未死，他把公主用绳子吊出洞去，叫洞外的人把绳子丢下来他再爬出洞去，但这群人中，哥哥也在里面，哥哥就不丢下绳子，到了皇帝那里，哥哥说：“公主是我救出来的。”皇帝就把女儿嫁给他。

弟弟在洞里没有吃的，只好把见西斯打死，吃他的肉度日。一天，他听见一种声音在呻吟，弟弟就说：“是妖怪就来把我吃掉，我受不了这种生活。”那声音说：“我不是妖怪也不是鬼，我头上有千斤大铜块，请你帮我把它掀掉。”弟弟问：“我帮你掀掉，你能帮助我出洞吗？”那声音说：“可以。”弟弟掀掉那千斤铜块，把那个人救出来，其实这个人是一条龙。那人说：“这一下，我来帮你出洞。”那人对弟弟说：“你见到黑牛可以打，见到黄牛别打。”龙又说：“现在我哭了，你不要怕。”龙一哭就下大雨，雨下后山崩地裂，他们就从洞里出来了。

出洞以后，龙对弟弟说：“朋友，请你到我家一趟。”他俩到了大海边，弟弟问龙：“你家住在哪里？”龙指着大海说：“就在这里。”弟弟说：“这里没有房子，我不敢进去。”龙说：“你别怕，只要你闭上眼睛就得了。”后来，龙对弟弟说：“你到了我家，我父亲给你东西时，其他的你什么都别要，眼睛只看着骡子和葫芦就行了。”他们就到了龙宫，龙王招待弟弟住了三天三夜。

却说公主在皇宫里，吃不下饭，天天思念着救她的孤儿。皇帝问她：“儿呀！你回到家里，整日愁眉苦脸，是为了什么？”女儿说：“父亲，救我的不是这个人。”

弟弟在龙宫里，眼睛只看着骡子和葫芦，小龙就对老龙说：“父亲，他要那两样东西，你给他吧！”老龙就把骡子和葫芦送给弟弟，并对他说：“骡子口衔着三根绳，拉第一根就上天，拉第二根就到地上，拉第三根就能到地下。那葫芦，你要什么，它就会给你什么。”弟弟拉了第二根绳，就来到了皇宫，见了皇帝说：“请你把公主叫出来，我要和她说几句话。”公主出来，见到了弟弟就笑起来了。皇帝问女儿：“往日你忧愁，吃不下饭，今天为什么这样高兴？”公主说：“父亲，这人就是救我的恩人。”皇帝处死了哥哥，叫公主与弟弟结婚，从此以后，公主便和弟弟在一起生活。

穷人和八万块

记录者：朱宜初
翻译者：木玉璋
搜集地点：云南省怒江傈僳族自治州泸水市干本村

古时候，有一家穷人，他有两个娃娃，只有一丘田。他家吃的也不够，一年只能吃一两个月。他年年都是向亲戚朋友要粮食来补充。时间长了，亲戚朋友也没有力量接济他。他吃不饱就想去偷了，但又不敢去偷，就回来找点酸菜给娃娃吃。娃娃就要饿死了。

有一夜，他想到八万块家去偷一只羊来杀，但到了羊厩边，见了羊就不敢动手。于是又回到了河边，坐在河边，什么办法也想不出来了。一会来了一个人，他就问人，那人也不答应，那人是“尼几齐”（一种鬼）。尼几齐问：“你坐在这里做什么？”他说：“我娃娃饿得要死了，想偷又不敢偷，我就回来了。”尼几齐说：“我也是家里没有的，我也是去偷的。”于是两人一起去偷。那穷人不敢动手，尼几齐就动手了，偷了八万块一只羊，八万块没有看见尼几齐偷，于是尼几齐就将偷来的羊杀了，还将杀了的羊用蓑衣包了起来，又用篮子背到山上去。到了山上的时候，已经是半夜三更了，什么也看不见了。尼几齐对穷人说：“你来划开这羊，我们打伙吃。”尼几齐在旁边给那穷人点火，那穷人就用长刀来划羊，但是尼几齐点的火或明或暗，穷人就说：“你点的火怎么像鬼火一样？”尼几齐不作声，那穷人又说：“你点的火怎么老是像鬼火一样？”尼几齐还是不作声，火也还是点得不亮。穷人第三次说道：“你怎么点的火像鬼火一样？”尼几齐才答道：“我就是鬼嘛！你不相信，你看看我的下巴！我是没有下巴的。”那穷人一看，果然没有下巴，就吓得跑回了家。第二天，他就假装着去砍柴，他背篮子去看那里还有没有羊肉，他一看，那羊的肠子、肚子、肉都只剩一半留给那穷人。那穷人想，那鬼的良心还是好，就将剩的羊背回来给娃娃吃。他想那鬼良心还是好，就想去找那鬼。到山上、江边都找遍了也没有找到。那穷人没有办法，就在江边的水田里引水，将水引到了自己的田里。可是一小下，水又流到别人的田里去了。几次都是这样，他就躲起来看，只见一个人将水扒到别人的田里去，穷人就抱住那人来打。那人说："你不要打，我就是与你一起去偷羊的那个人了。你放水没用处，我给你一顶帽子，你做什么别人都看不见你。"说着就给穷人一顶又脏又烂的帽子，穷人有些不想要，那人还是劝他收下了。

那穷人戴着又脏又烂的帽子回去了，他到了家里，家里的人都没有看见他，他就相信这帽子的好处了。

有一天，他戴着帽子去赶集，他试着偷了两根针，别人没有看见，他又去偷了一匹布，别人也没有看见。他就更相信这帽子的好处了。他第二天就到八万块家去偷，他进门的时候，卫兵也看不见他，他就挑了些金子、银子回去，慢慢的，八万块的家就一天天穷了，而那穷人就一天天富了。

贝益哥和双贝哥的故事

记录者：何天良、肖怡燕
翻译者：赵师简
搜集地点：云南省怒江傈僳族自治州泸水市古登乡（原碧江县五区五村）

从前，有一男一女，男的叫贝益哥，女的叫双贝哥，他俩要好，但各住一村，在两村之间有一岩洞，他俩经常到岩洞中去相会。有一次，贝益哥在岩洞中和双贝哥同住了一夜，第二天去种了一棵麦子和一棵荞子，并找了两个知了的心和荞麦同种在地里，荞麦长出后，他们连割了三次荞麦的叶子，又找了百家香和荞麦的叶子捏成一双（公、母）口弦筒，分别装在两个竹筒，各人带一个，从此两人更互相想念。

有一天，他们约好去岩洞里交谈，双贝哥已准时去岩洞里，但贝益哥还没有来，因为贝益哥的父亲叫他干很多事情。他对爸爸说："我要出去了。"爸爸说："你先抬一点水。"他抬了水，他又说："我可以走了吗？"爸爸又说："再给我抱一些柴来。"他抱了柴又说："现在我该走了吧。"爸爸又说："给我把锅安好。"安好了锅又说："我可以走了吗？"爸爸说："你再收收鸡。"这时由于他相思过度，破心而死。晚上，灵魂就到岩洞中去会双贝哥，他说："我现在已经死了。"姑娘却认为他没有死，就说："你不能这样说，你怎么会死呢？"他说："我真的死了，不信明早你朝我家看吧，若有火烟冒出来，就表示我死了，没有火烟，那就说明我没有死。"第二天天刚亮，双贝哥突然不见贝益哥，姑娘就朝贝益哥的家看去，果然见到火烟从房里冒出来。此时她才确信贝益哥真的死了。当天，贝益哥的尸体被抬上山去埋弃，双贝哥就抬着酒、肉和饭去祭贝益哥，她对着坟说："贝益哥，贝益哥，假若你没有忘记我，那么你的棺木就炸成两半，若你还在怀念我，那么你就把棺木断成两截。"突然坟墓就炸成了两半，双贝哥就从裂缝中钻进去，两人合葬在一起。

从此人们常在这里听到他俩说话的声音，非常刺耳，就把他俩分葬于两山上，同样还是听见他俩的说话声，又把他俩葬于一条小江两旁。但还听到他们的说话声，又把他俩分葬于江东、江西去，这时没有听到他俩的声音了，但是又在江的两岸长出两棵很大的榕树，两树尖伸向江心，互相摩擦，又发出一种咯吱、咯吱的声音，这声音在人们听来，又像他俩在谈情，因此又派人砍倒这两棵树，两岸砍的木屑同时飞向江心，突然变成一对蝴蝶，一只绕着一只快活地飞上天去了。

三吹三打玻璃汤

记录者：李汝忠、李蓉珍
翻译者：叶仕富
搜集地点：云南省怒江傈僳族自治州泸水市古登乡（原碧江县五区五村）

从前，有个穷孩子，家里很穷，住地又偏僻，种不出稻谷，一年四季烤苞谷粑粑吃，喝白开水过活，他打听得一个地方，有一家富人的姑娘长得很漂亮，他羡慕极了，决定要娶这个姑娘。

他想："我是个穷孩子，要娶富人的姑娘是办不到的。"于是他便想了个计，到山上打了好几天柴，不买其他东西，尽买了些钥匙，穿起来一大串挂在身上，就到富人家去，富人见他挂着那么多钥匙，认为他是一个富人，焖饭、蒸包子给他吃，但他只是吃饭和包子的心心，把皮剥了丢掉，富人很奇怪，就问他："你们家吃什么？"他回答说："我家哪里吃这些东西，吃的都是三吹三打玻璃汤。"富人听了不知是什么食品，以为是很高级的食品，于是又问："你管的地方有多大？"他说："我管的地方不多，一把钥匙管一个地方（一个区）。"富人听了更惊奇，很羡慕，又看到他人品、面貌都很好，就满口答应把自己的姑娘嫁给他。他说："我现在什么礼品都没有带，怎么能去领你的姑娘回去。"富人说："没有关系。"就给他俩办了婚事，结婚后，他领着姑娘回自己的家去了。

走了两三个月还没有到家。姑娘见前面有几座高大的楼房，便问："那就是我们的家了么？"他说："不，我们的家还远呢！这些房子算得了什么，还不如我们的中间走道。"走啊，走到了家，原来是一间破旧草棚。他却对姑娘说："我们的习惯要在这里住三年，才回家。"当晚他就做三吹三打（苞谷粑粑）玻璃汤（白开水）给姑娘吃，以后天天都如此。日子久了，姑娘知道这就是他真正的家，天天吃的就是火烤苞谷粑粑，在不住，想回家，可是路远回不了。富人的姑娘就这样成了穷人的妻子。

打鬼的故事

记录者：李汝忠等
翻译者：赵师简
搜集地点：云南省怒江傈僳族自治州泸水市古登乡（原碧江县五区）

有个孤儿，他们村寨经常有妖怪来吃人，没有任何一个人敢出来除掉这群妖怪。他说："我只是一个人，死了也无什么拖累。"便下定决心为村里除害，把妖怪杀掉。一天，他背上磨得非常明亮锋利的宝剑，走到半路上看见路旁有棵辣子树，树上结有两个"冲天辣"。那辣子突然问他说："你要到哪里去？"他说："我要去杀妖怪。"辣子说："我跟你去。"他同意了，他们就一块走，走了一段路遇见一棵龙竹，竹根上还有片笋叶，那笋叶问："你们要去哪里？"回答："杀妖怪！"笋叶要求同他们去，于是他们继续往前走，走到海边见一只鸭子在水里游来游去的，那鸭子问知他们要去杀妖怪，也要求同去，四人一同往前走，过了大海就到妖怪住的地方，这时，已到半夜，妖怪都睡熟了。

他们四人分工，辣子泡在水桶中，鸭子守在火塘边，笋叶守在门槛上，孤儿手里握宝剑站在门的一旁，布置好了，孤儿大吹了两声口哨，妖怪醒了，妖怪惊叫"不好了，盗贼来了"，就蜂似的往外跑。一下床就到火塘边吹火，一吹鸭子大拍翅膀，把灰拍散出来，迷住了妖怪的眼睛，于是妖怪急忙跑向水桶洗，一洗被水辣得怪叫。又急忙往外跑，再去洗眼睛，跑到门槛被笋叶滑倒。孤儿在旁边拿着宝剑一刀一个，接连把那群妖怪都杀死了，他们四人就胜利而归，安居乐业，再也没有妖怪来吃人了。

“漏”的故事

记录者：李汝忠等
翻译者：赵师简
搜集地点：云南省怒江傈僳族自治州泸水市古登乡（原碧江县五区）

在一座山上，有个哨房，无论过路行人、来往商贩都必须在这哨房里过夜。一天晚上，一群商贩在这里过夜。其中一个是卖骡马的，另一个是卖白纸的，晚上他们在那里聊天，各人讲述自己做生意的情况。卖马的说：“我最怕老虎，怕它吃了我的马。”卖纸的说：“老虎、小偷我都不怕，就是怕“漏”（漏雨）。”正讲得热烈时，果真有一只老虎来到房后想吃牲口，当老虎听到这番话后心想：“不怕我，怕“漏”，那么“漏”可比我厉害得多。”怕起来不敢回去，也不敢吃马，就跑进马棚跟马躲在一起。

到半夜，偷马的小偷来了，他进马厩用手一匹匹地摸，看哪一匹最肥壮，最后摸到老虎又肥又大，背部又平又滑，有一尺多宽，他纵身跃上，拍它一巴掌，就往外跑，老虎认为是“漏”来了，也就往外跑，跑到天亮，小偷才发现是骑着一只老虎，吓得发抖，又不敢下来，怕被吃掉，跑到一棵大树旁，小偷趁机跑到树杈上躲起来，心想，已经摆脱了危险。老虎也认为摆脱“漏”的危险了，心放宽了。老虎往前跑时遇到一只大青猴，它就告诉猴子：“危险了，我今天差一点被比我还厉害的“漏”吃掉。”猴子不信说：“你说什么话，在我们当中你是最厉害的了，是山中之王，谁能比得上你厉害，我不信。”老虎说：“真的，不哄你，不信你去看，现在“漏”还趴在树上。”猴子真的同老虎去看。可是老虎不敢爬，怕被“漏”吃掉，就对猴子说：“我用一根绳子一头拴在你腿上，一头拴在我腿上，你爬上去，如真的是“漏”，你低头向我眨眼睛，我就把你拖走。”小偷见猴子、老虎来了，在树上吓得汗淌尿流，尿流到猴子的眼睛里，猴子辣疼了就低下头来眨眼，老虎见他眨眼就一个劲地拖过了好几座山才停下，见猴子龇牙咧嘴，老虎不高兴地说：“我拖你拖得死去活来，你还在那里笑！”就用力踢了它一脚，猴子毫无动静。老虎才知道猴子被拖死了，就挖洞埋猴子，由于太匆忙，没有把猴子尾巴埋进去，走了一段路，往后看，见猴子尾巴被风吹得一摇一摇的，它认为猴子还活着，又转回去挖洞重新埋，接连反复了二三次才把猴子尾巴埋进去。老虎才放心地回家去了，从此以后老虎不敢到这个地方来吃马了，小偷再也不敢来偷马了。

孤儿做了皇帝

搜集地点：云南省怒江傈僳族自治州泸水市

有一个孤儿，领着两只狗去打猎，到了山上，看见三只岩羊，但他不能同时射三只，就选中了最好的一只射了。但被射的岩羊并没有死，他就把它拴住带回来养着。岩羊伤好以后，结果变成了一个漂亮的姑娘，给他做饭，成了他的妻子。他很爱她，出去劳动，相隔不多久他就要回来看看她。她问他为什么，他照直说了。他老婆说：“你既然这样想念我，你就把我的像画好，带在身边，想时就看看它。他画下了，劳动时挖了几下，就把画像拿出来看看。一天，刮了大风，就把画像刮跑了，结果被吹到皇帝那里去了。皇帝见了画像，觉得非常好看，就想要来做老婆。皇帝派人到各处去找，终于找到了她，派来人把她绑走，临走时，她对丈夫说：“三个月以后，你去打一只野鸡，用它的毛做成衣服穿着来见我。”

她到了皇帝那里，不说话，也不笑。

三个月后，她的丈夫穿着鸡毛衣服到她那里去，她见了很高兴，就笑了起来。皇帝很奇怪，认为他真有什么本事，能引她笑，就和他交朋友。他和皇帝就互换衣服穿。皇帝穿着鸡毛衣服出去，回来时，她就对皇帝的兵说："你们看，那里来了一个坏人。"那些兵跑去把那穿鸡毛衣服的皇帝打死了。孤儿就做了皇帝，夫妻团圆，生活很幸福。

面人

记录者：李汝忠、张华
翻译者：叶仕富
搜集地点：云南省怒江傈僳族自治州泸水市古登乡（原碧江县五区五村）

从前，有两夫妇，结婚多年没有娃娃，他们便用荞面捏了两个，这两个面人一捏好就会说话走路。有一个要到皇宫去要金银，路上遇见一个大力士扛着两根大木料，就问他："你扛这么大的木料干什么？"大力士答道："我家有老父母，把它卖了，奉养父母。"面人说："不要扛了，跟我到皇宫要金银去吧！"大力士卖了木料得了钱，把钱拿给父母就跟面人去了。走到前面，有一个人把右手脚拴在一起跳来跳去，问他："你怎么拴着手脚跳。"那人说："要是我放开脚，两腿一跳，那我可以从碧罗雪山跳到高黎贡山，又从高黎贡山跳到碧罗雪山，可以跨来跨去，来回地跳。"他们听了就约他去，他跟他俩去了。前面又有一个人在闭着眼睛射一条小虫，便问他："你怎么射前要闭眼睛？"那人说："闭着眼睛能百发百中，睁着眼就不能了。"面人叫他不要射了，约他："跟我们到皇宫取金银吧！"那人收起弓弩跟他们三人走了，走了一会，又有一个人在路旁向左向右地拉着头上的帽子。他们问："你一天在拉帽子干什么？"那人说："我左右移动帽子，就会吹风、打雷、下雨。如用力往右一拉，就要下大雪。"他们听了，同样约他去取金银，他也依着去了。五人往前走，又遇见一个人，在那里左手倒进右手，右手倒进左手，来回地倒着一撮泥土，他们奇怪地问他。他说："我这样倒才有高山、洼地，如不这样，大地就是一片平。"这人也被面人邀到皇宫取金银去了，六人到了皇宫，皇帝问："你们来干什么？"面人说："我们来取金银。”皇帝就说：“你们和我姑娘比赛，谁走得快，把她比输了，我就给谁。”

比赛开始，皇帝叫他姑娘去江西舀水，她走得很快，很快就到了江西，那跨东山西山的也一步就跨到江西舀好折回来，到半路他睡着了，那会射箭的瞄准他的眉毛，一箭就把他射醒，一看他的水被公主倒掉了，他又回去舀水，舀起水一步就跨回到皇宫。这时公主还没有回来，这样他们比赢了，皇帝变了心，不打算给他们，把他们哄骗到一间房子里，这是间铁房子。一进去，铁房子烧得通红，眼看他们六人就要给烧死，那扇风下雨的，把他的帽子来回移动，并用力向右一拉，顿时风雨交加下起大雪来，那玩泥土的从四方搬来四撮土，周围都成了山，把皇宫压得平平的，皇帝只好答应给他们银子，就问：“你们要多少？”面人说：“要一口袋。”那口袋有150拃长，三拃宽。银子装了一柜，才装得袋底一小点，皇帝所有的金银装完了，才装满一袋。他们便离开皇宫往俅江，一路走一路把金银赏给穷人，到了俅江那袋金银也赏完了。这时，他们便分工，撒土的管地轴，拉帽的管风雨，自此，他们便各走一方，自守岗位，为独龙族人造福。

两兄弟分家产

记录者：左玉堂
翻译者：汉永生
搜集地点：云南省怒江傈僳族自治州泸水市古登乡（原碧江县五区）

从前，有两兄弟，父亲死时只留给他们一床被单和一条乳牛。父亲一死，哥哥心丑，想出了坏主意。他对弟弟说：“现在分分被单吧！”弟弟听了，不解地问哥哥：“一床被单怎么分呀？”哥哥就说：“这样分吧！白日分给你，晚上就算我的。”

弟兄俩就这样分定了。晚上，哥哥就盖起被单睡，睡得暖和和的。而弟弟没盖的，一夜夜挨冻，只得烤在火塘边。一天夜里，他实在受不住了，便跑去马帮火塘边去烤火。这时，他看见那些赶马人睡在一起，一个个睡得热乎乎的，他就伤心地哭了。赶马的马锅头听见了，就问他为什么哭。弟弟就把哥哥跟他分被单的事说了一遍。马锅头听了告诉他道："白天你分得时，就放在水里泡，晚上再送给你哥哥。"弟弟这样做了，这可把哥哥气死啦，他对弟弟说："不分了，算两人的，一起盖。"

后来，哥哥又跟弟弟分乳牛。哥哥分给弟弟牛头。弟弟的牛头只会吃，不会做什么，也挤不到奶。弟弟没法，又跑去问马锅头，马锅头叫他打牛头。弟弟一回来就打牛头。哥哥见了好生生气，大骂弟弟，可弟弟说："牛头是我的，我打我的牛头，又不打你的牛蹄子。"哥哥没法，只好气愤地说："不分啦，不分啦。"

算命老头

记录者：李汝忠、张华
翻译者：叶仕富
搜集地点：云南省怒江傈僳族自治州泸水市古登乡哈古独村（原碧江县五区哈谷都）

有一个老头，他有三个儿子，家里很穷。老头天天去给人算命。三个儿子对他说："父亲，你天天出去替人算命，你应在家给我们算一算。"父亲回答："你们三弟兄不行。"弟兄说："行的，我们依你的话，你怎么说，我们就怎么做。"父亲又说："那么，你妈妈要死的时候，你们就准备好三根绳和一口棺材，到你妈死时，你们用绳把她拴起挑上山坡去，绳子没有断时，你们就不停地一直抬，当绳子一断，你们就放下无论滚到哪里也不要动它。

不久，他们的母亲真的死了。他们几兄弟就依父亲的话用绳索捆起抬上山了，绳索抬了好久了都没有断，棺材便掉进湖里去了。三兄弟就回家，三天后，三兄弟又回去看母亲的棺材，到了那里，湖不见了，变成了一座小山坡，见棺材上的小蚂蚁用土堆成了一座座小土包。几个月后，三兄弟的媳妇都有孕了，又三个月她们就要生产了。

有一天，村里有人结婚，爸爸知道三个儿媳妇快生孩子，便说："你们去参加人家婚礼，我在家里。"三个儿媳说："我们快生孩子了，还是你去吧，我们在家好照顾。"父亲去了后，三个儿媳果然生产了。大儿媳生出的孩子全身皮肤都是黑的，小孩一落地就跳到柜上坐起。二儿媳生的小孩是绿色的，一落地也跳到柜子上大孩子旁边。三儿媳生下的小孩长得非常漂亮，一生下仍然到那柜子上。三个小孩到柜子上就谈话。

大的："地下七层国都是我们的。"第二个说："天上九层国都是我们的。"小的说："地上一切国家都是我们的。"他们父母惊奇，就把他们打死全埋掉了，孩子埋好后，父亲也回来了。就问："我的三个孙子哪里去了？"三兄弟回答："生下这几个小孩很奇怪，一生下就会走路说话，我们怕，把他们都打死埋掉了。"父亲很生气，说："前天我说你们不会照顾。"又说："现在还可赶得上，你们是否都记得你们的孩子。"三兄弟回答："都记得。"父亲就说："那么明天鸡叫时，到山上等他们，他们会出来。"第二天一早鸡叫，三兄弟就出发到坟地旁，刚到看见三个都在整理着马鞍准备乘马走。三兄弟又惊奇又害怕，不敢近前去。天蒙蒙亮，三个小孩骑着马顺山坡上去了。三兄弟回家来。父亲问："可带回来？"三兄弟说："我们去时他们已经整理马鞍骑着马走了，我们害怕不敢去叫他们。"父亲说："不行了。"过了不久，三兄弟去看母亲的坟墓，小山不见了，仍变为一个湖，棺材浮在水面，湖水一天上涨，他们就在小山坡上开了一条小沟，将水排出，母亲的棺材也顺着水流出去了。三兄弟和父亲都去追棺材，到江边，棺材被挡在江边大石上。三兄弟都抬不动棺材，父亲也死在这里。

一年后，二儿媳又生了一个小孩，小孩只有一个头，没有身躯，几个月后，他就向爸爸说："爸爸，你给我娶一个官家姑娘。"父亲说："你只有一个头，连人都不像，还要官家姑娘。"要用斧头砍死他，当父亲去拿斧头时，小孩就跳到大爹家中说："我爸爸要杀我，所以我来你家过活。"三年后，他仍来向他大爹提出要官家姑娘。大爹不好说便答应了他。第一天，他到城里，不敢进去，就回来了。孩子说："大爹，今天你没有进城就回来了。"并说："你明天还是到城里去要。"第二天，伯父又去了，他仍不敢进去，城门两个卫兵见了说："昨天、今天你都站在这里，究竟想干什么？"就把他拉到县官那里，县官问他，他说："我侄子要我来要你的姑娘。"县官说："你来也来了，可以给你，但有两个条件：嫁女费要一只十五担的大肥猪，用谷糠搓的七十拃长的一股绳子。"伯父听了条件太高，就失望地回家了。侄儿问他，他说："县官答应嫁了，但有两个条件。"他说："这很简单，你们明天叫两个人到山上找一团松香回来。"他们果然找了一团松香回来，把松香抖进谷糠，一小会就搓了七十拃长绳，告诉大爹说："绳索已经搓好了。"大爹说："有了绳子，十五担肥猪还成问题。我家祖祖辈辈都没有养过十五担肥猪。"侄子又说："很简单，你拿三支箭到山洼里去射岩石，箭射完就可牵猪回来。"大爹去射了三支箭，大岩真的变成肥猪，他就把它牵了回来，他们俩就牵着猪，拿着绳去了。

到了城门，猪进不去，他先去告诉县官猪牵来了，可是进不了城门，绳子在这里。县官说："猪可拴在门外。"县官又问："女婿在哪里？"大爹指着那个无身子的头说："那就是了。"姑娘见了头不愿意嫁，县官说服她，因为他达到了条件只好嫁给他，姑娘也同意了。人头在城里，姑娘嫁了他。在他旁边三天后，就对父亲说："我已在他旁边三天，我还再养他三个月。"三个月后，又到父亲面前说："我养了三个月，再养他三年。"三年后姑娘已爱上了他。他俩就同到大爹家，见大爹从早到晚很忙，他就说："你别那么忙。"伯父不听仍然忙着。头又第二次劝，伯父说："你既不会劳动，也不能生产，你的东西究竟从何而来？"他说："大爹，你不相信，可到我住处翻翻我的柜子。"伯父真的去翻了，一打开柜子，真的装满了金银，人头就用这些金银供养伯父，生活过得很好。生身父亲家里很穷。有一天深夜，县官妻子悄悄地去看他俩，一看，那不是人头，而是个漂亮小伙子，还见他们夫妻二人谈笑风生。

木必的故事（一）

记录者：张西道、张华
翻译者：和付生
搜集地点：云南省怒江傈僳族自治州福贡县上帕镇

古时，木必也是识字的。但是木必写字写在麂子皮上，汉人写字写在狗皮造的纸上。木必写在麂子皮上，麂子皮被狗吃了，狗皮是狗不吃，所以傈僳族的文字没有传下来，汉人的文字就一代一代地传下来，就有现在的文字。

那次木必输了后，皇帝对木必说："我们两人比赛栽银花，三天就要把银花栽出来。"木必有办法，三天后就栽出了银花，而皇帝没办法，栽不出，皇帝就找一个白族人来商量，白族人告诉他把木必的银花偷来栽在自己的土地上，皇帝照样做了，木必的花不在了，木必这次也输了。

后来，皇帝又同木必比赛吃东西，说："我吃东西，你淌口水，你就输；你吃东西，我淌口水，我就输。"皇帝先吃老肥肉，那时木必吃着烟，一点口水也不淌。到木必吃的时候，木必从口袋里取出三个酸橙子，吃起来很酸，皇帝就淌口水，这次皇帝输了。皇帝又同木必比赛掰直弯的东西，哪个把弯的东西掰直了，那人就赢。皇帝就拿给木必一只很弯的绵羊角，木必把绵羊角拿回家去，砍来三背柴把绵羊角放在锅里煮了三天三夜，煮熟了，他拿一根棍子打进羊角里去，等到羊角冷后，羊角就成直的了。他拿到皇帝面前是很直的了。他又取出一歪斜的葫芦递给皇帝，叫皇帝掰直它。皇帝拿来右掰左掰把歪葫芦掰成几瓣也没有掰直。所以皇帝输了。

后来，当官的那个人吃饭的时候常有一只鹰在天空上，有一次，他在吃饭时，鹰在天空屙下屎，正屙在他的碗里，当官的很生气，请木必说："你很有本事，帮我把这只鹰除掉。"一天，当官的正在吃饭，那只鹰又来了，停在天空不动，木必用弩弓射了一箭后，正射着鹰，鹰掉下来，掉在当官的面前，当官的吓了一跳，很害怕，他就站起来说："木必，你这么有本事，你要什么，你尽管说，我都给你。"木必不作声，右问左问都不作声。当官的害怕了，怕木必杀他，就往山上跑，跑了三天三夜，木必一天就追上抓住他，问他为什么要往山上跑，他说："我问你要什么，你不说，我害怕你要杀我，所以就往山上跑。"木必说："不要怕，我不杀你。"当官的又问："你要什么？"木必说："我要你的下嘴壳，就是你统治下的一部分老百姓。"当官的听了，就把他统治下的老百姓分给了木必一半去统治。木必领着这部分人打仗去了。他的刀一对着人人就死，一直杀到皇帝住的地方，已是三年了，他又回到家乡来。因为他杀人，所以人血沾在手上很多，连刀子都被血粘在手上拿不下来，他到家后，他的老婆煮了一锅水，把他的手放下去，浸了好久，慢慢地把血洗掉，才把刀子拿了下来。

木必回到家以后，皇帝就派兵来找他，要把他杀掉。有一个打铁的人叫他的帮工去打酒来吃，这个铁匠去喝酒去了。木必就钻到铁匠打铁的地方，拉风箱打铁，那个铁匠听到以为是小孩进去乱拉风箱，就叫不要进去乱搞，但是木必不听，还是叮叮当当地打，打铁的人就从篱笆缝里瞧到底是什么人，一看是木必，吓了一跳，看到他打一锤，出来一把锄头；打一锤，出来一把镰刀；再打一锤，出来一把刀子。打铁的看到这样有本事的人，不敢接近他。木必听到皇帝派兵要来杀他，他急忙用锅烟把自己的脸、嘴、身子擦黑，那些兵来了，抓住他问："你可是木必？"他装作哑巴咿咿呀呀比了一阵，那些兵看是哑巴就放了，就到平地上去睡觉，木必赶忙洗了脸，拿了刀，捡来两块石头对天祈祷说："如果我打得赢他们，我往下滚石头，滚一块就打死他们一个，滚两块就打死他们两个。"他看自己打得赢，就拿起他的刀子，一对人，就都把皇帝派来的兵杀死了。

原来傣族是住在石月亮那里，为什么到下面去住了呢？是因为木必那时，傣族是□□的，傈僳人到他们家去要火，小的去他们就把小的关起来把他□□了；大的去要火，只是关起门从篱笆缝里把火递出来，大的不敢

□。木必有一天就说："我要娶一位姑娘，你们大家都出来，老大爹大妈给猪脑吃，狗给它吃肉骨头，鸡给它剩的饭，猪给他吃酒糟。"到了江边还没有吃完，木必说："你们全家都出来，一个都不要留在家里，你们别不听，快把他们全部叫出来。"就把一家一家的全都叫来。老人给他们吃猪脑子，鸡给它们吃剩了的饭，狗给它们吃肉骨头，猪给它们吃酒糟。到了江边，木必坐了一只木船划到了江那面，他一跳，跳到一块石头上，把船往后一蹬，船就顺江淌走了。那些人被放在竹子上，有的不会砍竹子，把竹尖尖砍断了就一直往下淌，就淌到江尾。有的人会砍，砍着竹子的中间，就留在这里淌不下去，所以现在傣族就住在江的下游，傈僳族就住在江的上游。

到木必老了时，有人想要来杀木必，先用酒来灌他后才杀他。但木必长了很多胡子，他把胡子藏在胸前的衣服里，在胡子下面放一个酒瓶，给他喝了很多酒，他假装喝酒，把酒在嘴唇上一倒，酒就顺着胡子往瓶子里流，瓶子流满了，他又装作解手到外面人不见的地方把酒倒了又回来，人们给他吃了很多酒他都没有醉。那些人说："怎么搞？木必不会醉。"有人又出主意来杀木必，说有一种鸟毛很毒，一戳着人毒就上身，就会死的。找来这种鸟毛一根擦在木必的手上，木必回家就对他的两个老婆说："我不行了，要死了，死后你们在笛子里放上两个蜜蜂放在我的嘴边，装两只蜘蛛在琵琶上放在我的胸前。"他的老婆给他穿上新衣服后，戴上新帽，笛子、琵琶都准备好了。那些人说："走去看木必去。"他们到了木必家里说："木必，起来吹笛子了。"他的老婆就把他扶起来坐好，把笛子放在他的嘴边，蜜蜂在笛子里一动，就像吹笛子一样。那些人又说："木必，起来弹琵琶。"他老婆又把他扶起来，把琵琶放在他的胸前，蜘蛛在琵琶上一动，爬响了弦线，就像弹琵琶一样，他们就说木必还没死。于是他们也就走了，木必毕竟是死了。木必死后，他的老婆把他埋在碧江一区腊贺窝独那里，现在木必的坟墓还在那里。

木必的故事（二）

记录者：李汝忠、张华
翻译者：叶仕富
搜集地点：云南省怒江傈僳族自治州福贡县匹河怒族乡果科村

木必出生在丽江，人很聪明，他用块竹片弹石射箭，射得很准。又从他的名叫黑木必的差使那里拿来了一把斧头，把它打成了把刀，这把刀很锋利，只要拿在手中一挥，漫山遍野的树就会倒下去。

有一年，藏地的人来□□丽江，在人们的请求下，他挺身而出和敌人奋战。那竹片和刀就是他唯一的武器，是神刀宝剑，藏地人敌不过他，败退而逃。以后他带起自己的爱人纳西族姑娘迁至兰坪拉机，接着又移至修田，修筑城堡安居，喂养了许多猪、鸡、牛、羊。可是藏地人不甘心，第二次又调兵遣将来追打他。当敌人来犯当夜，他在每只羊的双角上拴上松明，引火烧旺，敌人远远就见这炽烈的松明火海，便认为是木必士兵点的火把，又多又旺，见势凶猛，不敢近城，又半路退去。以后木必离开兰坪，直往南下，到了碧江五区五村果科寨，他种了两棵豆，两棵麦，并吩咐："如果我能在这里生活，那就长出金麦、金豆吧！"过了三天，折回一看，果然长出四丛黄澄澄的豆麦。他就在这里住下。

有一天，他到江西，见那里住许多摆夷[①]人，他就和摆夷人交朋友，摆夷人招待他喝酒吃肉，木必装酒醉死去，摆夷人便把他埋掉，给他包上九层布、九层皮，在他的嘴上盖了透空的东西，接上一根空管出地面。隔了几天，摆夷人逗着[②]竹管一吹，木必轻轻摇动，再一吹，摇动很大。第三次木

① 摆夷：傣族旧称。——编者注
② 逗着：云南汉语方言，意为"对着"。——编者注

必翻起来了。他们就用铁弯钩棍一钩，钩破了九层皮，再一钩，又钩破了九层布，并差点钩破了木必的肉。这回木必暴跳起来，用刀乱砍，砍死了不少人。最后一人，一刀砍下去，他却变成了一只公鸡，飞到泸水地方，木必继续追，一直把那鸡追到泸水和保山交界的地方。这时，木必就在这里插下了块石桩，自此，摆夷人就被赶到了泸水县以南的保山地方，怒江一带便没有摆夷人居住。木必赶走了摆夷人，傈僳族人民就此安家落户在怒江区域，再不受摆夷人的压迫，因此怒江两岸的人没有一个不知道木必的名字，人们很崇敬他，赞颂他。

青蛙

记录者：苗启明、李蓉珍
翻译者：阿青
搜集地点：云南省怒江傈僳族自治州泸水市称杆乡勒墨村

从前，有一家人，生了几个儿子，很穷，无法生活，于是大儿子变成了青蛙，青蛙叫母亲去讨亲，走到半路就回来了，青蛙问："你走到半路就回来了？"母亲没有办法，第二次走到官家门口，又回来了，青蛙说："你就没有走官家。"于是母亲第三次走到官家，官不肯把女儿许给青蛙。青蛙说："我有本事！"官问："你有什么本事？"青蛙说："要我笑吗？"官说："随便！"结果青蛙一笑，所有的房子都快烧着了，青蛙一哭，所有的房子都快被水淹塌了。官看了真害怕，只好把女儿许给了青蛙。

女儿来到青蛙家，官给了女儿一把刀说："你把他杀死吧，他是个青蛙！"女儿回到家，总是杀不到青蛙，女儿出去，青蛙就变成个小伙子，在外面和她（女儿）玩，女儿回来，小伙子又变成了青蛙，后来，青蛙变成了官，两人过着幸福的生活。

公主招赘

记录者：何天良、张华
翻译者：赵师简
搜集地点：云南省怒江傈僳族自治州泸水市古登乡哈古独村（原碧江县五区五村哈谷都）

从前有一个农民，生了三个儿子。三个儿子长大以后，老大、老二比较懒惰，老三年纪虽小，但是很勤劳、忠实。

父亲叫三个儿子去种了（五架牛[①]的）一块麦子地，麦子抽穗的时候，一天晚上，有人去偷麦穗，几天以后，麦穗几乎被偷完了。父亲就叫孩子们去看麦地，先叫大儿子去守三夜，并给他带去一些肉米等食品。大儿子在地里只顾吃肉喝酒，没有注意小偷来偷麦子。他这样大吃大喝了三天三夜就回家去。父亲又叫第二个儿子去看守，同样带去些肉，吃喝三天三夜又回家来，毫无收获。父亲又叫老三带些东西去看守麦子，但老三不肯带任何东西，他决心去看守一定要抓回小偷。到了麦地里，他专心注意地看守着。天黑了，他发现地头有一把火在亮，一会又变成一匹肥壮的大马，在地里吃麦穗，老三鼓起勇气，悄悄地跑到马身后，一纵身就跳到马背上骑着，抓紧马鬃不放，这马拼命地狂跳起来，跳了九十九丈高，连跳三次也没有把他摔下来，最后这匹马只好跪下来对他说："我现在拜你为我的主人，从此后不再来偷你的麦子吃了，我回去以后，你有什么困难就叫我，没有困难你别叫我。你回去告诉你父亲和哥哥'小偷已被我抓住了，由于他苦苦哀求，并且以后再不敢来偷麦了，所以我就把他放回去了'。"老三说："我怎么叫你呢？"骏马说："我给你一个哨子，当你有困难时，你一吹哨子，我

① 五架牛：此处指五架牛才能犁完的田。——编者注

就来了。”话刚说完，骏马忽然不见了。

他回到家里，父亲问他：“你怎么没有守满三天就回来？”老三说：“小偷被我抓住了，但他苦苦哀求，说以后不敢再来偷麦子了，所以我把他放了回去，我也就回来了。”两个哥哥见他也是气势汹汹地问，他同样把对父亲说的话对哥哥们说明。但两个哥哥不相信地说：“我们这样能干的人都没本事抓住小偷，像你这小小的毛虫，有什么本领去抓呢？”老三说：“不相信就等着看看吧。假如以后麦子还被偷，就说明小偷没被我抓到。如果麦子不再减少，就证明没有小偷了。”过了很久，麦子都没有被偷。虽然如此，两个哥哥还是一直对他怀恨。

又过了很久，听说国王的公主要选一个女婿。所有的年轻人都扮得整整齐齐，骑着高大的骏马去参加。他的两个哥哥也穿着绸缎长袍，骑着高大的骏马去参加。老三问哥哥：“我同你们去好吗？”哥哥说：“像我们这样有本领的人都感到没有办法，你这毛虫还想到那里做什么？”哥哥说完就走了，他看着哥哥们的背影越去越远了，就拿起从前那匹马给他的哨子吹了三下，忽然那匹马就出现在他面前，问他：“你叫我有什么事吗？”他说：“我们的国王有个公主要选丈夫，但被选的人要从地面拿到三层楼上公主手里的镯头才算她的丈夫，我也想去，但没有办法，所以才叫你来。”骏马说：“不要紧，我可以帮助你，现在你从我的右耳钻进去，从左耳出来。”他从马的右耳进去，从左耳出来，就变成了一个举世无双的俊美年轻小伙子，破烂的衣服也变成了金袍，他骑上骏马去参加。

到了半路，他看见两个哥哥在休息抽烟，但两个哥哥都不认识他，他也不理哥哥一直往前走。到了皇宫，见有成千上万的人在那里观看。公主站在三层楼上不动，手里拿着金晃晃的镯头。他骑着马轻轻一跳，像飞起来一样，只差一庹左右的距离，没有拿到公主手里的镯头。公主此时也回宫里去了。在回家的路上他又从马的左耳进去从右耳出来，变成原来的模样，穿着那套破烂的衣服在家里。当天晚上，哥哥们谈起白天见到的那个小伙子，不知是谁？也许不是人而是神，人怎么会有那么高强的本领，而且生得那么俊美，他听了就对哥哥说："也许是我吧！"哥哥们听了，气得要动手打他，说："你这小毛虫，胆敢说这样的话。"于是大家都不声不响。

过了几天，皇宫里又出告示，通知所有的人来竞选，这次还是同上次一样，他吹了哨子，骑上马走到目的地，马一跃而上，只差五寸的距离就能拿到，公主又回宫去了，他只好又骑着马回家。当天晚上又听两个哥哥说："今天的这个人，不知为什么会有这么高强的本领，前一次只差五尺，这一次只差五寸，将来公主一定是要被他夺去了。他又对哥哥说："可能是我吧。"两个哥哥又骂了他一顿，他只好不同他们争吵。

过了一天，皇宫又出告示，要所有的人去比赛，他照样地骑着骏马到了那里，那骏马用力一跃，老三伸手就接下公主手里的金镯头，他把镯头带回家里，用一块小布包起藏着。当天晚上又听到哥哥们在议论，他又说："也许是我吧！"哥哥们气得大骂起来，不许他再说这样的话。当天深夜，他把镯头拿出来看，金光闪闪照亮了整个屋子。两个哥哥见了金光，以为他把房子烧了，要去打他，父亲说："别去打了，火已熄灭了。"

第二天，国王召集各地的男女老少都到皇宫来，这时，哥哥们才不得不给他骑着一头毛驴一道去皇宫。到了那里，他胆怯地坐在猪圈旁边看着，公主提着酒一个一个地给人们斟酒，细心地观察她的金镯头被谁拿到。但始终没有发现，公主又到外面看是否还有人，才发现老三坐在猪圈旁边，公主给他斟了酒，发现他手上扎着一块布，问他："你手上为什么扎着布？"他说："因被刀砍破，所以扎着。"公主说："能解开给我看看吗？"他说："不行！解了会出血的。"公主说："不怕，出了血我给你上药。"这时他解开布，公主看到自己的金镯头，马上拉着他的手说："你就是我的丈夫，跟我回去吧！"他和公主结了婚，后来皇帝还传位给他，从此这穷孩子当上了皇帝。

托拉

记录者：何天良、李蓉珍
翻译者：赵师简
搜集地点：云南省怒江傈僳族自治州泸水市古登乡（原碧江县五区五村）

从前，有一个皇帝和狮子，狮子的势力比皇帝大，说："以后，你就得服从我管，每年年底必须献一个人来。"

皇帝只得唯命是从，每年向村子要人，以便上献。各个村寨的人被送去了很多，每个村子都轮流一周了，最后轮到一个名叫"托拉"的。托拉也只得听从皇帝的命令准备上献。在敬献的途中，托拉想："我被吃了倒没什么，以后狮子还不知要吃多少人，这怎么得了？"于是，他就想了一个办法。

托拉到狮子那里时，早就误期了，因此，狮子发怒斥道："你为什么现在才来，现在才到，就应当连皇帝也献上。"

"我本来是按期来的，在路上遇到一头狮子，我以为就是你，到它身旁等了几天，它不吃我，我只好走了，现在才碰到你。"

狮子听了大吃一惊："世间的狮子只有我一个，现在怎么出现第二个了，我倒要看一看它。"就问道："它在哪里？"

托拉只好领着狮子去。去到一个湖边，他们就登上一只烂木船，向湖里划去。划到湖中一个浅潭，湖水清澈见底，托拉偏头向水一望，水里有一个自己的影子，就指着水里说："我遇着的那个狮子就在这里面，你看！"

狮子才听到另一个狮子在水里面，顿时面目狰狞万分，向水里一望，果真有一个最凶恶的狮子在里面。托拉催逼它说："你现在还不赶快跳下去制服它，还等何时？"

狮子跳下去，托拉拼命摇着船离开，狮子死在湖里了。

托拉跑去报告皇帝说:“狮子被我用计弄死在湖里了。”皇帝不相信,说:“如果你真的把狮子搞死了,我就把我的女儿许配给你,倘若说假话,那么……”

皇帝查明实情,不仅把女儿许配给他,而且还让他当了大官。他们一道过着舒适的生活。

老虎和兔子的故事

记录者:张华等
翻译者:赵师简
搜集地点:云南省怒江傈僳族自治州福贡县

有一只兔子见了一窝蜜,从中掏蜜吃,正吃着,有一只老虎来了,老虎问:“这是什么?”兔子说:“我吃我的眼睛。”老虎说:“眼睛很好吃,我的眼睛是否也可食?”兔说:“可以。”虎请它把眼睛挖下来,兔替虎挖了左眼,给虎吃了一点蜂蜜,老虎说:“很甜,替我再挖另一只来吃。”兔又将虎右眼挖出,同样又给虎吃一点蜂蜜,虎的眼睛痛极了,看不见东西,问兔子:“怎么办?”兔说:“我送你回家,你跟我走,我告诉你快走时,你就快走,慢走时,你可慢慢走。”

兔子在前面走,老虎在后面跟,在平坦的路上,兔说:“这儿危险,你慢慢走。”在险岩上,兔跑到岩石上大叫:“这里平坦,你可快走。”虎快跑失足滚下坡去,刚好底下有一株树,虎用嘴咬着树干,悬在半空。兔子见了大叫:“朋友,你在哪里?”连叫几声,老虎忘记自己是悬在半空,哇的一声答应兔子,一张口就坠岩而死,兔子高兴地回家去了。

使鬼

记录者：张华等
翻译者：赵师简
搜集地点：云南省怒江傈僳族自治州泸水市古登乡（原碧江县五区）

赛阿路的家庭过去较好，有三个弟兄、父母及叔叔，母亲患羊儿疯病死了，弟兄也死光了。他就和叔叔在一起生活。叔叔家后来破产了，他就独立生活，没有妻子，后来和一家富人家的丫鬟结婚，在卡路村住。

他会祭鬼，把三脚烧红，能用嘴咬着走房子一周；能在蒸酒的蒸子最上头的小锅上坐着不使酒蒸倒下来；把犁头烧得通红，他用竹管一吹，人们能听出是用舌头舔犁头的声音。

他的亲戚家有小孩生病，在昏迷中说："我叔叔赛阿路来杀我。"小孩真的死了，孩子的父亲生气得想杀赛阿路又不敢杀，把他赶到村外的山脚下住，他不敢回村。

他又来哈谷都等村，见小孩，他说："这小孩头上有什么，什么鬼，我会医鬼。"但他医鬼的结果小孩倒反而死了。村中人都说："今后不准你来我村，若来就要杀你。"他就不敢来。赛阿路的生活也好，吃的不缺，但爱人不会织麻，无衣。他去年被盗，没有粮食，迁家至哈谷都村外的山脚住，上级党照顾他的生活，衣服由亲戚给一部分，他在家里不敢出外，怕被群众所杀。

赛阿路在卅七八岁，党照顾他锄头等等，但群众说他是吃阴魂的鬼头。他说："我本来不敢来村中，生活不好了，但有党、毛主席不断地照顾我，所以我能继续生活着，因为有了上级和党派来的人，所以我才敢来这个村了，我要背一斗粮食去给国家，不要钱，背到碧江，向党表表心意。"他一进我们的门就问："人们说我是吃阴魂的人，你说我是吗？"

大力士

记录者：何天良、肖怡燕
翻译者：赵师简
搜集地点：云南省怒江傈僳族自治州福贡县

从前有一家老两口，有一个儿子，这个儿子很有力气，但饭量很大，常常是全家人的饭被他一人就吃光了，老两口经常挨饿，父亲非常生气，就想设法害他。

一天，父亲对他说："今天我们去滚树筒子[①]。"父子俩到了山上，父亲对儿子说："你在下面挡着石头，我上山去推。"父亲爬到山顶，把周围的石头和树筒子堆起来，又全部推下山来，父亲认为儿子被打死了，就回到家里，杀了鸡，煮了白饭，准备好好庆贺今天的胜利。饭菜刚刚准备好，大力士回来了，对父亲说："今天你推下来的树筒和石头全被我堆起来了。"他又把饭菜统统吃光，老两口同样挨饿。他们又第二次设计害儿子。当天晚上，父亲对儿子说："明天我俩去砍树。"第二天，他俩到了山上一棵几围粗的大树旁，开始砍树了，先由大力士砍，他砍去树的三分之二左右，父亲说："让我来砍，你用肩膀抬着树。"大力士真的照办了。大树一倒，把大力士压扁，父亲非常得意地回到家里。到黄昏时，大力士又抬着那棵大树回来，对父亲说："你砍的大树被我抬回来了。"说完又把父母的饭吃光。父亲几次没把他害死，就开门见山地对大力士说："我们家里很穷，你的饭量又大，我们实在养不起你，你还是出去自己谋生吧。"

从此，大力士到深山老林里去独立生活了。他抬了很多一围多粗的大树，搭了一所高大的房子住，白天出去打猎为生，晚上回来房子里住。

---

① 滚树筒子：意为"伐木"。——编者注

父母把儿子赶走两三年之后，有一个妖精天王来村里吃人。村里的人想把这妖精杀死，但找不到一个能除妖精的人。后来，大力士的父亲想，自己的儿子是一个大力士，一定有除妖精的本事，他就去告诉儿子。他一直找到大力士住的那所大房子里，认为这就是儿子的家了。他走进去看见屋子里都挂满了肉，三个锅椿石[①]上也堆着三大堆肉，他正在肚子饿，就把锅椿石上的肉烧吃了。

晚上，大力士打猎回来，见父亲把锅椿石上的肉吃了，就说："爸爸，你老人家辛辛苦苦地来到这里，怎么不煮一点好的肉吃呢？这锅椿石上的肉是我掏出来的牙齿屎。"父亲把村里除妖的事告诉了儿子。大力士说："这件事我可以做，不过要村里的人为我准备三箩麦面馒头、三箩鹅卵石、一根草绳和一根头发绳。"父亲先回村里，大力士收拾了东西就回到父亲住的村里。一天，妖精又来吃人了，大力士对妖精说："你先别忙吃人，听我对你说，我们两个来比武，如果你战胜了我，你就可以吃人，如果你败了，就不准来吃人。"妖精同意了，大力士拿给妖精三箩麦面馒头，一根草绳，自己留下鹅卵石和头发绳。他对妖精说："我打过去的馒头你吃，你打过来的馒头我吃，然后再用绳子来互相捆绑，谁把绳子挣断，谁就胜了。

比赛开始了，妖精把麦面馒头丢给大力士，大力士很安逸地吃了。大力士把鹅卵石丢给妖精，妖精也只好鼓着眼睛咽石头。妖精咽了些石头，几乎透不过气来，大力士把三箩馒头吃完，正好把肚子吃饱，精神十足。最后妖精用草绳把大力士从头捆到脚，他轻轻地一挣就把草绳挣断。他又用头发绳把妖精从头捆到脚，把妖精捆得不能动弹，更无力挣断那头发绳子，大力士就用斧头把妖精砍死。他又回到他原来的森林里去住，天天自由自在地在森林里打猎。

---

① 锅椿石：意为"支锅的垫脚石"。——编者注

老七和公主

搜集地点：云南省怒江傈僳族自治州福贡县

从前，有一家老两口，生了七个儿子，儿子长大后，父亲对儿子说：“你们七兄弟各人去学一个手艺回来，等你们回家那天，我来七岔路口等你们。”他们七兄弟都分别从七条路上拜师学艺去了。到他们七兄弟学会手艺约着回家在半路上歇店时，遇到一群妖精来吃他们。六个哥哥都没有办法，老七在学习时，还学到了一身武术，这时他就把妖精打败救出了六个哥哥。他们来到七岔路口，遇见父亲在那里等他们，父亲准备了很多糖和一块竹板，见了他们就说：“你们个人学了什么手艺？”各人都向父亲报了成绩：老大学会木匠，老二学会铁匠，老三学会编篱笆，老四学会编竹箩，老五学会编簸箕，老六学会编席子。老七说：“我学会拉二胡、弹琵琶、吹箫和笛子，还会一身武术。”父亲听了生气地说：“你尽学些不中用的玩意儿，有什么用？”于是就用竹板打老七，不准他回家，其他六个哥哥每人都吃了一块糖，得意地回家去了。老七回不了家，就坐在那里哭，乌鸦、蝙蝠、鹊等问他：“你在哭什么？”老七说：“我父亲不准我回家，所以我哭。”那些动物不但不同情他，反而说：“应该这样。”

老七被父亲赶走之后，没有去处，只好孤独地坐在海边的一块大青石上面拉二胡，弹琵琶，拉着弹着，忽见在海面上咕噜、咕噜地冒出许多水泡来，他奇怪地停止了弹奏，又不见了水泡，他又拉起来，水泡又冒出来了，他就照常地拉和弹，忽然从水中出来一个美丽的姑娘来对他说：“我父亲在海底听到你的乐声，觉得很动听，叫我来请你到我们家去弹奏。你愿意去吗？”老七说：“我无法去你的家里。”原来那姑娘是龙王的女儿，她就说：“你的头夹在我的胳肢窝，我就可以把你带进去，到了我家里，我父亲给你任何东西你都莫要，你就说要你的那个小花狗（公主暗示自己），要你的花枕头，要你的铜锣。”老七真的让公主把头夹在胳肢窝里，很快就进入龙宫。他为龙王奏乐，很受龙王的赞赏。龙王问他要什么东西，他就说：“别的一样也不要，只要你的小花狗、花枕头和铜锣。”从此，龙王就亲热地叫他女婿。老七才知道那个美丽的姑娘就是自己的妻子。于是他就带着公主、花枕头和铜锣回家。正巧看见几位哥哥在举行婚礼，他去向父亲要地，父亲只给了他一块很贫瘠的陡坡地，他很失望。公主说：“不要怕，我可以想法子。”第二天，那块陡坡地就变成了一大块平地，还盖好了几间大房子，老七和公主就生活在那里了。

一天，老七剪了一块指甲给公主说：“我要去内地一转，你看着我的指甲发黑时，你就可以来找我，如果指甲不发黑，就不要来。”头几天，公主见指甲还是红色，过了几天之后，见指甲变成了黑色，公主就去内地找自己的丈夫。她到各家去问丈夫的情况，但一直没有下落。后来，她到一家去问，忽然她丈夫带去的那面铜锣从那家人家的柜子里跳出来迎接公主。公主问它：“你的主人哪里去了？”铜锣说：“已经被这家人杀了，砍成两段，一段埋在泥滩里，一段埋在粪草堆里。”她拿着铜锣敲了一下，她丈夫的尸骨就合拢在一起了，公主又敲一下，她丈夫的全部骨骼就接起来了，公主再敲一下铜锣，她丈夫就活起来了。她再敲一下，仇人就被找出来了，他们把仇人杀了，老七和公主就带着铜锣回家，重新过着自由幸福的生活。

鲤鱼精

记录者：冷用刚
翻译者：和树珍
搜集地点：云南省怒江傈僳族自治州福贡县鹿马登乡

从前有个孤儿，很勤劳，但是生活很贫困。有一天，他去江边钓鱼，怎么也钓不着。最后他钓到了一条很小而又美丽的小鲤鱼。他想太可惜了，就仍放回江里去。第二天也是到了最后才钓到，但还是那条小鲤鱼，他又放回江里去，第三天还是钓着那条小鲤鱼，他就带回去放在水桶里养起来。从此以后，当他每天劳动回来，就摆着煮好的饭菜，他非常奇怪，到左邻右舍去问，也说不知道是谁煮的。

有一天，他就装着出去劳动的样子，悄悄躲在外面看着，忽然听扑通一声，那条小鱼变成了一条大鱼，最后又变成了一个美丽的姑娘，动起手来要做饭了，他就跑进屋去把姑娘紧紧抱起来，叫她不要再变鱼了，但姑娘的下半截身子已经变成鱼了，孤儿就苦苦哀求叫她做他的妻子，姑娘实在无法，只好又将下身变成人，就和孤儿结为夫妻，一起过着甜蜜的生活。孤儿很勤劳，姑娘又善变化，要什么就变出什么来，缺什么就变出什么来，连住的房屋都变得非常漂亮。村里有一个老头，他有一个漂亮的女儿，他看到孤儿现在生活得这样好，什么也不缺，就生起嫉妒来，他就对孤儿说："你那个老婆是个鲤鱼精，将来会害死人的，你怎么能要她，还是把她赶走吧，我的女儿嫁给你。"孤儿心想："免得将来招祸害，反正现在什么都有了。"就听信了老头的话。他回到家就对妻子说："你是个妖精，我不敢要你，你走吧！"姑娘说："你想好了吗？不要后悔呀！"孤儿说："想好了。"于是姑娘就回到江里去了。

姑娘走了以后，孤儿家又变成了原来的穷样子，什么也没有了，那个老头也不愿把姑娘嫁给孤儿，村里的人也因为他没有良心不理睬他了。他很伤心悔恨，就整天坐在江边哭。一天，有个癞蛤蟆来问他："我的孙子，你哭什么？"他就把经过讲了一遍，说他怎样受骗，辜负了鱼姑娘的心，从而落得这个样子。

癞蛤蟆说："不要紧，我可以帮助你。你的妻子是龙王的女儿，现在她在江底里，我可以使你和她见面，你去磨一些黄豆面来。"孤儿去磨来了黄豆面，癞蛤蟆说："你千万不要笑，要尽量忍住。"于是癞蛤蟆就东边一把，西边一把地撒起黄豆面来，然后就嘣咚嘣咚地跳过去、跳过来，看去确实惹人发笑，但孤儿尽量忍住没有笑。经过一顿饭工夫，江水干了，现出妻子来，孤儿看见了就情不自禁，忘记了癞蛤蟆的叮嘱就嘿嘿笑了一声，江水就马上把妻子淹没了，癞蛤蟆责备他为什么笑？他更是恨自己。癞蛤蟆说：“好吧！帮人帮到底，你再去磨些黄豆面来。”孤儿又磨了来，癞蛤蟆说：“这次你要记住，怎么也不能笑。现在我没力气了，花的时间要长些，这次你妻子出现，只有三顿饭工夫，一出现，你就赶快跳下来把她抱起来，不然过了时间，她父母就要回来了。”于是他又照前次一样跳起来，后来又改为在水面上来回地游，孤儿为了避免笑，就在嘴里含了些沙子。的确撒了很长的时间，江水又干了，妻子又出现了，他忙跳下去抱住她哀求道：“你原谅我这没良心的人吧！我忘恩负义，听信了骗人的话，才做出这等事来，以后我再也不会了，你就可怜可怜我吧！”

姑娘本来就知道他是受了骗，加上他又苦苦哀求，实在不忍心，但是他父亲马上就要回来，怎么办呢？实在是没有办法。最后她说：“只好把你变成一根针别在我织的布上。父亲回来会伤害你呢。”于是孤儿被变成一根针别在布上卷起来。这时龙王真的回来了，龙王问女儿道：“有什么来过这里吗？”女儿说：“什么也没有来过。”龙王说：“怎么有股生人气呢？到底有什么来过这里？你快说。”女儿说：“真的没有来过什么。”但是龙王不相信，总认为有生人气，而女儿却紧口不认。任龙王追问得紧，女儿也守得很紧，最后龙王就说：“来了什么，就喊出来吧，不要怕，我不会怎么样。”女儿也知道实在瞒不过了，才说道：“就是你以前的女婿了。”于是把孤儿还原出来，龙王总是不喜欢人的，就想尽一切办法来作难孤儿。

首先叫孤儿去砍火山地[①]，限他一天砍完一座山，孤儿一听吓着了，就问妻子怎么办？妻子说：“不要怕，我来教你，你到火山地上方看一下，下方看一下，然后说‘龙王、龙婆砍火山，一天砍完一座山’就行了。”孤儿照着妻子说的去做了，真的一天内砍完了，回来时，龙王问他砍完没有？他

① 砍火山地：独龙族过去刀耕火种，把树砍倒放大火烧后，就播种粮食。

说砍完了。龙王说:“我的女婿,你真能干。”又叫他去烧火山地,也是一天烧完。孤儿一听急了,昨天砍的还潮湿得很,怎么能烧得完。又问妻子怎么办?妻子告诉他:“你去上方放一把火,下方放一把火,左边放一把火,右边放一把火,然后说‘龙王、龙婆烧火山,一天烧完一座山’。”他又照着去做,果然如此,连顶大的树都烧成灰灰了。回来后,龙王问他烧完没有?他说烧完了。龙王不相信,他就说:“你去看吧。”龙王亲自跑去看真的不假,回来夸奖道:“我的好女婿,你真行。”龙王又拿来一袋小米叫他一天内撒完,还要撒得很匀,这是任何人也做不到的。孤儿还是去问妻子,妻子告诉他:“你把小米分成四份,上下左右各放一份,再说‘龙王、龙婆撒小米,一天撒完一座山’。”他照妻子教的去做,真的撒完了。回来后龙王也夸奖他一番,但又要叫他去把撒出去的小米拾回来,要一颗也不能少,同样在一天内拾完,孤儿觉得这更是难于上青天了,但他还是去求妻子,妻子教他到火山地的上下左右去看一下,再把口袋放在下方张着口袋念“龙王、龙婆拾小米,一天拾完一座山”。他照着去做,真的拾完了,龙王见他拾回来了就去数了一数,结果少了三颗,叫他把那三颗找回来,他说怎么找呢?龙王问:“你看见地周围有什么没有?”他说:“什么也没有看见。”龙王问:“在你撒小米时,到底有什么来过?”他回想了一下才记起说:“飞来过两只斑鸠。”龙王说:“那三颗小米就是被它们吃了。”于是拿出弩弓,给了他一支箭,叫他去射来两只斑鸠,取出小米。一支箭要射两只鸟,这实在是难事。他又去问妻子,妻子教他把箭划成两半一齐发出去。他照着做,真的射下来了,取出了三颗小米还给龙王。龙王没有难住他实在有些不服,还是一心要将孤儿弄死,表面上夸奖他,骨子里却恨他,随时在想害他的计策。

有好几天是无声无息的,妻子对孤儿说:“我父亲是诡计多端的,你要小心。”果然,龙王来叫孤儿和他一起去打猎。妻子悄悄嘱咐他道:“今后父亲和你在一起,你要特别小心,晚上千万不要在山箐里睡,不然他会发大水淹死你,晚上你就等父亲睡着后,一个人到山顶上烧一塘火,一个人睡,天亮时,他叫你,你就答应他,同时把火埋好,种上几颗黄瓜籽,不管到什么地方，你都这样做。”孤儿带着妻子给他的黄瓜种，跟龙王走了。晚上他按照妻子的吩咐做。天亮时，听见龙王喊道：“我的女婿，你在哪里？”他答应道：“我在这里呢。”他把火埋好，种上黄瓜，只见大水淹起来了，他来到龙王面前，龙王说：“我的女婿，你真机灵。”他们走了三个月的路，离开家已经很远很远了，连路[①]孤儿都没有忘记妻子的话，总是走一段又种上黄瓜籽。有一天，龙王忽然不见了，孤儿才明白，龙王把他带到很远的地方来，是使他回不去而饿死在路上。他非常感激妻子，他就顺着自己种的黄瓜回去，一路上他种的黄瓜都成熟了，他就一路靠吃黄瓜走着回去，走了三个多月，终于又回到妻子身旁。龙王看见他又回到家里来了，也实在没有什么办法，只好让他和女儿成亲。就这样孤儿又把妻子带回家去，从此他们过着幸福的生活，村里的人也为他这种勇敢行为而和他要好起来。

四妹与蛇郎

记录者：冷用刚
翻译者：和树珍
搜集地点：云南省怒江傈僳族自治州福贡县鹿马登乡

从前，有一家五母女，一天，母亲领着四个姑娘去割草，每人割得一大背，等到要走的时候，母亲那一背怎么也背不起来，一看，里面有一条大麻蛇[②]。蛇说：“你有这么多的姑娘，要给我一个做老婆，不然我就咬死你。”母亲实在没有办法，就向大姑娘道：“阿娜，你愿不愿嫁给蛇？”大姑娘说：“我是老大，我的福气是很大的，不管母亲死也好，活也好，我不愿意嫁给蛇。”母亲又向二姑娘道：“阿妮，你愿不愿？”二姑娘回答道：“我将来一定

① 连路：一路上的意思，具有云南方言特色，故遵照原始资料。
② 麻蛇：云南汉语方言对蛇类的统称。——编者注

自己找到一个好女婿，不管母亲死也好，活也好，我也不愿意嫁给蛇。”母亲再向三姑娘道：“阿恰，你呢？”三姑娘说：“母亲死活与我无关，我的门路多得很。”最后母亲问到四姑娘，四姑娘说：“我们做儿女的要孝顺父母，现在母亲有难，我愿丢掉一切跟蛇去，救母亲一命。”就这样，四妹就跟着蛇去了。她一面走一面哭，走到一堵大悬岩旁，她爬不上去了，麻蛇说：“你拉住我的尾巴，闭起眼睛。”她照着做了，当她睁开眼一看，已经在一个大岩洞里了。她刚坐下，就爬来了四条小蛇，张着口要来咬她，她被吓得大叫起来，大蛇就对小蛇说：“这是你们的母亲，不许咬她。”小蛇就走了，从此连大蛇也不见了。

四妹吃不想吃，喝不想喝，总想这一生就这样完了，很是悲观。但又有什么办法呢？过了几天也不见蛇来，她一人坐在洞内，忽然洞口出现了一口棺材，有许多人在那里跳舞。后来有一个非常漂亮的小伙子弹着琵琶向她走过来，问道：“姑娘，你为什么悲伤？”她就把经过和心里话告诉给小伙子。小伙子说：“我就是那条蛇了。”姑娘不相信，他就将路上的经过情形讲了一遍，姑娘这才相信，说：“原来你是蛇郎。”从此她心里又高兴了一些。忽然，一个闪亮，岩洞不见了，变成了明亮而美丽的房屋，她和蛇郎结成了幸福美满的夫妻。

一年以后，生下来一个孩子，四妹要回家去看母亲，就背着孩子，拿着一匹布走了。回到娘家，几个姐姐都围着这个如花似玉的四妹，很是羡慕。四妹拿出那匹非常好看的布来，几个姐姐就你扯我拉的，这个说是四妹送我的，那个说是四妹给我的，几下就把一匹布抢完了。母亲说：“先前你们一个也不愿跟蛇去，现在只知道争，都是姊妹，还争什么？”四妹和母亲及几个姐姐叙说了离别后的情况，讲她跟蛇郎过得如何如何的好，听得几个姐姐生起了嫉妒之情来。四妹在娘家住了几天以后，要回去了，母亲要做些糯苞谷粑粑给她带回去，就叫大姑娘去采竹叶来做包皮，大姑娘本来就很嫉妒四妹，心怀坏计，就趁采竹叶的机会把四妹回去必经的一座独木桥从下面钻了很深，只是上面一点皮皮连着，要让四妹一踏上去就断，跌在河里，实现她的计谋。家里等着她的竹叶用，老不见回来，直到黑了她才回来。

第二天，四妹就要走了，又背娃娃又要拿东西，母亲就说：“你们几姊妹，谁送送四姑娘。”大姑娘说：“我去送四妹。”于是她们一起走了，走了一段，大姑娘说：“妹妹，我来帮你背娃娃吧。”四妹把娃娃给了她。走了一阵，大姑娘捏了娃娃一把，娃娃哭起来。四妹问是怎么了，大姑娘说：“妹妹，他喜欢你那顶帽子，你换来给我吧！”四妹换给她帽子。走一阵，她又捏一把，娃娃哭起来，四妹问，她说：“他看着我的衣服不像你，你就把衣服换给我穿吧！”四妹又换给衣服，一直到把全身的穿戴都换完了，最后来到独木桥前，她又捏了一把，娃娃哭起来，四妹问：“为什么哭？”她说：“他看见对面那朵大黄花，四妹你去采来给他吧！到桥中间，你就拿着花一晃一晃给他瞧。”四妹就过去采了那朵大黄花，到独木桥上，就一晃一晃地给娃娃看，晃了几下，桥断了，四妹就跌下河去。大姑娘找来一根竹竿假意说要救四妹，说道：“妹妹你拉着我的竹竿，我拉你上来。”但是，当四妹拉着竹竿后，她就使劲地推，把四妹淹死了。她背着娃娃来到蛇郎家，蛇郎一看不像他的妻子，就问道：“我的妻子呢？”大姑娘说：“我就是呀！怎么才回去几天，你就不认识我了。”

蛇郎说：“怎么你脸上会有麻子呢？”大姑娘说：“因为我娘家很穷，没有睡处就睡在核桃壳上，所以脸上起了些窝窝来。”蛇郎又问：“你的头发为什么又黄又短？我妻子的是又黑又长。”她说：“我娘家吃的是树根根，没有营养，所以头发落了很多，又变黄了。”蛇郎始终半信半疑，但也不好再追问下去。后来孩子也长大了，大姑娘对他不好，不给他好的吃，不给他好的穿，整天让他去放牛。有一天他到江边去放牛，忽然飞来了一只雀子歇在树上，对着他叫起来：“可怜的放牛郎，你亲亲的娘也见不到，你别放牛了吧！”他听呆了，牛去吃人家的庄稼也不知道，回家后，有人去对他父亲说：“你家的牛吃了我们的庄稼要赔还。”父亲只好赔了人家一些粮食，后来问孩子：“你怎么不好好地放牛？”孩子不敢实说，就撒谎道：“因为冷，我到山坳里去烤太阳去了。”父亲就缝给他一套衣服。

第二次去放牛，那个雀子又来对他叫那些话，他又听呆了。牛吃了人家的粮食，人家又去家里闹，父亲又问他为什么不好好放牛，他说：“因为头痒只顾抓去了。”父亲又给他剃头洗头，还买了顶新帽子给他。第三次放牛还是这样，父亲生气了，要拿棒棒打他，他才把实情告诉给父亲，父亲听后没有再责怪他。第二天就拿着弩弓和刀子跟在儿子后面去放牛，到那里后，他躲在儿子身后，的确有一个雀飞来歇在树上对着儿子说那些话，他就跳出来，拿着刀和箭说道：“如果你是我真正的妻子，就飞来站在我刀口上不会伤着，再跳来箭头上不会射着。”

那雀子真的飞来站在刀口上没有伤着，又跳到箭头上也没有刺着。于是就把这只雀带回家来编了个笼子养起来，每顿吃饭，它就飞到儿子碗边站着啄几颗，结果儿子的饭变得特别的香，又飞到父亲碗边站着啄几颗，父亲的饭也香起来，唯有大姑娘，它就直接跳到她碗里去啄完后，屙一泡屎在碗里，大姑娘气得一把将雀子头扭下来放到火里去烧了来三个人分吃，父亲和儿子吃得都很香，就是大姑娘吃起来又酸又苦又辣，实在难吃，就顺手丢出屋外去，那点雀子肉马上变成一把金黄色的剪刀，邻家大妈来讨火看见后说：“谁的剪刀这样好的一把，丢在这里。”大姑娘听见后说：“是我忘记在那儿的。”

拿回来后，她跟衣服放在一起。第二天，她的所有衣服都被剪成碎布片，她气得又将剪子丢了，剪子又变成一个织麻的木拐子，被那个大妈拾回去放在火塘上面的木架上，忽然它变成个姑娘跳下来，大妈被吓了一跳，姑娘说：“大妈，我原是蛇郎的妻子，后来我被姐姐害死，现在请你把蛇郎叫来，我要见见他。”蛇郎领着孩子来了，他们相见之后，又惊又喜。孩子也跑过去抱着母亲哭起来，蛇郎把妻子领回家来，但是大姑娘不承认，硬说这是个假的，她自己才是真的。结果蛇郎就拿出七把刀、七把梭镖，秘密地插起来说：“如果谁能从中间走出去和从上面跳过去，她就是我真正的妻子。”结果大姑娘被刺死了。从此他们夫妻二人和孩子又团圆了，过着幸福甜蜜的生活。

孤儿的故事

记录者：冷用刚
翻译者：和树珍
搜集地点：云南省怒江傈僳族自治州福贡县鹿马登乡

从前有一个孤儿，为人很老实，有的人就叫他傻瓜，个别的人还欺负他。有一次，村里有两个有父母的孩子，也是最肯欺负他的，约他去打猎，他们去到山里，那两个煮肉吃，不给他一点，喝酒也不给他一点，等到去下扣子的时候，这个说："这山这箐是我下扣子的地方。"那个说："那山那箐是我下扣子的地方。"弄得他没有下处，只好到岩石下面去下了三个扣子。

到第二天他们去看时，那两个人的扣子一个也没有下到，只有孤儿的三个扣子下到三个獐子，那两个要和他分獐子肉，他一点也不分给他们，他去编了个篮子来把肉背回去，在路上，獐子头从篮子里掉出来，被那两个拾到了，也不还他。第三天他去卖麝香，那两个也拿肉做成假麝香去卖，结果孤儿的卖掉了，那两个没有卖掉反被抓起来罚他们坐牢三个月。

孤儿回到家里，后来死了一条牛，他剩下牛皮要去卖，走到半路，看见两个小偷在那里分钱，一个是瞎子，一个是跛子，跛子那个将钱分成两堆，一堆多些在自己面前，一堆小些在瞎子面前，分好后他问瞎子要哪一堆？瞎子说要跛子跟前那堆，跛子忙将两堆钱混合起来说："重分，重分。"他又在瞎子面前分了一堆多的，自己面前分了一堆少的，又问瞎子要哪一堆，瞎子说要他面前那堆。正在这个时候，孤儿跳出来喊："你这两个小偷在这里，总算找到了。"吓得两个小偷连滚带爬地跑了。

孤儿拾起钱背着回去了。人们见他背回来很多的钱，问他是哪里来的，他说是卖牛皮来的，有的人说："你那条瘦牛的皮能值这多钱，我们的大肥牛不知值多少呢。”于是很多人都回去把牛杀了剥下皮拿去卖，但是一张也没有卖掉，人们回来后气愤地质问孤儿为什么要欺骗大家，于是将孤儿的房子放火烧掉了。

孤儿说：“你们烧吧，但是把火炭留下给我。”等房子烧完后，他用水浇熄，第二天用篮子背着要去卖炭，走到半路，看见生意人的钱袋挂在树上，人却不见，他就将钱袋取下来，里面有很多的钱。他回到家，人们又见他发了大财，问他是怎么发的，他说：“你们把我房子烧了，留下的炭，我背去卖得这些钱，因为那里很需要炭。”

人们听了之后，都回去把自己的房子放火烧了，背着炭去卖，哪里有人要？知道又是孤儿哄他们，于是回来后就把孤儿捆在口袋里，派坐过牢回来的那俩人抬了去丢在江里，抬到半路，那两个煮饭吃去了，把孤儿放在路上，后来遇到一个赶牛群的来到这里，看见一个口袋装着什么放在路上，就自语道：“这是什么东西呀？”孤儿听见后在里边说：“别动着，我在这里面医眼睛呢。”赶牛人说医好了没有，孤儿说好得多了。

于是赶牛人说：“我的眼睛痛得很厉害，你出来让我进去医医吧。”孤儿故意说不行不行，但赶牛人再二哀求，结果孤儿就出来了，让赶牛人进去，孤儿把口袋口扎紧后，赶着牛走了。那两个吃好饭就来抬起口袋，走到江边就丢下去了。等到他们两个回来又看见孤儿赶着一群牛，很是奇怪，就问道：“我们已经把你丢到江里去了，怎么你倒赶着一大群牛回来了？”他说：“谢谢你们了，江里的牛多得要命，我只是一个人所以才赶着这么几条回来。”

这件奇事又传遍了全村，人们都相信了，有好几个都要到江里去赶牛，全村都跟着去看，孤儿也去了，先是坐牢回来那两个下去，才一跳下去就被淹得两只手东抓一把，西抓一把，孤儿说：“你们不要看了赶快下去吧，江里牛很多，他们两个已经向你们招手了。”于是所有的人都跳下江去被淹死了。

七弟兄的故事

记录者：冷用刚
翻译者：和树珍
搜集地点：云南省怒江傈僳族自治州福贡县鹿马登乡

从前，有个老头有七个儿子，他叫他们去学本事，个个都学到了。只有老七敲着一面锣回来，什么也没学到手。起初，父亲认为老七学到了很大的本事，所以才敲着锣回来，后来才知道他没有学到什么，于是对老七很不满意，最后将老七赶出去了。老七走投无路，只是顺着江走，走了很远。

一天，来到一块大岩石上看见有一条狗死去，身上都已长蛆了。旁边还有一棵树，忽然落下片叶子掉在狗脚上。于是那只狗脚就动了一下。老七很奇怪，就采了些树叶来，在狗的头上放一片，身上放一片，每只脚上放一片。就这样，那条狗又活回来了。他就在那里做了些记号，又采了很多树叶背着，带起那条狗往回走。后来又碰到一条蛇死在河里，他又同样用叶子医活了蛇。

他来到了一个村子，那个村子正在流行疾病，死了许多人，有的忙不过来掩埋，就堆放在房子里，已经臭了，烂了。老七动手医治起来，不但把病的医好了，还把死了没有埋葬的都医活了，村子里的人很感激他，送了许多东西，真是有什么送什么给他。那时许多村庄都流行着疾病，死了许多人，他就沿路把这些村的病医好了，救活了很多的人，最后他回到家乡，母亲正病得很严重，父亲已死在家里，他赶紧把母亲医好，又把父亲也救活了，村子里病的和死了没有埋葬的被他全医好救活。

父亲活回来后对儿子说："过去我真对不起你，我真不配做父亲。"老七良心很好，又孝顺父母，所以他叫父亲别难过，已经过去了的事情就算了。

后来父亲给儿子娶了个媳妇，一家人过着和睦的生活，村里的人也很敬爱老七，只要有好吃的东西都要先送到他家里来，从此老七就成了有名的能医病和起死回生的人了。

继母

记录者：冷用刚
翻译者：和树珍
搜集地点：云南省怒江傈僳族自治州福贡县鹿马登乡

从前，有个孤儿，母亲死后，父亲又娶了一个，又生下一个儿子后，父亲也死了，继母对他不好，一心想害死他。有一次，继母煮了个鸡蛋，放上毒，要给他吃，但是被继母生的儿子吃了，中了毒，几乎毒死了，还是忙用了解毒药才救活回来，继母实在没有办法，就只好让他们俩都去读书，但是继母始终都在想着陷害他的办法。

有一天，继母想，他俩读书回来，一定是大的那个跑得快，在先回家，小的跑不动，在后回家。于是就在门口挖了一个深坑，里面插上带毒的竹签，上面伪装起来。但是这一天他们两个放学回来，一路上都是手牵手地走着，快到家的时候，孤儿的帽子被风吹落了，他就去捡帽子，小的这个就先跑回家去，跑到门口掉到深坑里被刺死了。继母没有害死孤儿反而害死了自己的亲骨肉，又气又恼又无话可说，更是没有办法。孤儿从此知道继母恨他，终有一天会被害死，加之读书写字写在牛皮上，牛皮被狗吃了，书也读不成了，就离开家跑出去了。

太阳山

记录者：陈荣祥、杨秉礼
翻译者：王开元
搜集地点：云南省迪庆藏族自治州维西傈僳族自治县康普乡齐乐村

从前有弟兄俩，弟弟很穷，哥哥很富裕。有一次弟弟向他哥哥借粮食还不清，把祖传下来的田地卖给哥哥。后来弟弟向他哥哥租种土地，弟弟交不起租子就只得给哥哥当长工，弟弟天天上山砍柴，回来时哥哥只给弟弟洗碗水喝。有一天，弟弟上山砍柴，肚饿得不得了就哭起来。弟弟哭的时候飞来一只鸟问："你为什么哭？"弟弟告诉它："我很穷，给哥哥当长工，他不给我饭吃，只给我洗碗水喝，我肚子实在饿了。"鸟听了后就说："你不要怕，你骑在我背上。"弟弟骑在鸟背上，鸟把他带到了太阳山。

弟弟来到太阳山，看见许多金子、银子，他心急马上就去拾金子、银子，鸟对他说："你不要拾多了，拾多了不好。"弟弟拾来拾去只拾了五颗金子，他又骑在鸟背上，鸟把他带回，在一家商店门口，弟弟把金子卖了，又买了油、盐、米、布匹等东西，然后回到家里。弟弟富裕起来了。

弟弟回到家后，哥哥见弟弟富裕了。就问弟弟："你从哪里来的东西？"弟弟就把经过告诉他。第二天，哥哥背起筐子上山去砍柴，砍了一阵，他哭起来，鸟又来问他："你为什么要哭？"他说："我肚饿。"后来鸟又把他带到太阳山。哥哥看到许多金子心里很高兴，他马上去捡，鸟对他说："你不要捡多了。"他捡了很多还不走，鸟就飞走了，等太阳出来，他就被太阳烧死在太阳山。

傈僳族姑娘的故事

记录者：杨秉礼、陈荣祥
翻译者：王少允
搜集地点：云南省迪庆藏族自治州维西傈僳族自治县康普乡齐乐村

从前，傈僳族有一个姓蜂名叫“古查哇第帕”的青年人，那马[①]人有一个姑娘，他俩在一起读书。古查哇第帕很想娶那马人姑娘做妻子，古查哇第帕给那马人姑娘一个金镯头，姑娘的妈妈和大嫂都很喜欢这个金镯，但姑娘不给她们。古查哇第帕和姑娘读了七年书，姑娘的妈妈和嫂嫂要把古查哇第帕害死，她们请来很多兵把古查哇第帕包围起来，古查哇第帕没有办法逃走，被捆绑放在火堆里烧，姑娘也被她们捆绑放在火里烧。烧的时候，男的尸首咕咕地响，女的尸身发出铮铮的声音。她们把姑娘的骨灰埋在路的上边，并在坟头上埋了一个狗头；男的骨灰被埋在路下边，并在坟头上埋了一个羊头。

过了好长时候，在两人的坟头上各长出一棵树，在女人坟的树上有一只金黄色的雀子，在男人坟的树上有一只银色的小雀，有一天，有一批马帮路过坟地，雀子对赶马的当哥头[②]说：“你帮个忙吧，把坟头上的狗头挖出来。”那人说：“我连马都忙不过来，哪有时间去挖？”雀子又说：“以后你的马帮会从崖子上摔下来摔死，驮子也找不着。”后来又走来一个人赶着两匹马，雀子又说：“请你把坟里的羊头、狗头挖出来。”赶马的人听后，心里想：“雀子都会说话，这一定有原因。”他就把坟里的羊头、狗头挖出来丢了。雀子这时又说：“他是很穷的人，今天他去驮东西，会驮着金子、银子。”然后金雀、

① 那马：可能是喇嘛，藏族信喇嘛教，那马有可能指藏族。（指的是白族那马人。——编者注）
② 当哥头：意为“马帮头领”。——编者注

银雀就双双飞走了，从此它们成为一对，这个只赶两匹马的人也富裕了。

黑乍波的故事

记录者：杨秉礼
翻译者：王少允
搜集地点：云南省迪庆藏族自治州维西傈僳族自治县

黑乍波小时候父亲死了，只有母亲和一个妹妹，母亲靠织麻纺线来养活一家人，靠向地主借种种地度日。

他们房子后面有一塘水很清，地方很好，他母亲很爱这个地方，常对儿子说："我死后埋到这个地方就好了。"隔了些日子，母亲死了，他请不着人抬，只好把母亲背到水池边，扒些土把母亲埋了。

母亲死后，兄妹二人的生活更困难了。地主天天来要账，村子里的人都不敢在家，白天上山去砍柴，他也跟着去。白天上山，晚上才回来，他觉得这样不好。他家里常常来一些小伙子，家里很热闹，也在家里吃。大家把东西都卖了，没有法子，想另找个地方。人聚集得多了，吃的更困难了，大家商量，准备去大户人家去找粮食。大家把刀子、长矛集中起来，其他人害怕，只有黑乍波胆子大，他首先闹起来，他感觉到要闹事首先要有本事，他把大家集中起来学射箭，练了一久，青年人爱他，找他来商量要紧事，闹起来了，老年人鼓励他："你家坟地葬得好，你能出头的，孩子就干吧！"人越集越多，声势很浩大，一直打到丽江三仙谷的红石岩，因刀、矛敌不住被敌人捉住了，把他绑起来，他一震，就跳下岩子跑了，去的人怕回来交不了差，推说："黑乍波飞过红石岩了。"

敌人来挖他母亲的坟，见母亲一只脚跨在马上，意思是时间不到，还不成熟，所以失败了。

坏心肠的哥哥

记录者：李子贤、杨开应
翻译者：李玉程（成）
搜集地点：云南省迪庆藏族自治州维西傈僳族自治县叶枝镇新洛村

在很久很久以前，有一家兄弟两个，父母亲死后，哥哥就要分家，弟弟没有办法，只好分开住了。哥哥很富裕，弟弟很穷，在山坡上一间破房子里住，什么穿的都没有，一家人过着苦日子。

一天，弟弟到山上去挖地，只带了一个粑粑做干粮。到了下午，他肚子很饿了，但他还是舍不得吃，想留给在家里挨冷受饿的孩子们。他回家去时，又把粑粑放在破衣服里，准备带回家去，走到半路上，粑粑从破衣服里滚出来，而且一直滚到山菁里去了，他舍不得丢掉这个粑粑，还是到山菁里去找。到了山菁里，只见有一个大洞，他便走了进去，只见里边有两间屋子，一间关了很多鸡，一间屋子里坐着一个女人。原来，这是一个妖精洞，洞里住着一个女妖精。他就悄悄地躲到鸡厩里去，过了一会，只见那女人拿出来一个大铁锅，一个火盆子，一个蒸子，然后用一根木棍在大锅上打了几下，大锅里就满满地装了一锅汤，她又在大盆上打了几下，大盆里就满满地装上了一锅肉，她又在蒸子上打了几下，蒸子上又满满地装上了一蒸子饭，女人吃过饭，就不知到什么地方去了。他就急忙跑出来，拿起了这三件东西，快步往家里去了。

他一天没回来，妻子以为出什么事了，在家中大哭，正在哭得伤心的时候，只见丈夫回来了，而且还带回来些东西，就问他是怎么回事，他就把昨天发生的事，一一对妻子讲了，并把这三件东西放在地上，用一根棍子往锅上一打，鲜美的汤出来了；往盆上一打，可口的肉出来了；往蒸子上一打，香喷喷的饭出来了。于是，他们一家痛痛快快地饱吃了一顿。

第二天，他的孩子不懂事，到他伯父家去玩时，就把这件事告诉了他哥哥。他哥哥不信，说："你穷成这样子，还吃什么汤，什么肉，什么饭？"但他又有些奇怪，就打发自己的孩子去偷偷地看个究竟。他的孩子就偷偷地去看了，果然与弟弟的孩子说的一点不差，哥哥知道了这件事，就跑到弟弟家去，弟弟就请他吃了一顿美餐，他吃完后，拭拭嘴，就问弟弟是用什么办法弄到这三件宝物的。而弟弟不告诉他，他就拿起一块石头来，对弟弟说："如果你不告诉我，我就打死你。"弟弟怕他行凶，就把事情的经过详详细细地告诉他了。

哥哥听了弟弟的话，就带了个粑粑到山坡上，往下一滚，顺着粑粑滚过的路去找那个洞，到了菁里，果然见一个大洞，进到洞里，他就躲到鸡厩里，准备乘机带回几件宝物。过了一会，妖精来了，她发觉宝物不在，她很生气，正四处找寻，找到鸡厩，见一个人躲在里边，她想这一定是贼，就不问青红皂白，把他一把拉出来，几刀就把他砍死了，并且砍成肉团，给鸡吃了。

小姑娘和老妖婆的故事

记录者：杨开应、李子贤
翻译者：李玉程（成）
搜集地点：云南省迪庆藏族自治州维西傈僳族自治县叶枝镇新洛村

月亮上住着人，为什么会有人呢？原来有这样一个故事。

古时候，人和妖怪一样的多。有一家人，母女三个，在箐边的山坡地里撒上了小米，小米长得很好，到了快要成熟的时候，雀鸟飞到地里来吃小米，母亲就叫女儿领着弟弟到地里去吆雀子。小姑娘名叫妮爱迷，生得十分聪明，弟弟却很憨。他们到了地里，就吆喝起来，他们在地上头叫一声，地下头也跟着叫一声，他们在地尾叫一声，地头上也跟着叫了一声。小姑娘知道是妖婆来了，就和弟弟赶忙回家去了。第二天，母亲再叫他们去赶雀子时，他们就不愿意去了，并告诉母亲说："地里有妖怪，不能去了。"母亲以为他们想偷懒，就一个人去了。她在地里叫一声，下边也跟着叫一声，她以为是人，就叫了一声："过来，帮我找找虱子。"话才落声，只见一个人走过来了，她见那人耳朵上长毛，手上长毛，知道是妖婆来了，但没有办法，只得硬着头皮给妖婆找虱子。妖婆在给她找虱子时，就把她的头皮剥开，把她吃了。

小姑娘到了晚上还不见母亲回来，知道母亲一定是被妖怪吃了，就连忙把大门关上了，夜里，妖婆穿上了她母亲的衣服，就到她家来了。到了门口，妖婆就叫孩子们开门，小姑娘不开门，并对妖婆说："我母亲回来时，鞋子会嗒嗒嗒地响，你不是我母亲。"妖婆听了，就把鞋弄响了，姑娘还是不开门。她说："我母亲回来时，手镯会叮当响，你不是我母亲。"妖婆听了，又忙把手镯摇响。姑娘还是不开门，她说："我母亲头上戴着帽子，你不是我母亲。"妖婆就把帽子戴上，叫小姑娘从门缝里看。姑娘从门缝一看，只见她耳朵上、手上长着毛，知道是妖婆来了，还是不开门。小姑娘的弟弟很憨，以为真的是母亲来了，就把门打开了，妖婆就闯了进来。

妖婆进来以后，小姑娘知道事情不好了，但没有什么办法。妖婆对小姑娘说："我劳动了一天，身体很累了，想睡觉了，你去给我炒一碗小麦，抬一碗水来。等晚上你听到我吃东西时，你不要怕，我是在吃你炒的麦子，听到我喝水时，你不要怕，我是在喝你抬来的这碗水。"说完，妖婆就领着姑娘的弟弟一道睡了，姑娘独自睡在一边。夜里，她果然听到了妖婆吃麦子、喝水的声音。姑娘一夜没合眼，等到鸡叫时，她才发现弟弟早已不在了，只见妖婆的肚子大大的，她知道弟弟一定是叫妖婆吃了，就趁妖婆熟睡了的时候，一个人偷偷地跑出家来，把门反锁上，在房子周围放了麻秆，然后用火点燃麻秆，打算把妖婆烧死。等火着起来后，她就拿了一块木板，爬到一棵木瓜树上坐起来看。

房子已经烧光了，但没有把妖婆烧死，妖婆从火中跳出来，追到了小姑娘的树下，妖婆问小姑娘说：“你为什么到这里来了？你是怎样爬上去的？”小姑娘回答说：“我想吃木瓜，我是打棱脚[①]上来的。”妖婆听了，就打棱脚想爬上树，但木瓜树的刺把妖婆身上的皮都刺破了。妖婆跌在树下，又问小姑娘：“你是怎么上去的，我为什么上不去？”小姑娘说：“我是把耳朵挂在树皮上爬上来的。”妖婆听了，又把耳朵挂在树上，想爬上树去，但刺又把妖婆的脚刺破了，还是上不去。妖婆又问：“你到底是怎样爬上去的？”小姑娘说：“我是把奶挂在树上爬上来的。”妖婆又照着把奶挂在树皮上，想爬上去，刺又把妖婆的奶刺破了，妖婆跌在树下，树根上都是血，血把树都快冲倒了。妖婆虽已七死八活，但还是在树旁等，没办法上去，而小姑娘也没有办法下来。

过了一会，天大亮了，从对面山上传来了猎人的牛角声[②]，一会，只见跑过了一只麂子。小姑娘就对麂子说：“麂子，请你来帮我喝一下妖精的血。”麂子话也不说地跑了。过了一会，又跑过来一只狗，小姑娘对狗说：“狗啊，请你来帮我喝掉妖精的血。”狗回答说：“我的麂子不知跑到什么地方去了，我得赶快去追。”过了一会，又走过来了一个猎人，小姑娘对猎人说：“猎人请你帮我下树来。”猎人说：“我几天都没有打着东西，我得赶快去追呢。”小姑娘没有办法，到了晚上，月亮出来了，她就对月亮说：“月亮，请你帮我喝掉妖精的血。”月亮答应了她的请求，就一口把妖精的血喝掉了，这时，妖婆也死了，但小姑娘和木瓜树也一起被吸到月亮上去了。

---

① 打棱脚：一种爬树的脚法。——编者注

② 牛角声：这里指的是牛角号角的声音。——编者注

青蛙和人的故事

记录者：杨开应、李子贤
翻译者：李玉程（成）
搜集地点：云南省迪庆藏族自治州维西傈僳族自治县叶枝镇岩瓜洛

古时候，所有的鸟虫禽兽都会讲话，就是人不会讲话，所以人反而被它们管着。一天，天王为了让人学会讲话，让人能驯服动物，就叫所有的飞禽走兽和人都到天王住的地方来。鸟会飞，很早就到了，人和很多动物走在一块，把路都堵死了。青蛙个子小，被挤在下面，走不动了，见人来，它要人捎它一下，人就把它捎着走了。青蛙对人说："在天王家里，放了两盆水，一盆放在屋里，是净水，喝了就不会讲话。一盆放在门口，是脏水，喝了就会讲话，你就喝门口的那一盆。"等人和青蛙来到时，其他动物早来了。

其他动物见了门口的脏水，都不愿喝，一起到屋里去争着喝那盆干净水。结果，它们反而都不会讲话了。人到了门口，就把那盆脏水都喝了，结果，人从此会讲话了。天王对大家说："今天人胜利了，从现在起，你们都成了人吃的东西了。"其他动物听了，都恨起人来了，一起跑过来要咬人，天王见了，急忙把人抱了过来。人本来浑身都长毛的，那时被其他动物抓光了，只有头上还留着一些，是因为头夹在天王的腋下。从那时起，人变得聪明了。青蛙救了人，所以现在人见了青蛙都不打它。

然老董

记录者：杨秉礼、陈荣祥
翻译者：王少允
搜集地点：云南省迪庆藏族自治州维西傈僳族自治县康普乡齐乐村托拔组

古时，有一个人叫然老董，很吃得起饭，一顿吃得起一大甑，父亲很恨他，随时准备把他害死。有一天他父亲叫他去砍碓，放一棵大黎树，父亲在上砍，他在下边，树倒了，父亲以为会把他压死，便回家去杀鸡做饭去了，正在吃饭，儿子把树抬回来了，问父亲："放在什么地方？"说完就把饭菜吃完了。

第二回，两父子去砍磨床，树放倒把儿子压在下面，父亲以为把他压死了，回家去做饭吃，正在吃饭，儿子扛回一个磨床问："父亲，放在哪里？"说完把桌上的菜饭吃光了。

他对父亲说："你不必这样恨我，我自己做我的得了。"他离开家到大山上岩洞中住，父亲说："你走，把家里粮食背点去得了。"他力气大，背了一背，把一隔房子的粮都背完了，他每天去打猎，见一对姑娘拴在树上，他问："什么人把你们拴在这点？"姑娘说："每年拴一对姑娘给大鹰吃，不送，到处乱吃人的。"他问："你们两个愿不愿意做我的媳妇？我保护你们。"姑娘答应了，他便把她们放了。有一天，大鹰飞来了，天黑了一半，他对鹰说："你莫忙吃她们，你把人头啄通后再吃也不迟。"树下有许多人头，堆得一大堆，大鹰转身飞上去，他把石盐臼放在人头上，老鹰一啄啄在石头上，他就把大鹰的翅膀尾巴割了，他对大鹰说："从今后你莫吃人了，吃吃山上的小野物得了。"大鹰害怕了，从此不敢吃人，只抬[①]吃小鸡。

① 抬：云南汉语方言动词，意为"偷"，通常用于动物。——编者注

然老董领了姑娘上山去打猎，打了野物，妻子背着回来，他们在高山上修了房子，父母住在对面山上，他对两个妻子说：“你们两个活都不消做，我打猎回来煮吃好了。”他两个妻子中有一个生得瘦，他问，妻子才说：“你去打猎后，我揞碓，有个鬼来吸我腋下（胳肢窝）的血。第二天，然老董在家揞碓，鬼来吸血，他不准，他跟鬼打起架来，鬼打不过他，他对鬼说：“我的血你喝不得，你要喝，到河边找水喝好了。”鬼真的去了，他翻了一下鬼的东西，发现有一条用人头发编成的绳子，他把它藏起来。鬼喝了水，回来要吃然老董，他说：“我们两个打赌，谁输了，谁吃谁。”首先是拴人，鬼把他拴起，他一震就震脱了，等他拴鬼时用竹篾子拴，把鬼的血都勒出来了。

第二次用手掌打嘴巴，然老董先打，他在手掌上放了铁块，一巴掌把鬼的嘴都打歪了。

第三次，刚要打，鬼不见了，然老董到处找，他媳妇说：“我去打水，碰见一个老奶奶背着一棵木瓜树走了。”他赶忙去撵，看见一个老妈妈爬去树上，他在木瓜树下烧大火，把鬼烧死了。

三、民间传说

三江的传说①

记录者：苗启明
搜集地点：云南省怒江傈僳族自治州福贡县匹河怒族乡

以前，在三江起源的地方，住着一家穷人，只有三个女儿。大女儿勤快、温顺，二女儿暴躁，三女儿懒洋洋的，又好发脾气。三姐妹过不到一锅里，只好分家，但是三妹不同意。

两个姐姐只好悄悄走了，把三妹留在原来的地方。天明以后，三妹不见二位姐姐，大吼大叫，跑出来寻找，一下就跑进了高黎贡山和怒山的山谷里。她再也跑不出来，再也找不到二位姐姐。因为大姐向东一转，跑得最远；二姐只顾往南冲，但是在怒山的东面。三妹成天奔跑呼唤，发怒而死，变成怒江。大姐成了金沙江，二姐成了澜沧江。所以金沙江产金，澜沧江暴躁，怒江则只顾日夜奔吼。

---

① 三江的故事是对怒江的特色的描绘，这一故事进一步影射了人们的一种心理：对平原的渴望。

横断山脉的传说

记录者：苗启明
搜集地点：云南省怒江傈僳族自治州福贡县匹河怒族乡

以前，有个造天造地的大神，右手上撑成天，左手下按成地。他造了许多山脉，造到滇西北边这里，一心一意要造成个美丽的平原。就在这时，有个人带信给他说："你家的牛马全死了！"大神不理他。第二个来者又说："你兄弟姐妹全死了！"他依然在造。第三个人又说："你父母病得快死了！"他仍旧继续造，但造得高低不平。这时第四个人又造谣说："你父母已经死了，还造这些平原干什么！"大神一听，悲痛过甚，趴地大哭。一把抓下来，四个手指抓出了四条河流，指缝间就成了三条山脉。这就是曲江（即独龙河）、怒江、澜沧江、金沙江和高黎贡山、怒山、云岭。

附记：关于结尾的两点补异：

①……他一急，就把这些快造好的平原乱划一气，于是成了高黎贡山。

②他终于灰了心，丢下工作回去了，于是这里的地就没有造好，尽是些乱七八糟的山河。

麻母鸡为什么到江边叫

记录者：吴广甲、肖怡燕
翻译者：光富益
搜集地点：云南省怒江傈僳族自治州泸水市古登乡（原碧江五区五村）

原来麻母鸡是住在水里的，有一次，住在山上的野鸭问它："朋友，你在水里吃些什么？”麻母鸡说：“我在水里天天都吃鱼，其他吃不到什么。”麻母鸡又问野鸭：“朋友，你在山上吃什么？”野鸭说：“我在山上，世界上什么好吃的东西都能吃到。”麻母鸡说：“我俩交换几年住的地方吧？”野鸭同意了，并且换了羽毛。野鸭到水里去住，麻母鸡就到山里去住。麻母鸡住到山上，什么也吃不到，只能吃到一点草，麻母鸡生气了，就到江边找野鸭，但野鸭不肯跟麻母鸡再调换了，不把羽毛还给麻母鸡，麻母鸡没有了羽毛就不能回到水边去住了。它不甘心，因此，每年七八月间，麻母鸡就到江边的山坡上叫。

附记：麻母鸡，野鸡的一种，毛色不艳。

苍蝇、蚊子的来历

记录者：吴广甲、肖怡燕
翻译者：光富益
搜集地点：云南省怒江傈僳族自治州泸水市古登乡（原碧江五区）

有一个人，用粘驰（胶液）来粘山鹊，他坐在水塘边，听到有人问他：“你粘到山鹊没有？”他抬头一看，看见一个满身长毛的妖怪站在面前，他吓得赶快跑回家去，妖怪却在后面追，他叫狗去咬妖怪，妖怪被咬死了，变成了一只老鼠。他捉到老鼠，把它打死，弄成粉末。他抓起一点粉末来就说：“这点变成苍蝇。”又抓起一点来说：“这点变成蚊子。”他这一说，真的变出来了许多苍蝇、蚊子。现在的苍蝇和蚊子就是这样来的。

石月亮①

记录者：冷用刚
搜集地点：云南省怒江傈僳族自治州福贡县鹿马登乡

拉马底村后面高山上有一块大石头，石头上有个洞，每年那里都有很多蜜蜂，酿出许多的蜂蜜来。有一次，去了七个采蜜人，进到洞内就被龙咬死了，从此以后，凡是去采蜜的人都被龙咬死在里面。后来又有七个人去，他们披上棕衣，他们先进去两个人，带着刀，身上用绳子拴着，如果有危险就拉动绳子，由洞外的人把他们拉出来，这两个人刚进到洞里，龙就张开了血盆大口要来咬他们，由于他们披着棕衣没咬着肉。反被他俩举起刀来把龙杀死了，他们点起火一看，以前被咬死的人很多，尸体一大堆，隔了一久，再去一看，人的尸体和龙的尸体都臭了，烂了。

后来火山爆发，那个大石头炸开了，崩下来的石块、土块把江水切断了，江水上涨把拉马底村也冲走了，唯有一只雄鸡在一只船内随水漂荡，当水涨到石月亮的时候，那只船载着雄鸡漂荡到那里，水退完之后，船和鸡就留在了那里，从此以后，傈僳人一有病都到那里去杀鸡献祭。传说那只船和雄鸡一直都在那里。

① 这是一个传说，石月亮，实际是两个山峰交错形成的一个圆洞，远处看去，似一满月。关于石月亮有着很优美的传说，但都留存在三区一带。

月食

记录者：李承明、李中发
翻译者：李靖
搜集地点：云南省迪庆藏族自治州维西傈僳族自治县康普乡齐乐村

有兄弟两个去打猎，他们的母亲说："把没有骨头的野兽打回来。"儿子说："没有骨头的野兽是没有的。"他们的猎狗听见后说："没有骨头的野兽在天上。"接着猎狗到天上追了一天，追下一个没有骨头的野兽。

兄弟俩告诉母亲说："没有骨头的野兽已经从天上追下来了。现在我们立了一根柱子，准备带着狗上天。你拿一点干净的水去泼一泼柱子。"结果他们的母亲没有用干净的水，而是用脏水去泼，因此柱子断了。结果，狗倒是上了天（是在柱子未断前就上去的），到了月亮上，而人就上不了天。

狗到了月亮上以后，到处找它的主人，因为月亮害怕狗，有时就用一块红毯子把自己遮起来。这样，就发生了月食，所以在月食的时候，月亮是红的。地上的人知道后，就敲响东西，使狗听见响声后，不再四处找它的主人。

齐乐歌手乡的由来

记录者：李承明等
翻译者：李文林
搜集地点：云南省迪庆藏族自治州维西傈僳族自治县康普乡

传说在过去，齐乐乡的罗曼鲁地方有七兄弟，他们非常勤劳，而且很善于唱调子，同时，在四区的叶枝康普一带，也有一位最会唱调子的老大妈，唱得特别好听，而且从来没有人赢过她。

七个兄弟知道这事后，商量着准备路费、干粮，要走两天路去和她对歌。七兄弟商量好后，决定按年龄的大小，一天去一个。第一天是老大先到，便马上和这个老大妈对唱起来，整整对唱了一天一夜，二人都不分胜负，到天快亮时老大正想打瞌睡，恰好老二赶到了，便接替大哥继续与她对唱，唱了一天一夜后，老三又赶上了接着对下去……

就这样，七个兄弟轮流着互相接替，使这个老大妈一刻也不停歇，足足对了七天七夜，等老七的最后一句对调刚结束，老大妈已经唱得累死了。

七个兄弟胜利地回家来，从此以后，这里的傈僳歌手一代传一代，一代比一代多，四处闻名，唱的山歌调子也天天唱不完。

关于恒乍崩的传说

记录者：陈荣祥、李中发
翻译者：马耀远
搜集地点：云南省迪庆藏族自治州维西傈僳族自治县永春乡岁当村

恒乍崩很小的时候就是一个孤儿，生活很可怜。他父亲原是个“东叭”[①]，但他父母早亡。他从小就很勤劳，又聪明能干，经常帮人放牛。每天他上山放牛，他一到山上总是在牛群周围插上一些树枝，牛就在这个范围内吃草，不会乱跑乱窜。随后他或去打猎或去砍柴或去做其他事，到天黑，就赶着吃得饱饱的牛群回来。有时把牛赶上山后，自己就砍来一些树枝，学着搭房子的手艺，搭好后，他又采来一些松苞（松果）放在小房顶上，然后用手指指画松果，所有的松果就会自动地上下来回在房顶上爬动起来。

① 东叭：巫师、巫婆一类的人。

有一次，在放牛的时候，他对一些牧童说：“我能把一条牛变成一只狗，你们相信吗？”众人说：“这是办不到的，不相信。”恒乍崩便马上抬起手来，嘴里念着咒语，手指对着牛指画了一下，不一会，那条牛就真的变成一只狗；又照着原来的咒语划了一下，狗又变成牛。在场的牧童都非常惊奇，有的问：“你会把牛变成狗，能不能把你自己变一变给我们瞧？”话未说完，他便念起咒语，手指比画着自己，随即就变成一只小鸟，飞到树枝上叫起来，然后又飞回地上变成人。

从此大家都十分敬佩他，每到山上放牛时，牧童们就常常恳切地对他说：“我们傈僳人很穷，生活太苦了，你既然有那么大的本事，为何不领导大家打天下，闹个好日子过？”人们再三地要求，他终于答应了，领着大家闹起来了。

在和敌人打仗中，有一次对方的兵马很强，统兵的又是一个身长七八尺的大汉子，骑着一匹马，领着大军气势汹汹地杀过来，在这种情况下，恒乍崩的队伍抵挡不住，伤亡很多，看来非常危险。恒乍崩见势不妙，便挺身而出，用定身法将敌人首领连人带马定在那里。随即命令士兵向前冲杀，敌兵则兵荒马乱，纷纷退败逃亡。恒乍崩趁势冲杀，而那个头领依然不能走动，定在那里。

又有一次，他一个人被敌人包围住了，部下的人马又不能解救，他只巴望着急，这时只见敌人无数的刀向他砍来，而他一点也没有受伤，仍旧抵抗拼杀。敌人又以无数的箭向他射来，但一箭也没有射中他。经过半天的厮杀，他又冲出重围。

他打下维西县城后，直打向远方，随后就不知下落了。

关于恒乍崩的几种传说①

记录者：李中发
搜集地点：云南省迪庆藏族自治州维西傈僳族自治县

1

讲述者：梁之俊（永城公社三队，八十来岁）

恒乍崩闹起来后，一直打到红石岩就结束了。因为正在赶到红石岩的官是当时的云贵总督觉罗琅玕，兵强马壮，一仗就打散完了。参加闹的人虽多，但没有什么武器，一般都是些棍棍棒棒，拿扁担的，拿绳索的，大多准备来发一通财，所以经不住大枪大炮，一击散完。追到红石岩上，粮缺兵尽，抵挡不住大兵。在走投无路的情况下，恒乍崩就从红石岩上飞跳过对岸去，失踪了。等到总督的围兵冲到，一无所获，连他的影子也找不到了。这事平息后，总督率兵回去，并向清朝奏本，说已彻底平息下去，平安无事了，谁知他刚奏完，另一起又闹起来了，一起接着一起，从未停止过。

① 关于恒乍崩的事迹，有各种各样的说法，连名字的叫法也不同。“县志”记的是“恒乍崩”，当地汉族为了好听，常叫他是“红乍崩”；有的从地名出发叫“篾牙姑”；有的从事件结局来看，常叫作“红石岩”或“恒乍崩飞过红石岩”或“飞楚过红岩”；有的从闹起的借名来说，称作“朝佛会”；还有叫“一位最英勇能干的大哥”等等。开始听到许多异名时觉得事件很多，但与历史记载对照一下，其实就是一回事情，不过是从不同的角度来称谓而已。

2

讲述者：徐寿昌（五队，七十多岁）

恒乍崩并非是飞过红石岩，而是听老人们讲，当他被总督兵围困以后，看看前有大江阻拦，后有追兵跟上而无处可走，便翻下红石岩，游过激流的江水，渡到对岸从险峻的岩石间穿出逃走，等总督兵到，什么也不见。

恒乍崩逃走几年后，回心转意，不再作乱了，随后又回到他的家乡篾牙姑去安分守己，盘田种庄稼，此后也再无人去追究他，直到最后活到老了善终。

3

讲述者：王国瑞（五队，六十八岁，旧绅士）

恒乍崩的队伍吃大败仗后，四处跑散完了，最后只剩下他和另外一个人，而且那人已在战斗中身负重伤，恒乍崩背着他逃走，跑了一程路后，那人叫把他放下，说："我是活不成了，你别领我啦，快一个人逃去吧！"眼看着总督的兵渐渐三面包围上来，无处可以逃脱，恒乍崩就只有一个人向背后的红石岩间跑去。总督的军队赶到受伤那人面前，见他已死了，便喊杀着冲向红石岩间去，可是却不见了恒乍崩，只有万丈深谷里的江水咆哮奔腾，岩石林立。当总督军队在岩石间到处搜寻的时候，突然一只飞楚（猫头鹰）惊起，向对岸岩石飞去了，除此以外什么也搜不见。据说，这就是"恒乍崩飞过红石岩"的传说了。

4

讲述者：徐寿昌（剑川县的说法，讲述者整理本）

一点也不符合实际情况，他们说，恒乍崩原是维西人，带着一个老母迁到剑川老君山下住，盘庄稼过活，后来养了一百窝蜂，被官家见了眼红，便告到府衙内，随后即闹起来，四处响应，聚集了几十万人，一直打到了黄河边上，占了半个中国。由于剑川有个相好的秀才，平时好打抱不平，一直为他的官司奔走，府衙见势害怕了，便要求秀才去说服恒乍崩，官司案件撤销，也不追究闹事罪责。经秀才说服后，恒乍崩即收军回来被招安下，沿途响应的人民也各回各地，事情也就了结。

他们这种说法没有事实根据，其实恒乍崩根本没有出过维西县，在红石岩一仗被打败后，就结束这件事了。

5

整理者：文化馆工作人员

恒乍崩在傈僳族历史上有重大的影响，在人民中也有许多传说，傈僳人十分崇敬他。据说，他在维西闹起来后，从澜沧江起，一直经过怒江、曲江（独龙江）等地，打到了今属缅甸的掸邦省内，在缅甸也留下许多动人的传说，深受缅人的尊敬。他死了以后，埋在独龙江畔，据说那里还有他的坟墓在哩。在傈僳族中，这种说法是比较多的。

6

来源：根据1945年旧“续志”大事记遗补部分摘录。

恒乍崩部属“……傈□数千直扑维城，绿营官兵（当时镇守维西的清兵）大半出防，城空无人抵御，□行至腊普湾塘，见茫茫云雾中立一红脸长须大汉，一手揽须，一手执刀，一足立园龙山（县城北门口的小园山）顶，一足跨青龙山（县城东北方二里许，山上有‘绿野亭’遗址，园龙、青龙二山之间，是入县城必经之路）头，□惊骇而退，城池得以保全，闾阎不致涂炭，实得关圣灵护也”。

7

讲述者：杨大妈（五队，六十多岁）

其实，小时候我是听老人们这么讲，恒乍崩是一个生得最漂亮的青年人，他的美丽传遍三江，人人都知道他的美名，在心中非常爱慕，都想如果能够见他一面，便是一生的幸福。

对恒乍崩来说，他也没有造反的打算，而是有这么一伙人商商量量后，就打着他的名号四处宣扬，把他抬出来后，四处都起来响应，就这样闹起来的。至于咋个闹法，那就不大清楚了。

金沙江和澜沧江的事

记录者：李子贤、杨开应
翻译者：李玉程（成）
搜集地点：云南省迪庆藏族自治州维西傈僳族自治县叶枝镇新洛村

在很古很古的时候，在一座大山顶上有一个大海，海里住着一个海王，金沙江和澜沧江是兄弟俩，他们是海王的儿子，都住在海子[①]里。一天，海王对他们说："今年要去开辟人间，你们俩分头出发，流到东边的大海去，为人间造福去。"兄弟俩听了，心中很高兴，就要比赛谁先到大海。第二天，金沙江和澜沧江就同时出发了。

金沙江一天就到了东边的大海里，澜沧江却走了七天七夜。兄弟俩在大海里相会以后，金沙江对澜沧江说："我一天就到海里了，你为什么却走了那么多天？你输了。"澜沧江听了，就反问金沙江："你说说你是怎么走的？"金沙江说："我见了山就冲，见了坝子就淌，所以一天就到了。你说说你是怎么走的？"澜沧江说："我一路上是绕着大山、岩子走的，坝子、平地都留给了人住，所以走了七天七夜才到。"金沙江听了，哈哈大笑起来，说道："这样走，当然赛不过我了。"澜沧江说道："你还记得父亲的话吗？他不是说要我们为人间造福吗？"金沙江听了，羞愧得脸都红了。所以现在，金沙江的水是浑的，流得很急，澜沧江的水是清的，流得很慢。

---

① 海子：在云南指湖泊。——编者注

四、傈僳族谜语六十则

记录者：左玉堂
翻译者：汉永生
搜集地点：云南省怒江傈僳族自治州泸水市古登乡马垮底村

1. 去时像箭尾，回来像个头。（瓜）

2. 去时小小的，回来像根马尾巴。（粟米）

3. 六月七月，没有一个不背娃娃。（苞谷）

4. 一个寨子里面，没有一个不戴耳环。（辣子）

5. 有一口猪，你来割一块，我来割一块。（磨石）

6. 房子里不动，天下就不会跳舞。（指烧火使水沸）

7. 只有一颗牙齿，多少粮食它吃光。（碓）

8. 一桶油，你来动一下，我来动一下。（磨石）

9. 拉一拉，周围一切都会动。（风）

10. 有叶子，没节子。（芭蕉）

11. 有节子，没叶子。（笔管草）

12. 树杈啊嘎嘎。（纺线）

13. 夏天像红带，秋天像一片麦叶。（江水）

14. 不削它还是锋利。（刺）

15. 不刨它还是光滑。（竹）

16. 木杈杈追猎，竹杈杈捉兽。（梳子和篦子）

17. 脚不能踩的石头。（鸡蛋）

18. 手指头指着地。（辣椒）

19. 去时虱子蛋一样小，来时马尾巴一般大。（小米）

20. 从嘴里吃进去，从肋骨处吐出来。（石磨）

21. 吃得进，屙不出。（牛虱子）

22. 吃得不会劳动。（火塘）

23. 只有独颗牙的老妈妈睡在路旁。（碓）

24. 三个小伙子装在一口棺材里。（口弦）

25. 半空中有个土堆。（火炭）

26. 能钻过去，不去跳过去。（房子）

27. 可以跨进，不能钻进。（岩洞）

28. 隔着十座山的一个人被一群兵捆住。（酒坛）

29. 有个老妈妈露出肋骨倒在墙脚下。（纺车）

30. 有群小伙子没有一个不是扁鼻子。（椽子）

31. 黄牛跟黑牛。（锅底烧火）

32. 有群小伙子没有一个不是白头发。（酒坛上塞的灰）

33. 赶鸟的是稀竹竿，捉鸟的是密竹竿。（木梳）

34. 出去呱嗒呱嗒，回来眼泪汪汪。（水桶）

35. 会走出去，不会回来。（箭）

36. 看是看得见，拿又拿不着。（烟、云）

37. 刀砍无缝，枪打无洞，八十岁的老妈妈也咬得。（水）

38. 筛子埋在地下。（蜂窝）

39. 麻线团埋在地下。（蔓菁）

40. 肉长在外面，毛生在里面。（鼻子）

41. 肉长在外面，皮生在里面。（鸡胃）

42. 两个人，隔着一座山，你看不见我，我也看不见你。（眼睛）

43. 划不成两半，可断成两段。（头发）

44. 三匹没有骑过的马。（门槛）

45. 四只脚，三个角。（火塘）

46. 三个兄弟，同包一个包头。（三脚）

47. 大地系一条大腰带。（江）

48. 三个小伙子，同裹一裹脚。（松毛[①]）

49. 树疙瘩上插着一支箭。（烟锅）

50. 地绕一个白包头。（雪）

51. 三个姑娘，声音一个比一个小。（口弦）

52. 四个弟兄，各住一隔房。（核桃）

53. 几父子，同穿一件衣，衣服烂了就分家。（蒜）

54. 身子小，一间房子在不下。（灯光）

55. 雪白大母鸡，抱出小黑鸡。（纸和字）

56. 不开花，结果实。（麻）

57. 父亲喊，儿子应。（指射弩声和箭着目声）

58. 母亲喊，姑娘应。（纺线声）

59. 手指指蓝天。（粟米穗）

60. 牛皮上钉钉子。（天和星）

---

① 松毛：指云南松或思茅松的长松针，这种松针在云南彝族、白族、汉族等许多民族文化中是神圣的年节和祭祀用品，或是堂屋铺地的材料。——编者注

第二编

怒族民间文学

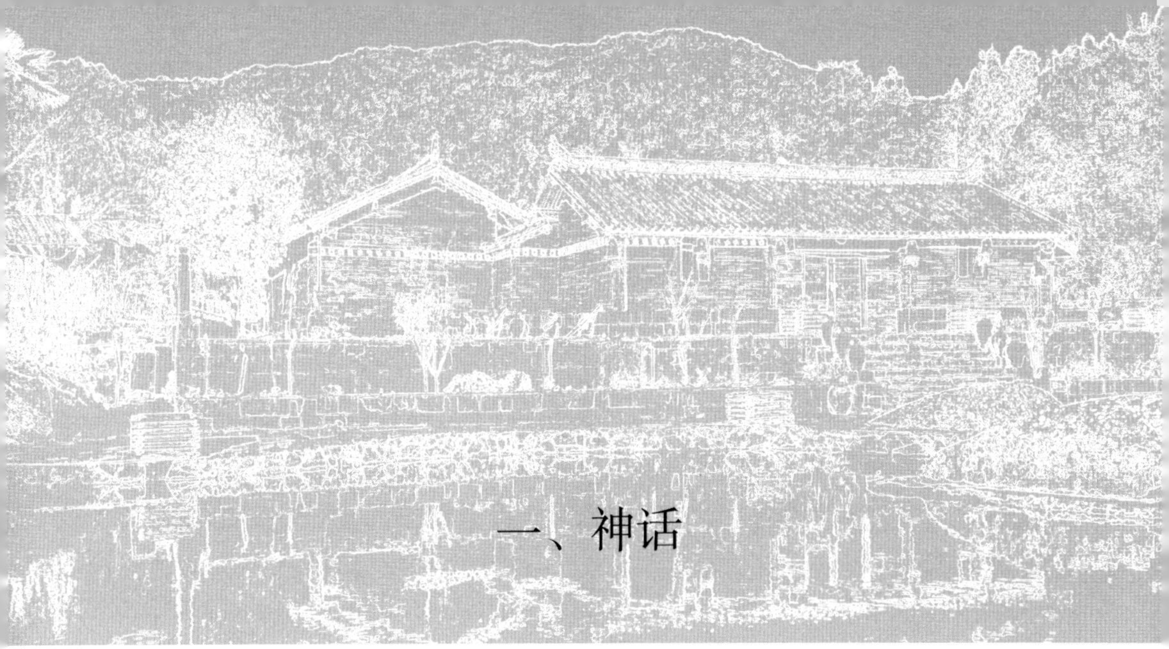

一、神话

开天辟地

讲述者：腊培
翻译者：汉永生
记录者：左玉堂
搜集地点：云南省怒江傈僳族自治州福贡县匹河怒族乡老姆登村

从前，地上洪水泛滥，一直涨到天上，地上被淹没，人都被水淹死了。只剩下兄妹二人，他们把水桶放在高山顶上，住在桶里，所以才没有被洪水淹死。后来到洪水退去以后，大地显得非常宽广，但人都被淹死光了，没有人烟。这时，兄妹二人没法，就赌咒射箭，能射中织布机，就说兄妹成婚。兄用弩弓射，恰恰射中了。于是兄妹二人就此成了婚。后来他们生得七个儿子。这七个儿子就是现在的汉族、白族、傈僳族、怒族了。七个儿子各在一个地方住下，一代代传下来，大地上才有了人类。

开天辟地的故事

讲述者：赛阿局
翻译者：光时益
记录者：吴广甲
搜集地点：云南省怒江傈僳族自治州泸水市（原碧江地区）

从前，大地全被水淹没了，地上没有人。上帝派来两兄妹，弟弟叫腊普，姐姐叫亚妞，来到地上。腊普本事很大，能攀陡峭的山岩，能到天上太阳那里。再大的树他也能把它砍断。

那时，地上没有其他男女，无法婚配，他俩就用弩弓射织布时用的四根桩，射中了兄妹就结婚，如射不中，兄妹不能结婚。他们这样约定以后，射时果然射中了，兄妹就结了婚成为夫妻。

他俩结婚以后，生了许多孩子。这些孩子也无法婚配，只好跟会说话的蛇、松鼠、鱼结婚。

腊普和亚妞不会教养子女，也没有火。后来他们用竹子在石头上摩擦，终于生了火，人们才能吃熟食，并把火永远保存下来，当时的怒族人不到其他地方去，人死了也不用棺材，用火葬在一个地方。

现在有狼族、蛇族、鱼族的区分，是由于腊普的子女跟狼、蛇、鱼结婚。

怒族人分布很广，碧江、福贡、贡山都有，但是怒话用处不大，人多讲傈僳话。人们多讲傈僳话的原因是：当时怒族人不会种庄稼也不会做其他事情，所以当时傈僳人中很有天才、威望的木必看不起怒族，他说怒话没有什么作用。

木必死了以后，木必的亲戚照样管辖怒族。国民党的官也来了，怒族人就问："木必也要管我们，国民党也要管我们，到底要服谁管？"怒族人把这话对国民党的官说了以后，木必的亲戚就不敢来管辖怒族了。自此以后，国民党就统治着怒族。

人是怎样来的

讲述者：蒙簇
翻译者：胡利伯
记录者：杨海生、陈荣祥
搜集地点：云南省怒江傈僳族自治州贡山独龙族怒族自治县

过去地上有兄妹俩，有一天他们上山去找菌子，找了很长时间，筐子还没有装满，后来他们就走到一个山崖脚下，那里有九个火塘，他们向怒江那里看，看见怒江涨水，把江边的仓库、房屋都冲垮了。他们都说："我们没有被淹死。"到了晚上，他们就在一个屋里睡觉，睡到半夜时，江水涨到他们睡觉的地方，江水把妹妹睡的床板冲到哥哥睡的旁边，后来妹妹醒了，就说："我们俩怎么睡到一块了？我们还是分开来睡吧！"他们又分开来睡。后来妹妹生下了九个男孩，九个女孩，等他们长大了，就一个男的一个女的往不同地方走去，日子久了，地上才有了人。

人的来源

讲述者：布领
翻译者：李新
记录者：陈荣祥、杨海生
搜集地点：云南省怒江傈僳族自治州贡山独龙族怒族自治县

很古的时候，八月份有许多人去找菌子，有些人一天就找满了一筐子，有一家兄妹俩找了很久都没有找满，找来找去，到了一个很高的山上，天已黑了，他们俩只得睡在山上，到半夜时，水涨起来，全世界都淹没了，人也全部淹死了，只剩下他俩，苍蝇、蚊子都没有了。他们走到“猛日”的岩洞里睡觉，当时两人不敢睡在一起，他们分开来睡，但睡到半夜时，他们又睡在一起，后来又分开来睡，中间用一个桶装满水隔着，水桶被打翻了，水到处流，后来就成为河。他们生下了男孩四个，女孩四个，长大了大儿子、大姑娘到东方去，二儿子、二姑娘到北方去，三儿子和三姑娘到西方去，四儿子、四姑娘到南方去。从此以后，这些人生下了许多人（各民族都是怒族生的），在内地的有些知道一些，有些不知道人是由边疆迁到内地的。

天地来源

记录者：杨秉礼、杨开应
搜集地点：云南省怒江傈僳族自治州贡山独龙族怒族自治县

古时候，天地都一样高，长在一起。有一天，一个女人织麻布的时候，把梭子向上一甩，天和地就分开了。

那时候野兽也很多，这个女人用梭子也杀到一只野兽。

那时，田地间的草也没有，这女人说：“人都闲着没有做的。”于是草也长得多了，人不拔就不行了，劳动也多起来。

天地是怎样变的

讲述者：鲁绒西纳
翻译者：张化文
记录者：杨秉礼、杨开应
搜集地点：云南省怒江傈僳族自治州贡山独龙族怒族自治县

有一个仙人，老也不会老，死也不会死，他的怀窝里有一个圆圆的骨头，骨头里有十二朵花，有四种花色，风吹暴雨时，里面如同闪电一样地发亮，火烟①慢慢地变成了水，水向低处淌，流成了大海。

地洞中有个癞蛤蟆，它一动，地也动，仙人把它砍碎，血变成土地，骨头变成石头，血脉变成金银铜铁，毛变成树木。剩下两只眼睛，一只没有腐烂，变成太阳，一只腐烂变成月亮。

各民族来源的传说

讲述者：王双全的母亲
翻译者：张化文
记录者：杨秉礼、杨开应
搜集地点：云南省怒江傈僳族自治州贡山独龙族怒族自治县

人在活着的时候，父亲为猴子，母亲为白骨精，人在初期不会吃熟食，只会吃生的食物，后来在火山爆发后的地方碰到了烧熟的野兽，他们吃了比较好吃，于是人们就懂得熟吃了。

后来猴子和白骨精成了家，生了九个儿子，父母亲给他们指定：第一

---

① 此处疑为花发亮后产生的火烟，原始资料如此。——编者注

个是藏族，第二个儿子为汉族，第三个儿子为纳西族，第四个为独龙族，第五个为怒族，第六个为傈僳族，第七个为白族，第八个为景颇族，第九个为傣族，从这时各民族的服装也就定下来了，于是成了今天的各民族。

各民族来源

讲述者：卡莱
翻译者：张化文
记录者：杨秉礼、杨开应
搜集地点：云南省怒江傈僳族自治州贡山独龙族怒族自治县丙中洛镇

过去很早以前，我们地方到处都涨起大水，人全部死了，水慢慢退了，只剩下两兄妹，他们两个到处去找人。从南到北，从东到西，一个也找不着，一直到天上也找不着，地上尽是沙子，他们两个说："人都死了这么多，只留下我们两个，是留下人种了。"晚上他俩各睡一边，第二天天亮不知为何又睡在一起了，他们没法，木桶里放了水，放在两个人中间，第二天桶倒了，水淌了出来，还是睡在一起，水流成九股，变成九个儿子。

大的分到平地上，变成汉族，二儿子分到山上变成独龙族，其他分纳西、白、彝、怒、傣、藏等族，大哥是汉族，其他八兄弟都尊敬他，有东西要送他。

二、民间故事

人和妖精交朋友

讲述者：腊味
翻译者：和付生
记录者：张西道、张华
搜集地点：云南省怒江傈僳族自治州泸水市（原碧江地区）

古时候，人和妖精交朋友，一天人在地里挖芋头，妖精来了看见就说："老朋友，拿你的芋头给我吃几个。"人答应给她了，妖精拿着芋头又对人说："老友，我俩互相找找虱子。"人也答应了。妖精先帮人找，找了一会，人因为妖精在她的头上找虱子感到头痛，在旁边有人看见那人的头被妖精吃了一半了，就叫道："你的头被妖精吃了一半。"那人听到吓得就跑，跑到大路边死了。

妖精赶上把她吃了，又把她的裙子穿上，戴上珠子就到那人的家里去，到了门前就叫她的两个姑娘："女儿，妈妈回来了，开开门。"两个姑娘说不是，妖精说："怎么不是？你看我的裙子。"又再叫她们开门，她们还是说："你不是我们的妈妈，我们不开。"妖精又说："我是的，我是你们的妈妈，怎么你们不认得了？你们看我戴的珠子。"

姑娘们看见，是呀！妈妈的裙子，妈妈的珠子，就开门让她进来了。妖精进来说："你俩去打水来，愿在我怀里睡的打清水，不愿在我怀里睡的打浑水。"到晚上睡觉，哑巴姑娘就在妖精的怀里睡，到了夜里，嘎巴地响了一下，聪明姑娘就问："妈妈，你做什么？"妖精说："我翻身。"过一会又响了一下，她又问："妈妈，你做什么？"妖精说："你妹妹撒尿。"第二天早上，她看见妹妹被她吃了，就跑出来向天上求救，天神问她愿到什么地方，她说："我愿到明亮的地方。"于是就把她救到月亮里，如今月亮上有一个影子，就是这个姑娘的影子。

星星的女儿

讲述者：甲母初
翻译者：刘建文、李文富
记录者：陈荣祥、杨海生
搜集地点：云南省怒江傈僳族自治州贡山独龙族怒族自治县丙中洛镇秋那桶村

很早以前，有母子二人，家里很穷，以打猎为生。有一天，儿子到山上去套野兽的套子。过了几天，他又上山上去看是不是套着野兽了，一次两次三次去看都没有套着野兽，当他第三次去看见没有套着时，他有些生气，并且说："以后一定要套着一样，不管神鬼也要套着。"过了一个月，他又上山上去看那套子是否套着野兽，他走去一看已经套着一个很美丽的星星姑娘。星星姑娘看见他来就说："你千万不要杀我，你给我把套子解开。"

他不想解，她又说："我是星星的姑娘。"男子说："你如能做我的老婆的话，我给你解，如果你不答应，我不能给你解。"姑娘想了一下没有办法只能答应了。她说："我答应你，做你的妻子，但是你解了套子后要紧抓住我，以后不管白天黑夜，要守我九天九夜。"男子听了后就去解套子，并照着星星姑娘说的去做。男子守姑娘到第九天晚上时，因打瞌睡，姑娘逃跑回天上去了，第二天（第十天）早上，男的醒来一看，姑娘不在了，他跑到院子里来，看见星星姑娘已经到了天上，因此，他们俩没有成亲，后来天上出现六颗星星，其中最亮的就是被套着的星星姑娘。

雷的故事

讲述者：甲母初
翻译者：刘建文、李文富
记录者：陈荣祥、杨海生
搜集地点：云南省怒江傈僳族自治州贡山独龙族怒族自治县

很久以前，有一个孤儿，他天天上山打猎，有一天他打着一只豹子，当时没有打死，他就追赶，追呀追呀，最后给他追着了，豹子还是没有死，他就去抓豹子的脚，豹子回过头来把人背起往天上走去，人就紧紧抓住豹子的脚，豹子上到天上时，把人送到雷公那里。人没有办法回来，一直与雷公在一起（孤儿到天上在九月至十月间）。

他在那里没有吃的，他每天只得舐雷公的手来过日子。到了第三年三月打雷时，雷公不在家，他不能舐雷公的手来生活。有一天他对雷公说："我要回人间去。"过后他就从天上跳下来，当他跳在第一层天（传说有九层天）时，人们就说他是天上掉下来的鬼，他们要拿弩弓来打他，他只得再跳到第二层，第三层，一直到第八层都是被人们赶出来。到第九层才真是到了人间。但他来到人间时不是在自己家乡，他问别人才知道自己的家乡，才回到家里。他回到家乡后，邻居问他："你三年不在家，到哪里去了？"他回答说："前年打雷的时候，我被豹子带到天上雷公那里去，住了三年，后来自己从天上跳下来，经过了九层天。"从此以后地上的人们才知道天上叫的是打雷，人们才知道有九层天。

孤儿回到人间不到三年就死了。自此之后这个故事被怒族人民传诵着。

独角皇帝

翻译者：杨近文
记录者：杨秉礼、杨开应
搜集地点：云南省怒江傈僳族自治州贡山独龙族怒族自治县丙中洛镇

有个皇帝，头上生了一只独角，他怕人家看见，便用布把头包起来，每天叫一个姑娘去替他找虱子，一去就没有回来。

后来轮着一家两母女，这家只有一个独姑娘，十多岁了，还吃妈妈的奶，临走时，妈妈舍不得她，便挤了一碗奶给她，姑娘用奶做成糌粑，准备拿去当晌午饭吃。

到了独角皇帝那里，姑娘替他找头上的虱子，肚子饿了，吃糌粑，掉下了点糌粑在独角皇帝膝盖上，他捡起来吃，对姑娘说："真好吃，这是什么东西？"姑娘说："这是用我母亲的奶揉成的糌粑。"独角皇帝一定要吃，姑娘给了他一半，找完了虱子，独角皇帝对姑娘说："每次派来的人，找完虱子，我一回头，便把她们撞死了，我今天吃了你母亲的奶了，我们就是兄妹，你莫害怕，我不杀你，放你回去，你要记住，回去后绝对不能说我头上有独角。"姑娘答应了。

姑娘回到家，母亲很高兴，姑娘吹起笛子，笛子的声音是："拔王变根[①]，头上有独角。"这样大家都听见了。群众很恨他，就集合了许多人，把他杀了。以后有了女人，人才传下来。

后来认为独角皇帝头上包包头，他才厉害，怒族也学包包头，认为这样的人才能干。

---

① 拔王变根：独角皇帝的名字。

李更生的故事

翻译者：杨近文
记录者：杨秉礼、杨开应
搜集地点：云南省怒江傈僳族自治州贡山独龙族怒族自治县丙中洛镇

过去有一家人，生下一个孩子，不是人，像猪胃一样的一团肉，妈妈不高兴，伯父也不高兴，伯父对妈妈和肉团（李更生）很生气，便把他们撵到吃人的地方——鲁都陆，叫鬼把他们吃掉。妈妈生气了，把肉团丢到水里，第二天，母亲醒来，肉团还好好的在身边。第二天，肉团说："妈妈，天亮以后吃我的人来了，他会变成老鹰。把我放在箩箩里藏着，上面放上鸡毛。"第二天，母亲照着他说的去办了。忽然飞来一只老鹰把鸡毛抓走了。肉团变成了人，一天长大成人了，他对妈妈说："阿妈，我要一张弓和几支箭。"说完，身边变出一张弓，几支箭，他的箭法很好，一箭能射穿九口锅，他去打猎，一小会打回来一个，母子两个天天吃兽肉过活。

伯父打发人去看他们母子两个到底死了没有，一看不但人没有死，肉团也变成人了，伯父认为鬼都不吃他们，一定是怪事，便把他们母子叫回来。伯父想害死孩子。家里有个水塘，逼着肉团一口气把水塘里的水喝光，娃娃也真的一口气把水喝完了，又叫他把水吐出来，孩子也把水吐出来了，伯父无法，领着他去砍松树，叫他在下面砍，伯父在上面砍，木头滚下来，没有把他压死，树倒了反而把伯父压死了。

回到家里，讨了个媳妇后，他要去有鬼的地方杀鬼，他对媳妇说："你好好服侍妈妈，我去杀鬼了。"他骑着马，杀死了许多大鬼、小鬼，趁他不注意，鬼王姑娘用洗头发的水给他煨茶吃，他吃了后，不但成了哑巴，忘记过去的事情，同时动不得了。

过了三年，有一天乌鸦在水塘里含了一口水又吐出来，他感到奇怪，也照样去做，吐出来的都是头发，把头发吐完，他有了力气，能说、能想了，他去找马，马已变成骨头，他拍拍马骨头喝道："这匹马，比以前那匹马变得更健壮。"一下马真的活回来了，比以前更肥壮。

他骑着马回家。他离家三年，父亲、母亲、妻子都被鬼王抢去了，他折回来看见父亲替鬼王放猪，鬼王把干猪粪套在他父亲的脖子上。他见了父亲很高兴，他叫父亲莫说出去，他父亲高兴地唱起来"我今天见到我的好朋友了"，把猪粪也丢了。鬼王一想："不对，李更生这个美更菊喽（我们的仇人）来了。"他又去找母亲，母亲被鬼王抢去，已生了一个鬼。这天，吃人鬼王不在家，母子两个见面后很高兴。母子两个商量如何把鬼王弄死，母亲说："鬼王能转会算，你来，他会知道，你得赶紧藏起来。"李更生听母亲的话躲在铜盆下面，盆里放着水，盆上有筛子，筛子里装着鸡毛，鬼王回来说："仇人来了！"妻子说："没有嘛。"鬼王牙缝里撬出几个死人，他说："今天运气不好，只吃了几个疯子。"鬼王睡下去又睡不着，又起来，妻子解释后，他又睡下。李更生想用箭射死鬼王，他有些慌，把铜盆弄得"更能更能"地响，鬼王醒来又叫"仇人来了"，妻子说："不是仇人，是我搓麻的梭子碰着铜盆了。"原来鬼王算卦的东西，妻子把它放在脏处，算不准了。妻子把小鬼弄哭，鬼王睡不着，问："孩子哭什么？""娃娃问你的命根在哪里？"鬼王指着头顶上说："在这里嘛！"这时，李更生听见了，照着鬼王的头顶一箭射去，把鬼王射死了。

他又去找妻子，妻子被大鬼王擒去了，大鬼王叫火共根甲乌，他的兵很厉害，他的住处，地上的虫爬不进去，天上的鸟飞不进去，防守得很严密。李更生进不去，想了一个办法，他变了一些马帮驮着茶叶住在大鬼王的城边，鬼卒去报告给他，他说："今天晚了，明天去买好了。"第二天去，人马不见了，只见房子高的一堆茶渣。他一会变出来一个小娃娃，这时一个铁匠叫干旺当金南补的把娃娃要去，一个月长成一个大人了，替铁匠打铁、烧炭，铁匠很高兴。这个就是李更生变的，有一天李更生对铁匠说："我们打一百零八扣铁索锁鬼王好不好？"铁匠同意了，结果打好了，有一天，他对铁匠说：“大锤会不会脱了？”铁匠说：“不会的。”李更生高高抬起大锤，一二三地喊，第三下，就照着铁匠的脑盖打去，把铁匠打死了，他要准备去杀大鬼王了。他变成了四个猴子抬着一个人在跳舞，把人丢上去又落下来，鬼王老婆看见，叫大鬼王去看，大鬼王高兴，也让猴子丢他，把他抬到太阳边，大鬼叫“阿喷喷，热得不得，阿兹兹的不得[①]”。一丢把他跌在地上，跌得半死。

李更生又变成许多人去跳锅庄，他把弓箭藏在袖筒里，大鬼王的老婆出来看，李更生趁热闹，在一百零八扣铁索上爬上去，一刀杀死了大鬼王，把他放在床上，妻子回来说：“好看，你也去看吧！”一摇大鬼王的头掉下来了，李更生变成一只小鸟飞去，妻子用梭子打他，打在尾巴上，后来他才变成人，夫妻相会了，从此，谷田里的一种鸟尾巴没有毛。

这回，他的父母亲、妻子一起回家了，把小鬼留下，李更生哄他母亲说：“妈妈，我有件顶重要的东西忘记拿了，我要回去拿一下。”妈妈知道他要去杀死小鬼，便对他说：“你是不是去杀你弟弟，他是小鬼，他也是你弟弟嘛，杀不得。”李更生说：“他是我弟弟，不会杀他，我不会叫流一点血，若流一点血，我不会活起来，像松树砍了不会发一样。”他母亲让他去了，李更生真的把小鬼放在柱子下面压死了，但是压得太重，小鬼鼻子里压出血来了，李更生也死了，变成了一个骑马的菩萨。

今天，松树砍了不会发，就是从这点起。

---

① 阿兹兹的不得：云南汉语方言，意思是热得不得了，阿兹兹是形容热的拟声词。——编者注

酒缸变水缸

翻译者：刘建文
记录者：陈荣祥、杨海生
搜集地点：云南省怒江傈僳族自治州贡山独龙族怒族自治县

在西藏拉萨有一个人叫干马巴，他有文化，管理贡山各民族，他到处修盖喇嘛寺，如丽江、维西、德钦、贡山（丙中洛）等十八处，他要各族人民都来信教，教堂是人民修起来的。干马巴有个妹妹，不照顾父母亲，母亲对干马巴说："有个姑娘长大了不照顾父母亲。"干马巴听了母亲的这番话，就到处去找他的妹妹，找到昆明找到了，他对妹妹说："你长大了不照顾父母是不对的。"但是他的妹妹仍然不回来。干马巴又说："那么你来管理教堂。"干马巴回来把教堂都修好了，她还是不见回来，于是干马巴又去找她，他找了许多地方，终于在鹤庆找到了，他妹妹在鹤庆修了大街，自此，鹤庆才有卖东西的商店。

他想在街上住一个晚上，但由于他衣服穿得不好，大家都不愿意收留他，他又到一个村子里，大家也是不愿意收留他住，最后到一个大妈家里，对大妈说："大妈，我住一晚上，明天就走。"大妈看到他很可怜，就留他住下，并且给他东西吃。由于大妈对干马巴很关心，因此，干马巴就在大妈屋里拿镰刀在院子里挖个洞洞，用许多缸子装满水放在洞里，然后用石板盖好。在临走的时候，对大妈说："这石板等过七天后，你再揭开。"说完，干马巴就走了。过了七天，大妈揭开石板一看，洞里每缸里都是满满的酒。

大妈就把这些酒挑到街上去卖。酒一挑到街上，大家都争着买。后来大妈做酒就是这样倒水在缸里，过七天揭开又变成酒。大妈的生活就是靠卖这酒来维持，这样过了三年。一天，干马巴又来到这里，他问大妈说："三年前我做的酒大妈你吃到没有？好吃不好吃？"大妈说："酒是吃到了，也很好吃，但是我养了一只小猪没有酒糟喂。”干马巴听了这话很生气，又把那缸装好水，用石板盖好，对大妈说：“过七天你再揭开。”到了七天，大妈揭开石板看时，缸里已不成酒了。后来大妈只得用粮食蒸出酒，然后倒在缸里，这样才把鹤庆酒的名传下来。

青蛙的故事

讲述者：张化文
记录者：杨秉礼、杨开应
搜集地点：云南省怒江傈僳族自治州贡山独龙族怒族自治县

从前，有一个妇女，身上怀了孕，到了九个月，还没有动静，又再等了九个月，孩子还没生下来，她心里很焦愁，一直等了三年。

有一天，肚子里忽然有说话声：“妈妈，妈妈，我到底由哪里出来？”

妇人说：“有生自然有路。”

“妈妈，妈妈，不能这样说，这跟平常不同。”

妇人很生气地说：“你莫叫人生气了，你出来就出来嘛！”

“妈妈，我要从膝盖里出来。”

肚子疼得很厉害的时候，妇女没法，狠心在膝盖上划了一刀，忽然跳出一只青蛙，这一下把妇人气坏了，对人家说也不是，不说也不好，左右为难，她想了一个办法，准备把他丢掉。

有一天，妇人把青蛙兜在围裙里，见一条很急的大江，准备把青蛙丢下去，结果，青蛙还在围裙里，她又走到一个陡坡旁边，下面是悬岩，旁边是大江，她又把围裙解开，把青蛙滑下去，青蛙还是不走，妇女没法，挖了一个塘子，把青蛙埋了。这时青蛙在里面开口了：“妈妈，救救我，救救我。”开始妇人不理他，心想：“你这个死青蛙，我为你劳累了三年，心想生个孩子，不料是个青蛙。”接着青蛙又说：“妈妈，妈妈，你莫气，我会养你老人家的。”妇人听了也觉得可怜，又把青蛙带回来。

有一天，青蛙对妇人说：“妈妈，我想讨个媳妇。”妇人待理不理地回答说：“你讨什么媳妇啊！”青蛙说：“妈妈莫管，你不同意我去找好了。”

青蛙要去说媳妇了，它一跳一跳，跳到一家人家树上呆呆地看，看见一个妇人和一个姑娘，青蛙说：“大妈，大妈，把你家姑娘嫁给我吧！”老人听了好生奇怪，仔细看看，原来是树上的青蛙说话，老人不理它，青蛙又开口了：“大妈，大妈，把你的姑娘给我做媳妇吧！”老人说：“你这个青蛙，还讨什么媳妇啊！”“你老人家莫管。”老人说：“不嫁给你，不嫁给你。”青蛙说：“你不嫁，我要哭了。”忽然满天云雾，大雨下个不停，老人说：“你莫哭了，我答应就是了。”青蛙下来，老人又反口了。青蛙说：“你不嫁，我要笑了。”老人说：“你笑吧！你笑出一朵花，我也不看。”青蛙才一笑，乌云暴雨，如同豆子般大的雨点，落在她家房头上，房子也几乎吹倒了，老人没法，只好答应，走前青蛙对老人说：“我们走了，你老人家送什么东西祝贺我们。”老人答应送一盘金磨、一根金鞭，并对姑娘说：“金磨给青蛙背，你骑在马上用金鞭打它，把它磨死，打死。”

在路上青蛙背着金磨盘，姑娘骑在马上用鞭子打青蛙，但始终打不着，青蛙说：“你莫打了，你打不着我。”到了家里，青蛙叫：“妈妈，开门来，开门来！”妇女说：“你一个从门缝里也可以进得来嘛。”“不是我一个呀！”妇人从门缝里面一偷看，果然有一个姑娘，妇人打开门，姑娘进来了。

第一天，妇人带姑娘去砍柴，回来家里，桌子上饭菜又热又香。

第二天，妇人领姑娘去砍柴，回来时又是饭又是菜，吃着很好吃。

第三天，姑娘走到半路便偷偷地跑回来，在门缝中一看，原来是个很漂亮的小伙子，她不顾一切跑进去抱住他，把桌子边上的蛙皮抓住死死不放，青蛙很急：“日子还不到，真是没法了。你把皮子拿到高山上去烧，说完‘山无高低，人无贵贱’就回来。”结果姑娘一心喜欢，走到山上把原来的话忘记了，信口说“山有高低，人有贵贱”，回来他们成了夫妻，因为她把话说错了，从此山才有高低，人才有贵有贱。

乌鸦和古益①

讲述者：丁基拉母
翻译者：真补
记录者：陈荣祥、杨海生
搜集地点：云南省怒江傈僳族自治州贡山独龙族怒族自治县

古益和乌鸦是好朋友，有一天，它们搞出黄绿黑三种颜色，古益对乌鸦说：“你先给我涂上颜色，然后我给你涂。”乌鸦给古益身上涂了三种颜色。后来古益给乌鸦涂的时候，就把全部黑的颜色倒在乌鸦身上。所以古益的羽毛是黄绿黑三色，而乌鸦是黑的。

为什么兔子的鼻子是裂开的、眼睛是红的

讲述者、翻译者：胡利伯
记录者：陈荣祥、杨海生
搜集地点：云南省怒江傈僳族自治州贡山独龙族怒族自治县

从前，兔子和野鸡交朋友，它们很亲密，有一天，它们在森林玩，野鸡对兔子说：“朋友，你信不信今天我叫你大笑一场？”

兔子说：“我不信。”

野鸡说：“你不信，就跟着我来看吧！”

它们两个就一路来到一个田坝里，看到一家两个老人在田里耕田，野

① 古益：是居住在山上的一种鸟，它的羽毛很漂亮，有黄绿黑三种颜色。

鸡就飞到女人的头上站着，那男的看见了，就对女的说："啊！你不要动，等我打你头上的野鸡。"男的就拿来一根木棒向女人头上打去，还没有等打下去野鸡就飞走了，当时就把女人打死了。那男的见女人被打死了，就大哭起来，兔子看见那人把女人打死了，却没有打着它的朋友，就大笑起来，由于笑得过猛，就把鼻子笑炸开了。野鸡看见兔子把鼻子笑开了，就说："朋友，这回你该相信了吧！"当时兔子没有话可说。

兔子和野鸡又走了一程，来到一座森林里，野鸡看到一只老虎，它就把兔子带到那老虎的面前，那老虎看见来了一只兔子，就飞跑地来赶，赶了一程，兔子看见前面有一个很小的石洞，就钻进那洞里去。老虎看见兔子钻到一个小石洞里，没有办法吃到就走了。那兔子被老虎撵了一阵，吓得魂不附体，大哭起来，由于它跑了这一阵，再加上哭得太伤心，因此，就把它的眼睛哭红了，直到现在兔子的眼睛都是火红的就是这个缘故。

虱子为什么是黑的

讲述者：锋岩
翻译者：真补
记录者：陈荣祥、杨海生
搜集地点：云南省怒江傈僳族自治州贡山独龙族怒族自治县

虱子和跳蚤交朋友。

有一天，它们用土罐煮饭，饭还没有煮熟，跳蚤想自己一个把饭吃了，它就对虱子说："我们俩背柴去，我们分开去找，看看哪个先找到，谁先回来，哪个先回来饭就给哪个吃。"虱子听后，心里有点难过，因为自己爬得慢而跳蚤跳得快，饭一定给它吃，但是没有办法，只得答应了。

它们出去找柴了，跳蚤找得快，一下子就找到了，它就背起柴回家来，它一跳起来背上的柴又掉了，又背上，它一跳，柴又掉了，一路上它边跳边拾柴，等它回来时，虱子已经回到家里了（因为它慢慢爬背上的柴不会掉下来），把饭吃完了。跳蚤回来一看，非常生气，拿起土罐就打虱子，正好一打就打着虱子的肚子，土罐上的烟子粘在虱子的肚子上，因此，现在虱子的肚子是黑的。

熊的故事

讲述者：甲母初
翻译者：刘建文、李文富
记录者：陈荣祥、杨海生
搜集地点：云南省怒江傈僳族自治州贡山独龙族怒族自治县

从前，有一对夫妇生了一个孩子，家里非常困难，要去劳动又没有人来照顾小孩，他请来一只熊来照顾小孩，熊在他家住了三四年，小孩长大了，不需要照顾了。熊对他俩说："你儿子长大了，不需要人照顾了。我要回去了。你们给我点钱吧。"那一家因家里很穷给不起钱，他们只得交给它一串白色的汗珠，熊拿到珠子戴到脖子上，因此熊的脖子上有白圈。

人给它一串汗珠后，熊说："这一串珠子不够我三年的工资。"夫妇说："以后我们种了地，有了苞谷时，你来盘。"后来熊就来盘苞谷，所以现在熊会偷苞谷吃。

剥麻记

翻译者：张联华
记录者：张文臣
搜集地点：云南省怒江傈僳族自治州贡山独龙族怒族自治县

父子三人，到山上地里割麻。割下来的麻一连剥了三天，才剥去十来根，他们很焦急。这样的速度哪天才能剥够做一条毯子的麻呀？

有一只鸟在不断地鸣叫，叫出这样的声音："俄给木屑，呦没屑！"意思是教他们从麻根剥起，因为他们始终从麻树的尖头剥。

父子三人，听到鸟的叫声，用石子打鸟。才过一会，鸟又飞到他们头顶上叫。他们真个按鸟的指点去做，果然剥得很快。鸟见他们照样做，这才飞去。从此，麻才从根部剥起。

俅马比勾鸟

记录者：张文臣
搜集地点：云南省怒江傈僳族自治州贡山独龙族怒族自治县

从前，有两口子，男人成天在外打猎，是一个十分出色的名射手。每次出猎，他总是满载而归，只可惜有一个好吃懒做的女人，一点也不像他。

这天，猎人照例带回很多猎物。进了家门，冷火秋烟的，女人在门前织着麻布，始终是有气无力的，连看也不看他一眼，那匹麻布已拖了半打月，还是没有织完。

猎人疲累了，刚放下身上的东西，蹲下去便睡着了。这时，他们的小儿子在外面玩腻了，回来到母亲身旁，手里揣着一把小尖刀。母亲扬扬手，指着猎人熟睡的地方，示意孩子到那儿去。孩子跑到猎人跟前，用刀子在他颈子上磨蹭，须臾间，猎人的脖子开了口，猎人再也醒不来。母亲这才着了慌，忙乱中发现一大背子兽肉和兽皮。

猎人死后，变作俫马比勾鸟，当人们在高山上的峭壁间挖贝母时，总会听到两三声“俫马比勾，俫马……”的鸣叫，意思是说，自己流汗换得的东西，却不能归自己。他代人民诉出了苦情，它的每一声都要勾起采药人的一阵愁思。

两个朋友

讲述者：得付
翻译者：和树珍
记录者：冷用刚
搜集地点：云南省怒江傈僳族自治州福贡县鹿马登乡

从前江东江西有两个人都叫阿卜（老大），他们俩交成朋友，江东老大想做生意就向江西老大借了五十块钱，他到内地去做生意，走到高山上的一个崖子边就被贼抢走了他的钱，没有办法又回来向朋友借了一百块。这次同样在那个地方被抢，他实在没法，还是回去再向朋友借二百块钱，江西老大出于情面还是借他，但是还是被抢了，这次他不回去了，就在那里给地主放牛，三年后，他得到了两条牛赶着回来。一天，碰到朋友，朋友问他：“你是怎么搞的，两三年才赶两条牛回来？”

他就把经过情形向朋友讲述一遍，朋友就约他一同去做生意，他们同样是去那个地方，这次他们都赚得一些钱。他们到了一个村子，那里的水要出钱买，江西老大事先就晓得了，就装成肚子痛不愿进村，江东老大服侍他，给他这样不要，那样不要，单要水，江东老大到处去找找不到，去向人家户要也要不到，最后人们才告诉他说这里的水要拿钱买，后来还是一个好心人给了他一些水，当他回到原地时，江西老大已经不在了，他到处去找，最后才找到，是在大石岩子旁睡着了，问他话也不搭理，江东老大蹲在火塘边，江西老大一脚就把江东老大踢下岩去，一个人回去了。江东老大被一蓬草拦阻住没有摔死，他爬起来也不知道要向哪里走去，找来找去找到一个山神庙里来，天也黑了，就歇在庙里。

山神问他："你怎么了？"他把遭遇说了一遍，山神叫他躲在山神后面，后来进来了一只狐狸，山神向狐狸道："你们找到什么了？"狐狸答道："那个村子里的水要用钱买，如果我是人，只要到村后一棵大树下取出一口锅就会有大股水流出来。"山神说："你不是人，不要梦想那些。"后来又进来一只老虎，山神问它找到什么，老虎说在一棵松树下面埋着许多金银，挖出来就会发大财。山神说："这对你又有何用呢？"于是老虎也走了。

等到天亮时，山神说："受苦受难的人，昨晚你听到些什么？"他把昨晚听狐狸和老虎说的讲了一遍。山神就指点给他路，他去到一棵松树下，的确挖出了许多金银。他又去箐里大树下掀开一口锅，马上出来一股很大的水，他又重将锅盖起来，就到卖水那个村子里去说："我有办法给你们引出一大股水来，但是你们每家要出一撮箕钱给我。"有的人就说："你这个穷光蛋有什么办法，我们祖祖辈辈都是买水吃。"相信他的人都跟着去了。他又说："你们要把家搬开，不然会冲垮的。"相信的人就照着做了，不相信他的人坚决不搬，结果大水一来房屋都冲走了，那些搬了家的人从此不再买水吃，还能种庄稼了。

村里人给他一大群牛马，他赶着回去了，回到家乡又碰到了江西老大，看上去面黄肌瘦，已经变成一个穷人了，他见到江东老大就说："你被我一脚踢下岩去了，怎么倒发了大财回来？"江东老大把经过情形给老朋友讲了一遍，江西老大就硬要求江东老大也去那里照样踢他一脚，江东老大心很好不忍心踢，就不答应，但江西老大死死哀求，最后答应了。他们走到那个悬岩边，江东老大始终不忍踢，江西老大又再三要求，但当江东老大轻轻提起脚来刚好碰到他，江西老大顺势滚下去了。江西老大也同样被草挡住，东找西找又找到山神庙里来，山神问他怎么了，他也把经过讲述一遍，山神也叫他躲到身后去，到晚上来了一只老虎，山神问："你今天找到什么？"老虎说："什么也没有找到，肚子饿得很。"山神说："我背后有个骨头你来吃吧！"结果江西老大就被老虎吃掉了。

两个娃子

翻译者：李根祥
记录者：杨秉礼、杨开应
搜集地点：云南省怒江傈僳族自治州贡山独龙族怒族自治县丙中洛镇重丁村

国王有两个娃子，一个很能干、聪明，但职位低，一个笨一些，但职位高。能干的人不服气，想把笨的撵走，自己代替他的职位。

有一天，他对国王说："我的同伴会缝石头衣裳。"国王听了把笨的娃子叫了去，叫他第二天替国王缝件石头衣服，笨的娃听了很急，回去跟老婆说，老婆安慰他莫急："你明天去山上用黑线照着衣裳样子画好量好，然后一块块地取下来背给国王，你就对国王说："缝是可以，但要叫人去找沙子线才缝得成！"他真的去照做了。

要沙子线让谁去呢？国王就想起了能干的娃子，就叫他去找，能干的娃子找了三天找不着，国王这时才发现能干的娃子虽聪明、能干，但心不好，就把他杀了。

两父子

翻译者：张化文
记录者：杨秉礼、杨开应
搜集地点：云南省怒江傈僳族自治州贡山独龙族怒族自治县

从前，有两父子，儿子能干，有力气，又吃得多，每次上山、下田回来，儿子走得快，家里饭都被他吃完了，父亲心里很生气，想了个坏主意。

有一天，父亲对儿子说："你也长大了，房子不够住，我们上山去砍木料修间房子，我到山上砍木料，你在下面接。"儿子同意了。

父亲在山上砍了很粗很大的木料，在山上对儿子说："木料下来了，接好，接好。"说完木料由山坡上滚下来，儿子在下边一只手接一棵，一边把它丢在河那边，接完，儿子又回家去吃饭，父亲回来，饭也没有了。

第二次，父亲对儿子说："我们还缺少石头，我们到山上去找石头吧！"儿子也同意了，父亲还是在上面滚，儿子在下面接，父亲心想："这回该压死你了吧！"谁知道滚下去的石头，不但没有把儿子压死，反而一块一块地让儿子堆在一边，堆好后，儿子又回来去吃饭了。

父亲没法，第三次对儿子说："我们木料、石头都有了，修房子要请客，没有肉，我们去打猎去吧！"儿子同意了，两父子分两路，约好几天后在一个地方相遇，若不见面谁也不先回去，父子两个分开后，父亲便由小路折回来了，父亲心想："这回你一个进山，不被野兽吃掉才怪呢？"儿子在山上打了一头大山驴，回到碰面的地方，不见父亲，便把山驴宰了，把肉晒起在等父亲。

这时候，村子里闹鬼，白骨精在吃人，从江边吃上来了，他父亲急死了，心想："儿子若不被野兽吃了就好了，这回白骨精来还可以叫儿子跟它拼一下。"千想万想，还是去找一下儿子，到了碰面的地方，父亲便对儿子说白骨精吃人的事，儿子听了也忘了，问父亲到底打着打不着猎物，便背着肉回来了。

儿子跟白骨精说好要打赌，要打包子仗，谁把谁打死不负什么责任，白骨精同意了。

儿子叫白骨精先打，白骨精打的都是包子，儿子吃得很饱很饱。

儿子打白骨精，用的都是白石头，白骨精肚子里装满了白石头，不一会便胀死了。

父亲很感动，很佩服儿子，从此不为难儿子了。

两姐妹

讲述者：鲁戎西纳
翻译者：丁家初、丁玉英
记录者：杨秉礼、杨开应
搜集地点：云南省怒江傈僳族自治州贡山独龙族怒族自治县丙中洛镇

有两姐妹，有两个儿子，两姐妹很相好，她们睡在一起，有一个儿子死了，她们把另外一个儿子抱来睡在身边。第二天起来，两姐妹为争儿子吵起架来，吵到皇帝那里，姐姐说“是我的儿子”，妹妹说“是我的”。皇帝没法，皇帝说：“你们把没有死的那个娃娃喊来，劈成两半，一个要一半。”真的妈妈说：“别劈了，给她好了，孩子劈死了可惜！”假妈妈说：“要劈要劈，一个要一半。”皇帝一听，就知道孩子是谁的，就断给真妈妈了。

两兄弟

文本一

讲述者：阿付加
翻译者：光富益
记录者：吴广甲
搜集地点：云南省怒江傈僳族自治州泸水市（原碧江地区）

有两兄弟，哥哥有十个小姑娘，弟弟有七个儿子。哥哥的女儿大了，弟弟的儿子还很小。哥哥嫁了姑娘，有吃有穿，整天吃喝玩乐。

一天，哥哥嫁女儿的时候，弟弟领着儿子到哥哥家去。到了哥哥家，哥哥对弟弟说："你这样穷，你来干什么？"不给弟弟进屋，弟弟只得转回家去。

过了几年，弟弟的儿子慢慢长大了，哥哥的姑娘完全嫁出去了，嫁女儿时得到的钱也吃光了，人也老了，没有吃穿。弟弟的儿子整天去打猎追蜂，吃穿不愁。哥哥吃光了家里的东西，只得到处流浪。无力地坐在外面，低着头，天上的乌鸦啄食他背上的肉他也无力赶它，弟弟见了以后很可怜哥哥，虽然弟弟还没有忘记旧事，但仍叫儿子把哥哥牵回家里，给哥哥肉吃。又叫儿子把哥哥送回家去，哥哥到了家里，他的女儿们也不来看望他，更不照顾他，他就这样饿死了。

文本二

翻译者：杨继文
记录者：杨秉礼、杨开应
搜集地点：云南省怒江傈僳族自治州贡山独龙族怒族自治县

以前，有两兄弟，分家以后，哥哥的生活很好，弟弟的生活很艰苦。有一天，弟弟带着一个粑粑去看火山地，到火山地时，带着的粑粑滚下山去了，他去追粑粑，一直追到黄昏都没有追着，粑粑一直滚到白骨精的家里。白骨精已睡了，他直找到白骨精的家中。白骨精家堆着很多的人骨头。

白骨精醒来时说："有生人的气味。"白骨精用烧红了的铁条去乱插死人骨堆。弟弟怕被找着而忍受着疼痛不出声，也不出来。就这样躲过了一个晚上。天快亮了，他又找，这时白骨精已经睡觉了，虽然没有找着粑粑，但也悄悄地背了白骨精家的一背银子逃出来了。

他哥哥看到他背着银子就问弟弟："你是哪儿来的这么多银子？"弟弟老老实实地把自己得到银子的这事说给了哥哥。哥哥听了，也像弟弟那样准备了一个粑粑上山去看火山地了。在路上，他把粑粑滚下山去，但终滚不下去，直到天黑了，才到白骨精的家。白骨精又闻到了生人的气味。昨天不但没有找到生人，而且打失了银子，它很生气，就又用烧红了的铁条乱插死人的骨堆，哥哥忍不住红铁熨，就"啊啰"地叫起来，终于被白骨精吃掉了。

谷玛楚与吴弟补

讲述者：王双弟
翻译者：王双弟
记录者：杨秉礼、杨开应
搜集地点：云南省怒江傈僳族自治州贡山独龙族怒族自治县

江西（怒江）有个放牛的叫谷玛楚，江东有个放牛的男娃娃叫吴弟补，他们俩天天放牛，每天到中午时，牛就会在一起，他们也就常常在一块，日子长久了，他俩说："我们俩隔着江，但是牛为什么始终在一块呢？"于是他俩交换手镯。谷玛楚送给吴弟补一只银手镯，吴弟补送给谷玛楚一只金手镯，谷玛楚在洗脸时，她的手镯被人看见了，就告诉她的父母，父亲追问她："手镯从哪里来的？你不说出来，就把你杀掉。"她没有办法，只好将情由老老实实地告诉她父亲。

她父亲知道吴弟补与自己的女儿相好，很生气，第二天，他手拿梭镖亲自去放牛，父亲喝道："江那边的吴弟补，我们来一块吃饭来。"吴弟补说："今天的声音不同了，不是昨天的了。"到了中午，他们的牛又在一起了，父亲很生气，趁吴弟补不防，一梭镖把他刺死了，吴弟补的牛没有人赶，也就不回家了。

父亲把牛赶回去，告诉女儿："吴弟补那杂种，我一梭镖把他刺死了。"女儿听了，忙跑去看，吴弟补还没有死，他见谷玛楚来，便对她说："我是不会活了，你回去，等明天早上你挤牛奶时，望望天空，见有朵白云飘过，那么，我就死，若不见白云，我还在。"

第二天早上，谷玛楚一边挤牛奶，一边向天空呆呆地望去，忽然天空飘来一朵白云，谷玛楚气昏了，醒来时，要求父亲把吴弟补埋葬起来，她父亲无法，只好答应用火葬。等到火葬的时候，父亲不准她去看，但是，她还是偷偷地去了，火烧得剧烈，谷玛楚不顾一切地跳入火中，跟吴弟补一起烧死了。

火熄了，父亲赶忙去扒女儿的头，始终找不着，他急了就说："是我姑娘的头，就铛铛铛地响起来！"但找不着，后来找着了，也分辨不出谁是女人，谁是吴弟补，父亲没法，只好将两个人的头分别埋在两边，后来，两边一边长出一棵树，两棵树枝枝干干都缠在一起，挽得很紧，父亲看见很生气，把树砍了，树上飞出一只金鸟，一只银鸟，两只鸟一起飞向东方去了，一边飞一边还叫"吴弟补""谷玛楚"，后来，怒族地区，经常有"吴弟补"（银色的鸟）"谷玛楚"（金色的鸟）鸟的叫声。

猎人的故事

翻译者：杨近文
记录者：杨秉礼、杨开应
搜集地点：云南省怒江傈僳族自治州贡山独龙族怒族自治县丙中洛镇

有个打猎的，家里很穷，打猎的人都看不起他。有一天去打猎，他不小心落下洞去了，跌得昏迷不醒，在了三年，都舔龙掌过活，原来这个洞就是龙洞。

有一天龙对他说："我也是人，变成龙后，回不去了，今天我要出去，跟我一块走，你到我家去歇，我家有三姊妹，临走前你什么都莫要，只要挂在柱子上最红的那颗珠珠。"猎人照龙的话去做，领回来了一个姑娘，家里什么也没有，妻子对他说："我们要盖一间房子，要比皇帝的房子大的。"他说："盖什么房子，我们一样也没有。"妻子说："不怕，晚上我来盖好了。"真的晚上就修好了。皇帝知道了很奇怪，他怕了，对妻子说："皇帝会害我们的，盖小一点好。"说完，第二天大房子又不见了。

皇帝见猎人妻子生得很漂亮，又能干，便要猎人去砍一百架火山，砍不完要杀，他气得哭了，妻子对他说："你只要一棵上砍一点就行。"真的第二天砍完了。皇帝又要他一天之内把砍下来的树枝烧完，他又对妻子去哭，妻子说："你只要把明子火一处插一枝就行了。"真的第二天山地烧完了。皇帝又限他一天之内，撒完一百架田小米，他又急了，妻子对他说："你只要把小米一处撒几粒就行。"第二天，一百架田就撒完了。皇帝又要他把小米收回来，他急得哭了，妻子对他说："你把口袋放在田边，小米会装好的。"第二天，小米一粒不剩地装好了。皇帝没有办法，又对他说："你会打猎，你明天打一只老虎来，要活的。"他急得要命，妻子对他说："第二天送去就好了。"第二天猎人赶着五只老虎，到了皇帝住处，皇帝还没有起来，起初还不信，开门一看，吓得昏了，叫他赶快把老虎赶回去，从此皇帝再也不敢欺负猎人了。猎人两口子，过着很好的生活。

石头佛像

翻译者：张化文
记录者：杨秉礼、杨开应
搜集地点：云南省怒江傈僳族自治州贡山独龙族怒族自治县丙中洛镇重丁村

有两家人，中间供着一尊石头雕的佛像，穷人这家虽然没有吃的，每天吃饭前还是去供佛像，不久菩萨开口了，说："你们是最穷的一家，你们不吃来送给我吃，明天你们缝个口袋来，我给你们一袋银子。"穷人家听了，第二天从石头佛口吐出白花花的银子，装满一口袋，穷人回来了，生活也好过了。

另外有家富人看见穷人家生活好过了，心里好奇怪，去问穷人家，穷人家老老实实地说了。

富人想："穷人家连饭也吃不起，我家天天吃肉，去供佛可能会多得一些银子。"富人家吃饭前就去供佛，一直供了三年，有一天佛像开口了："你们天天供我，明天你们拿个口袋来，我送给你们些银子。”富人听了很喜欢，缝了个大口袋，第二天果然去接，袋子装满了，石头佛像嘴里还有一个银子没有吐出来，富人伸手去取，石头佛嘴一闭，富人的手伸不出来了，拔也拔不出，只好一天守在佛像面前，他老婆送饭给他吃。家里有老有小，钱也快花完了，用刀砍又砍不下，富人又怕砍着手不让砍，没办法，他老婆骂他：“我天天送饭给你，家中老的老，小的小，我也养不起了，你这个黑心汉子，你死就死去，死我也不管你，我也到别处去了。”富人这时伤心地说：“我知道你很辛苦，我也快死了，我真离不开你，在我死前，我俩亲个嘴，我死了就满足了。”他老婆没法，只好答应，石头菩萨看见，又可恨，又可笑，哈哈一笑，富人的手伸出来了。

贪心不足

翻译者：李根祥
记录者：杨秉礼、杨开应
搜集地点：云南省怒江傈僳族自治州贡山独龙族怒族自治县丙中洛镇重丁村

有一个人在半路上看见一条蛇受了伤，乌鸦在啄吃它，他把乌鸦撵走，把蛇救起来放在袋子里，不久，蛇的伤口好了，他天天喂给蛇东西吃，后来蛇长得粗大，家里装不下，就把它放在山洞里，没有吃的，就偷给它小羊、小牛吃，蛇越长越粗。

这时候，皇帝的老婆生病了，听说只有蛇肝才能医得好，谁能医好病可以升官，这个人知道了，跟蛇商量，蛇说：“你救了我的命，又这样喂养我，你就割吧！但少割点。”那人真的把蛇肝割下来送给皇帝，他也做了官。

皇帝老婆又生病了，那个人又想升官，又去跟蛇商量，蛇同意了。并嘱咐他：“记住，少割点，割多了我会死的。”这时他心中想，皇帝老婆常常病，只有蛇肝才能医好，我不如把蛇肝完全割下来，岂不连升几级吗？他打定了主意，爬进蛇肚子里，就把蛇肝一副都割下来，蛇痛死了，口闭了，这个贪心不足的人也闷死在蛇肚子里。①

老妖婆的死

翻译者：杨近文
记录者：杨秉礼、杨开应
搜集地点：云南省怒江傈僳族自治州贡山独龙族怒族自治县丙中洛镇

有一个老妈妈，有两个女孩，两个女孩去撵雀子，“下、下”地叫，对面山上也同样喊出“下、下”，大女孩说：“你是哪一个？来这点撵嘛。”真的来了一个老婆婆，一边撵，一边看虱子，大姑娘见她手上生毛，害怕就跑回家了。

第二天小妹妹又去撵雀“下、下”，对面山上同样叫“下、下”。小妹说：“你是什么人？过来玩嘛！”她真的过来了，对小姑娘说：“明天喊你妈来玩。”她妈妈去了一天不见回来，两姊妹很想念，晚上有人来喊门，大姑娘起了疑心说：“你不是我妈嘛，你是的话，手伸进来看。”手一伸进来，毛很多，姑娘不开门，她又说：“你看镯头、衣裳嘛！”小姑娘相信了，忙把门开了。老妖婆对姑娘说：“那个良心好打来的水是清的，不然，水会浑。”小姑娘就打了清水，大姑娘打来浑水，老妖婆便跟小姑娘睡，睡到半夜老妖婆吃小姑娘，牙齿嚼得咯咯地响，大姑娘问她：“妈妈，你吃什么？”她答：“吃蚕豆。”大姑娘说：“我吃几个。”她便递过去，一摸是手指头，大姑娘吓着了，她推说出去一下，老妖婆不让去，她说：“不去不行，你不相信，我拴住带子，你拉着好了。”妖婆手拉绳子，大姑娘把绳子解了，拴在猪上，妖婆一拉，拉得重，就相信了。等了好久，再死力拉，猪叫了，妖婆出去看，姑娘趴在树上，妖婆见树旁边有水塘，有刺，说：“快点下来。”姑娘说：“你

① 此故事在汉族、纳西族中也流传。

把犁头烧得红红的，我摘给你果子吃。”妖婆拿来烫犁头，姑娘叫她张开嘴，一下就把妖婆烫死了。这时，过来一位放羊老人，把姑娘抱下来，姑娘做了牧羊人的女儿。

斯那笃[1]儿子的故事

翻译者：刘建文、李文富
记录者：杨海生、陈荣祥
搜集地点：云南省怒江傈僳族自治州贡山独龙族怒族自治县

斯那笃有三个儿子，第二个儿子是个神通广大的人，一百多人都不能打败他。那时在泥达挡村前后都发生战争，原先他是往上边打，一直打到西藏的察瓦龙地方。

当时察瓦龙有一座喇嘛寺，寺庙里有许多喇嘛，每个都穿着毛呢秋巴[2]。斯那笃的二儿子只穿一件皮衣，手中拿一把剑，他看见那些喇嘛后就跳到喇嘛中间，和喇嘛斗起来，当时他自己的兵还没有赶到，他没有等待，就和喇嘛打起来。敌人东边来他往东边砍，敌人西边来，他往西边杀，四面八方的人都不敢靠近他。在打仗时他把剑槽里的血都吃了。这样，他就更加有力。后来他的兵赶到时，敌人已被他打败了，他已准备回来。他回来时，在“缩龙山”往泥达挡看，看见泥达挡有面喇嘛的旗子，他就用弩射那旗子，这一箭正中喇嘛旗杆脚。他家里的人看见这箭，知道他要回来了，就给他准备酒。家里的人还没准备好，他就回到家里（一天的路）。他回到家还没坐下，下边（泥达挡村下面）又来了回族部落，要跟他打仗，结果都被他打败了。他又转回家里，他一回到家里，他爱人用脏裤子给他做枕头。后

① 斯那笃：是怒族首领。
② 毛呢秋巴：是藏族人穿的大衣。

来他就不能发挥力量，终于在一次战争中被敌人打死。

好人坏事

翻译者：伍拾肆
记录者：杨秉礼、杨开应
搜集地点：云南省怒江傈僳族自治州贡山独龙族怒族自治县

从前有两个人，一个说“为人行善好”，一个说“作恶才好，世上根本没有好人”，两个争起来。两个便抬起一百两银子出去学，到了桥上看见两只大绵羊一翻身不见了，两个人把石板撬开看见一瓶金子、一瓶银子，两人很喜欢，行善的说：“把盖子盖好，等我们回来再取。”行恶的不愿意，一下把行善的掀下岩子去了，他去拿瓶子时，瓶子里的金子、银子变成了水，行恶的把盖子盖好，拿着一百两银子回去了。

行善的掉下岩石，在地上滚了几滚，躲在洞子里，天亮前，老虎回来了，老虎对土地说：“我是个人就好了，皇帝有个姑娘病了，只要拿岩石上边的香草吃了就好了。”隔一会，老熊回来了，对老虎说：“我是人就好了，打草鞋家两个老人很穷苦，他的台阶下有七瓶银子。”后来金钱豹又回来了，对老虎、熊说：“世上天天缺水，只要一只白猪、白羊，用五条牛去拖树，水就出来了。”

行善的人听了，第二天爬上去取了香草，到了皇帝那里，医好了皇帝的姑娘，皇帝便把他招为驸马，他说他还有事出去办一办。

他又翻山找到了打草鞋的老人，借了锄头，把七瓶银子挖出来分给老人一半，一半留着埋起来。

他又去找坝子，找到一棵杨柳树，把白猪、白羊牵来，真的听见水声，用五条牛拴在树上，一打牛，牛跑，树倒了，水出来了，坝子里有水，百姓安居乐业，他在坝子里盖了房子，安了家，不愿做皇帝的驸马。

他去到老家，把七瓶银子的一半取来，拿回家中。他又去到桥下看，把石板掀开，金子、银子变成水了，他把水喝下，到了一处人家肚子老是疼，在人家屋里大便了，天不亮，不好意思就跑了。天亮，主人家觉得奇怪："客人怎么偷偷地跑了？"一看，满屋子都是白银、黄金，打发儿子去撵，边跑边叫，行善人以为人家追来了，更是害怕，拼命地跑，儿子没法，只得回来。老人说："这个人真是好人，放着银子不要就跑了，我们暂时收着，等他来取好了。"不料几年不见，他们也没法了。

作恶的人把一百两银子花完了，做了花子，要饭要到坝子里，行善的留他住了一年，劝他还是行善好，他不听，一定要问行善人如何发财了，行善的没法只得老老实实地告诉他。

作恶的跳下岩石去，老虎回来说："今天晚了，肚子饿了。"一闻有生人气，便一口把作恶的人吃了。

孤儿的故事

翻译者：李根祥
记录者：杨秉礼、杨开应
搜集地点：云南省怒江傈僳族自治州贡山独龙族怒族自治县

文本一

有一个孤儿，没有吃的，每天去钓鱼，每次钓鱼都钓起来一条小手指头大的小鱼，他把鱼丢了又钓起，钓起后又丢了，到晚了，没有法子只好把小鱼带回来，放在水桶里面。

孤儿每次出去找吃的回来，桌子上做好了菜饭，他很奇怪，第三天，他躲在一边看，忽然见水桶里跳出来一个漂亮的姑娘，他高兴了，一步跑去把姑娘抱起来，便说："你做我的媳妇吧！我们两个做一家好啰！"姑娘没法，只好答应了。

有一天，姑娘叫孤儿盖个猪厩，孤儿奇怪地说："猪都没有，盖什么厩啊！"姑娘说你莫管，孤儿盖好了猪厩，第二天满厩都是猪，孤儿高兴了。姑娘又叫孤儿盖马厩、牛厩，满厩都是牛啊、马啊！两口子日子很好过。

附近有个老妖精，变成一个老婆婆，看见两口子日子好过，便来对孤儿说："你媳妇是个小鱼，将来会害你，你对她说：'你这个臭鱼，滚出去！'她走后，我把自己漂亮、能干的姑娘嫁给你。"孤儿听信了妖精的话，就把妻子赶走了，姑娘没法，只好跳回江里面去了。

孤儿去找老婆婆，要讨她的姑娘，老婆婆说："你去鸡窝里看去。"孤儿去鸡窝里，只见一堆鸡粪，孤儿气了，跑到大江边妻子跳江的地方去哭，青蛙问他："孤儿，你为什么哭得这样伤心？"孤儿把事情从头到尾跟青蛙说了，青蛙说："你莫气，你妻子在江底织布呢！你回去炒一斗黄豆给我吃，我有办法。"孤儿炒了一斗黄豆给青蛙，青蛙一口气把江水喝干了，孤儿见了妻子，高兴地便大笑起来，这一笑逗得青蛙也笑了，一笑水漏出来了，水又涨了，妻子也不见了。青蛙第二次对他说，你再炒一斗黄豆给我，这回就不能笑了，孤儿照青蛙的话去做，结果找到妻子了，就跟妻子住在一起。

有一天姑娘的爸爸——龙王问姑娘："怎么有人臭味啊？"姑娘只好把孤儿变成一根针藏在怀里，父亲问得急了，她只好说了。

龙王想害孤儿，叫孤儿上山砍大树，一天之内把所有的树砍下来，孤儿没法，去问妻子，妻子说："明天你去先砍三棵，然后就说'龙王来砍树了'。"孤儿照样去做，一天之内树完全砍倒下来了。

龙王叫孤儿去烧树，孤儿的妻子叫他先烧三棵树，然后说"龙王来烧树了"。不到一天，树真的烧光了。

龙王叫孤儿去挖田，姑娘叫他在上面、中间、下面各挖一块，然后说"龙王来挖田了"。结果一天就把大片的地开出来了。

龙王叫孤儿去撒小米，姑娘叫他先在上面、中间、下面撒，撒完后说

“龙王来撒小米了”。不到一天种子撒完了。

龙王把孤儿降服不下来，又叫孤儿把种了的小米捡回来，姑娘叫他先捡三颗，然后说“龙王来捡回种子了”。孤儿照样去做，捡回来龙王叫人一数，少三颗，这一下孤儿急了，姑娘又叫他说种子被两只雀衔去了，叫他拿两张弓，一张放在一边，他自己拿一张，见两只雀来一放，两张弓上的箭放出去了，在雀的口里找回三颗种子。

龙王没法，叫孤儿同他一起去出门，去的前一晚上，孤儿和妻子一夜不睡，妻子教他如何设法躲过龙王的诡计，孤儿一一记住了。

龙王和孤儿歇在柴堆下，龙王想压死孤儿，孤儿等龙王睡着了，便搬了一个床位，龙王睡到半夜把脚一伸，柴垮下来了，龙王心想：“这回该压死你了。”龙王便叫：“女婿，女婿，走了。”孤儿醒来了，龙王好生气。

龙王又叫孤儿爬没有皮的树，树很滑，孤儿用树浆擦在脚底下，爬到树顶了。

龙王叫孤儿射岩石，不让岩石掉下来，掉下来就要杀孤儿，孤儿把树浆抹在箭头上，一箭射去，箭射着岩石，岩石一点都没有掉下来，龙王又失败了。

龙王最后施展法术了，孤儿便在天上飞，龙王变成一条犀牛，用角来顶孤儿，孤儿记住妻子的话，便大声叫“爸爸，爸爸，莫顶我”。龙王又变成一只马蜂来叮他，他又说“爸爸，爸爸，莫叮我”。

孤儿照着妻子的吩咐，来时连路撒上黄瓜种，这回黄瓜已生出来了，他就顺着有黄瓜的地方走到妻子跟前。

龙王没有法子可想，最后要撵两口子走，走前什么东西也不给，想要饿死他们，姑娘早就料到，便把黄瓜、西瓜、果子种子藏在舌头下面，龙王知道了，便说“你带去的种子给它变成水”，后来果子就不像过去能当粮食吃，只能当水喝，解渴了。孤儿和妻子离开龙王后，到了人间，成了一对很好的夫妻。

文本二

有母子两个，欠债很多，只得帮地主。母亲死了，儿子白天替地主干活，晚上到坟前哭，七星看见孤儿想："世界上像他这样苦的人很没有，我们七姊妹帮他点忙，我们当中一个去做他的媳妇好了。"七姊妹同意了，大姐不愿去，二姐、三姐、四姐、五姐、七妹都不愿去，只有六姐说："大家都不去，我去做他的媳妇好了，但是我一个人帮不了，你们帮我点忙。"几姊妹同意了。

六姐下凡后，对孤儿说："今天我来做你的媳妇。"孤儿说："我是穷孩子，不敢做你男人。"六姐说："不怕，因为你穷，我才来做你的媳妇的。"孤儿答应了。他俩成了夫妻，妻子操家务，丈夫到地主家做活，妻子点灯缝鞋子，缝得很漂亮，一夜一双，第二天去卖，地主家买去了，钱以后再去取。地主家每人一双，她姐妹每天晚上帮她做，地主家大人、小孩每人一双，后来一算鞋钱，把欠债还了，她丈夫回来了。

后来生了儿子，供他读书，人很聪明，六姐对丈夫说："我帮你帮完了，你有了儿子能生活，我不是人间的，我要去了。"孤儿说："你以前说过做我的妻子，你不能走，还是住下好。"六姐说："不了。"说完就走了。

儿子在学校里读书成绩很好，其他人眼红，都说："你没有母亲。"因而瞧不起他，他回来问爸爸："妈妈哪里去了？"爸爸说："不知道。"他天天问，爸爸没法，只得说："你去问老师好了。"儿子去问老师，老师翻了一下书，对他说："你要去找妈妈，翻一座大山，到红湖旁边等太阳一落，乌鸦来，数到第六只，你就赶快叫你妈妈，那是你妈妈了。"他真的去了，见了第六只乌鸦来，他大叫"妈妈，妈妈"，乌鸦飞下来变成一个人，就对儿子说："你怎么来的？"他把一切经过告诉了妈妈，并且说："我老实害羞。"妈妈说："莫怕，给你两个瓶，蓝的背在后面，口封起来，红的背在前面，口没封，别人问你有没有妈妈，你就说有的，瓶就是我妈妈给我的。"说完就飞去了。

小孩又去上学，同学们又叫“你这个没有娘的娃娃”，他生气了，对同学说：“怎么没娘？这个瓶（指红瓶）就是我妈妈给我的。”同学们把他的瓶抢去了，结果大火烧起来了，把学校烧了，把老师会算的书也烧了，以后，人间才不知道天上的事。

石崖之花

记录者：张文臣
搜集地点：云南省怒江傈僳族自治州贡山独龙族怒族自治县

从前，有一个女子，十分能干，没有一样活计她不会，无论做什么，男人都赶不上她，男人上山打猎，她也背一张弩弓，猎物总要比男的多。

这位女子，因为本事没人能相比，养成了逞强好胜的个性，为此，她就使得一些男子忌恨她。一天，有这样的七八个男子，他们发现一窝岩蜂，在她面前显出无能为力的样子，有意刺激她。男的不去，女的果然去了。她在峭拔的岩石上挂了绳子，顺着绳子爬向岩蜂所在的地方。趁她悬在半空的当儿，几个男子把上面的绳子割断，陷害了这位女子。据说，这位女子变成了山上的一种花，开在高高的石崖上。

百灵草

讲述者：张联华
记录者：张文臣
搜集地点：云南省怒江傈僳族自治州贡山独龙族怒族自治县

有一对夫妻，男的害了麻风病，隔离在山中的石洞里，女的几天过去探望一次。在石洞外，有一天，一条蛇咬着青蛙不放，洞里的病人看见，打死蛇，救出青蛙。过了不久，另有一条蛇，口中衔了一片草，爬到死蛇面前，拿着棵草在死蛇身上擦，只一会工夫，死蛇竟然复活了。病人在洞里看得真切。

女的又来看望病人，病人对女的说："为我准备九把最锋利的钢刀，我自有用处。"他没有把打蛇的经过告诉对方。

不久，九把刀子送到了，病人把刀子插在蛇爬的路上，排成三行。次日有一条大蛇直向插刀子的地方爬来，碰上刀，身子即刻划破，一动不动了。一会，同样大小的一条蛇，口里衔着一大把草照样爬过来。来到刀子处，却也一样地让刀口割倒了。草掉到地上。病人得了草后，吃上一点点，麻风病顿时好了。后来，他拿这个百灵的草，到各处为人治病，药到病除，百用百验。

猴子和蝗虫

讲述者：张联华
记录者：张文臣
搜集地点：云南省怒江傈僳族自治州贡山独龙族怒族自治县

据说，远古时候，人类没有战争，人们之间也不会打仗。战争，是从猴子和蝗虫那儿学到的。

是这样：

猴子到处去采野果，一天，猴子来到蝗虫国，蝗虫对猴子说：“这是我们的地界，不能任意采食果子。”

猴子拍着胸膛回答：“世界属于我们，无处不可以到？”

猴子和蝗虫闹翻脸，要比高下。

猴子回去搬兵。

猴子带来兵，摆好阵势，准备厮杀。

蝗虫没有武器，猴子用木棍，临阵，蝗虫说：“我不用武器，所以不能打头部。”话未了，蝗虫跳在猴子的鼻尖上，另一个猴子用木棍一棒打去，却把那个猴子打死了，而蝗虫早已跳到另一个猴子的鼻尖上。蝗虫从这个猴子的鼻尖跳到另一个猴子的鼻尖，如此不断反复，结果第三个猴子把第二个猴子打死，第四个猴子又把第三个猴子打死……猴子仅剩下一个。

从此，猴子再也不敢进到蝗虫国。

一个傻子

讲述者：得付
翻译者：和树珍
记录者：冷用刚
搜集地点：云南省怒江傈僳族自治州贡山独龙族怒族自治县

从前，有个傻子过着独身生活，他很勤劳，感动了天皇的女儿，她就下凡来和他结为夫妻，他们生活得很幸福，生了个儿子，非常聪明，长到六七岁时就让他去读书，他母亲是仙女又识字，除先生教外，还有母亲经常教他，他识字又多又快。一年后识的字比先生还多，先生很喜欢他，就对他说："做我的儿子吧。"他回答道："我有父母亲了，不能做你的儿子。"

有一天，他母亲要回天上去了，就写下一封信放在菜园子里，儿子回来不见母亲，就问父亲道："母亲哪里去了？"父亲回答说："不知道，我们俩煮饭吃吧！你到菜园去找点菜回来。"他去到菜园里一翻，正好发现那封信，他拆开一看，信上说："如果你想我，就一直朝西边走着来。"他放下菜不找了，就朝着信上说的方向走去。

走到一个村子，有人问他："仙女的儿子，你要到那里去？"他说："我要去找妈妈。"人们又告诉他："前面有个村子，狗很多，又非常恶，会把你吃掉呢！"他说："我不怕。"就走了，走到那个村子，许多恶狗向他冲来，他抡起一根棍子和恶狗搏斗，终于把狗群打散了，他顺利地通过了这个村子。

后来又经过一个村子，人们又问道："仙女的儿子，你到哪里去？"他说："我去找母亲。"人们又告诉他："前面有一条大河很宽，要游七天七夜才过得去，你去会把你淹死的。"他说："我不怕。"毫不犹豫地勇敢地走了。果然走到一条大河边来，他勇敢地跳下河去，和向他涌来的一个恶浪展开了斗争，经过七天七夜，终于渡过去了。他又走了很多的路，最后看见了与天相接的一座桥，并从那里的太阳光里看见了他母亲的影子，他趁太阳还没出来的时候跑过桥去，看见他的母亲被天皇关在牢里，母亲给他一支枪，并告诉他："你外祖父和外祖母会变成乌云回来，他们一回来，你就不停地放枪。"真的，一下子就来了两大片乌云，他举起枪来不停地放，外祖父和外祖母害怕极了，说道："你真了不起。"于是把他母亲放了出来，从此，他跟母亲一起住在天上，父亲就留在地上。

知大爷的故事

讲述者：赛阿局
翻译者：光富益
记录者：吴广甲
搜集地点：云南省怒江傈僳族自治州福贡县匹河怒族乡知子罗村

首先，这地方来了两个英国人，到了路得这个地方，就被傈僳人杀了。后来知大爷来找这两个英国人，先到了老姆登，当地的人盖房子给他们住，到了碧江二、三区，那里的人说："汉族人不要让他住在这里！"

一天晚上，傈僳人就把汉族官员杀了，有些还没有被杀的就投降和傈僳人交朋友，他们找来一只白鸡，吃了血酒，愿意永远相好。

当时怒族人不敢杀汉族官员，知大爷就管辖怒族。

傈僳人杀了国民党官员以后，来了许多国民党兵，当时知大爷对国民党兵说："别杀怒族人和傈僳人，杀了他们也无用。"知大爷是这地方的统治者，他这样一说，国民党兵也就回去了。知大爷和他的朋友王洛爷继续在这里统治。

知大爷来了以后，怒族人和傈僳人就不敢轻易乱动了，他住了两三年就离开这个地方。

小兔和老熊

讲述者：拉朋帕
翻译者：汉永生
记录者：左玉堂
搜集地点：云南省怒江傈僳族自治州泸水市（原碧江地区）

从前，有只小兔，一天，它坐在路边吃糖，这时，老熊走来见了问道："我的老弟，你在吃什么？""我在挖我的眼睛吃哩！"小兔哄着。老熊问道："好吃吗？""好吃得很。"小兔说。"给我尝点试试。"老熊说。于是，小兔便塞了一块糖给老熊。

老熊吃了糖，觉得很甜，忙对小兔说："实在好吃，请你把我的眼睛挖下来吧！"小兔就把老熊的眼睛挖下了。老熊没了眼睛，走不了路，小兔就牵着它走。走到平处，小兔就骗老熊说："这里是坡坎，得慢慢点走。"老熊信以为真，只敢一步步慢慢地走。走到岩子上时，小兔又说："老哥，这里是平路，可走快点。"老熊不知是计，大步一走，滚下岩子去摔死了。小兔只是哈哈大笑。

小兔与老熊的故事

讲述者：王双全
翻译者：王双全
记录者：杨秉礼、杨开应
搜集地点：云南省怒江傈僳族自治州贡山独龙族怒族自治县

在没有人类以前，有的是小兔和老熊。有一天，小兔拿一块糖给老熊吃，老熊吃了糖很好吃，小兔就说："这不是糖，这是眼睛。若你要吃，就把眼睛挖下来。"老熊为了吃到糖，就让小兔将它的两只眼睛挖掉了。小兔把老熊带走，一路上小兔千方百计地想法弄死老熊。走到平坦的地方时，小兔叫老熊："走慢些，走慢些，这里很陡，很危险。"走到悬岩峭壁的地方，小兔又对老熊说："快走，快走！这是平坦的路。"但并没有害死老熊。

走到一棵大树下，遇见树下有一窝蜜蜂。于是，小兔对老熊说："这里有铜响鼓，我在下面，你在这儿，当我在下面叫的时候，你就快敲敲。"结果真的叫了，老熊被蜂咬得乱跑。

小兔看见老熊还活着，又只好把它领回家了，到了家里，小兔烧火烤，问老熊："你要在下方还是在上方？"老熊说："我要在上方。"于是，小兔把火烧得很大，老熊抵不住了，又和小兔换位置烤，小兔又把火逐渐向老熊那边凑，老熊觉得还是很烫，退呀退，嘎啦一声，老熊掉下坎子去了，不能爬上来，第二天，小兔终于把老熊杀掉了。

青蛙和兔子

记录者：杨秉礼、杨开应
搜集地点：云南省怒江傈僳族自治州贡山独龙族怒族自治县

有一天，青蛙和小兔同时看见一把金犁架子，小兔说是自己的，而青蛙也说应该是自己的。两个争吵起来，只好约好第二天早上从山脚下向上跑，谁先跑到山顶金犁处，这金犁就算谁所有。青蛙气了，自己是跑不快，但是，为了得到这金犁，青蛙连夜约了许多青蛙协作，在沿路等着，并且抱着一架金犁。

第二天，小兔却先跑到了，小兔喊："我先到了，这犁应该是属于我的了。"而那路边石板下的青蛙跳出来也说："我先到，这应该属于我的。"

这样，小兔跑呀跑，总是落在青蛙的后边，小兔就这样累死了。

蚂蚱与猴子

讲述者：张兴杰
翻译者：李根祥
记录者：杨开应、杨秉礼
搜集地点：云南省怒江傈僳族自治州贡山独龙族怒族自治县丙中洛镇

蚂蚱与猴子打架，早上打架有露水，蚂蚱没有力气，跟猴子讲好太阳出来又打，猴子同意了。

猴子都来齐了，打架开始了，蚂蚱在猴子的鼻子上跳来跳去，第一只猴子见蚂蚱歇在第二只猴子的鼻子上，就一下打去，蚂蚱又跳到另外一只猴子鼻子上，结果猴子互相打起来，都打死了，蚂蚱胜利了。

青蛙和老虎

讲述者：王双全
翻译者：张化文
记录者：杨秉礼、杨开应
搜集地点：云南省怒江傈僳族自治州贡山独龙族怒族自治县丙中洛镇

老虎认为自己力气大，平常很骄傲地说："世界上谁也比不上我，谁也跑不赢我。"

青蛙听了不以为然，它毫不在意地说："也不见得。"老虎很傲慢地说："就跟你试试吧！"青蛙很有趣地说："算了，我跑不赢你。"这时更增加了老虎的骄气："本来我还嫌你小，不过听你的口气，我一定跟你比一比。"青蛙逼得没法，只好同意比赛了。

老虎跟青蛙商量好比赛的时间，并且确定由谷底跑到雪山顶。

青蛙先同其他青蛙商议，大家一致同意要摆布一下老虎。

约好的时间到了，老虎在山脚对青蛙说："说好了，谁也不能反悔，谁也不能中途退却。"青蛙说："当然，当然。"老虎开始跑了，一股气头也不回地向雪山跑去，青蛙呢？大家顺着雪山排成一排，第一个青蛙跟老虎同时出发，跑不到半里路歇下来，老虎开始时就跑得过猛，雪山又高又陡，才跑到一半路，就跑得气喘吁吁，这时青蛙带着讽刺地对老虎说："虎大哥，看你跑得满身大汗，还是歇一下吧。"

老虎的确感到累了，但在小青蛙面前又不服气，便说："歇什么，我根本不累嘛！"又跑了一会，跑到半山腰，老虎已经跑得上气不接下气了，青蛙说："虎大哥，看你跑得太累了，我说算了吧！"老虎至死不服输，死硬地说："我力气还没有用完，跑吧！看谁先跑到。"老虎还是往前跑，还没跑到雪山顶，老虎就累死了。

兔子的故事

讲述者：鲁戎西纳
翻译者：李根祥
记录者：杨秉礼、杨开应
搜集地点：云南省怒江傈僳族自治州贡山独龙族怒族自治县丙中洛镇

从前，有个孤儿，生得很笨，砍了一块火山地来种，每次种庄稼都被兔子吃了。第二年又种，又被兔子吃了。

有一次早上，他下了一个网，网住了兔子，想杀它，兔子说话了："莫要杀我，以后来帮你好了。"孤儿说："你真的帮我忙，我就不杀你，你跟我走好了。"兔子跟孤儿回来，劝孤儿说："你还是要讨个老婆，向隔壁村子有家富人讨一个。”孤儿同意了。第二天，借了一条牛，把牛脚洗得干干净净的，借了衣服彩绸缎子打扮起来，牛走到了水沟边要吃水，兔子在上面倒了一些炒面来，富人家认为孤儿很有钱。

到了富人家吃晚饭时，摆出九样菜，孤儿对兔子说：“这是什么菜？”兔子怕出丑，故意说：“我们家里摆十八样菜，这是九样菜。”富人又听进去了，又做了十八样菜，富人领出三个一样的姑娘，对孤儿说：“贵人，你要哪一个呢？”孤儿听了很害怕，他对兔子说：“富人家的姑娘讨不得。”兔子马上接口答应富人：“孤儿说他要最小的那一个。”

富人认为孤儿有钱，便把女儿嫁给他。

第二天，打鼓的打鼓，吹号的吹号，送新娘的有一百人，打枪的打枪，十分热闹，姑娘穿戴也很漂亮。

兔子先走，到了妖怪的房中，对妖怪说：“你听，打鼓的打鼓，打枪的打枪，吹号的吹号，来了，你过去老吃人，现在人来吃你了。你得躲一躲。”妖怪害怕了，忙问兔子到底躲在哪里呢？兔子说：“最好躲在甑子里，有点热，你也莫要动。”兔子烧大火，活活把妖怪蒸死了，拿妖怪的肉来招待客人。

吃完饭，兔子领客人一间间地去看，妖怪吃的人多，衣裳也多，人骨头有一间，在开这间房子前，兔子对孤儿说：“你老婆要好好抱住。”门打开，客人都吓得跑光了。

三年生了两个小孩。一天，兔子忽然生病了，孤儿真急，兔子说要到滑不坡（滚木料的地方）去卜个卦，这时兔子从小路走，在滑不坡口装成喇嘛样子，孤儿问：“兔子病了，怎么办？”兔子说：“三岁娃娃杀给它一个吃就好了。”兔子又绕小路回来了。孤儿准备杀小孩，兔子说：“我病快好了，儿子莫杀了，我只是试试你心好不好，我没有病。”兔子说：“过去你不杀我，我帮你有了妻室、儿女、房屋，我是野生的，我要走了。”孤儿不肯让它走，它还是走了。

老虎、獐子

翻译者：杨近文
记录者：杨秉礼、杨开应
搜集地点：云南省怒江傈僳族自治州贡山独龙族怒族自治县丙中洛镇

老虎要跟獐子交朋友，老虎想吃獐子，老虎问獐子："老弟，昨晚睡在哪里？"獐子说："睡在树桩桩下面的那个洞子里。"它们分别后，到了晚上，老虎去吃獐子，獐子知道了，把石头烧红，上面敷上明子油，油上粘了獐子毛，獐子躲在上边看，老虎到了洞口，叫了三声，照着石头的位子，死力一口咬去，结果獐子没有咬着，反把牙齿咬断了几个。第二天，老虎看见了獐子，便骂道："你这莫良心，心不好，你把我的牙齿也搞断了。"獐子说："你才心不好呢？幸好你咬着我身边的石头，若咬着我，会把我咬死的，以后你莫这样了。"

老虎还是不死心，想第二天去吃獐子，獐子有了防备，用很尖的竹签钉在地上，上面放了獐子毛，晚上老虎真的又去了，它想："前次咬偏了，今天要正正地咬死它。"老虎下狠心一咬，牙齿、舌头、一张嘴都钉在竹签上，钉死了。

猴子与人

讲述者：甲母初
翻译者：刘建文、李文富
记录者：陈荣祥、杨海生
搜集地点：云南省怒江傈僳族自治州贡山独龙族怒族自治县

很早的时候，有兄弟二人，他们很早就失去了父母亲。后来哥哥成为很有钱的人，弟弟家里却很穷。弟弟穷得一天做来的不够一天吃。哥哥看见这种情况就对弟弟说："你家里确实很困难，你还是帮我放猪去，我供给你吃。"弟弟没有其他办法，只得去帮哥哥放猪。

有一天，弟弟放猪到山上，他有点累，坐在大石头上，不一会就睡着了，他睡着后，来了一只猴子，猴子看见有个"死人"，就跑回去喊其他猴子来把人扛回去。那猴子回去后，对其他猴子说："我看见一个死了的野兽，大家去把他扛回来。"其他猴子就去扛弟弟，弟弟假装睡着了，当猴子把人抬到岩子上时，就互相说："大家不要放，大家出力扛，假如放下，就会滚下去，我们就吃不上了。"猴子把人扛回去后，送到另一间屋里，它们很高兴地喊起来："我们搞到肉了，可以痛快地吃一顿。"猴子家里没有煮食物的东西，只见它们拿来一口金锅，边敲边念口诀，锅里就出来饭，猴子又拿来金碗、金筷，弟弟看见这种情况就大喊起来，他一喊就把猴子吓跑了，他就把金锅、金碗、金筷带回家来，弟弟回家后就学着猴子那样一边敲打金锅一边念口诀，各种各样的饭菜都从锅里出来了。

第二天，弟弟家来了一个商人，商人看到弟弟家里有金锅、金碗、金筷，眼睛就红了。商人对弟弟说："你这些东西卖给我吧？"弟弟说："我不卖，这是我一辈子的家产。"商人说："我用十匹马和十匹马的驮子给你换。"弟弟答应了与商人换。商人把金锅、金碗、金筷拿走了，弟弟得到十驮东西，从此以后家里逐渐富裕起来，后来也结了婚。

后来哥哥发现弟弟生活富裕了，就问弟弟："去年你家很穷，叫你给我放猪，现在你有了房子，生活又富裕了，你是从哪里偷来的？"弟弟回答说："去年帮你放猪差不多要死了，有一天，我放猪去，在地里睡着了，猴子把我抬走了，抬到岩子上时，猴子喊起来：'大家不要放，把他抬回去。'我就说：'你们不要把我抬到你们家去。'猴子把我抬回去了，把我关在另一间房里，猴子在隔壁房间拿出来金锅、金碗、金筷，我看见后，把它们吓跑了，我把金锅、金碗、金筷拿回来，与商人换来十匹马和十驮东西，从此以后家里就富裕起来了。"哥哥听了以后说："我明天也去放猪。"

第二天，哥哥真的去放猪，他学着弟弟的行动，在地里睡觉，并在眼睛、耳朵、鼻子上放些米。过了一会，来了一群猴子，看见后就说："前一次我们抬回去的是没有死的，今天这个是死了的。在他耳朵上都有了苍蝇蛋。"他假装死了，猴子把他抬走了。猴子抬他到岩子上时，又喊起来："大家不要放，把他抬回去。"他听见后就说："你们不要放，把我抬到你们家去。"猴子听见了都吓跑了，哥哥便从岩子上掉下摔死了。后来弟弟的生活一天天富裕起来。

鱼的故事

讲述者：胡利伯
翻译者：刘建文
记录者：杨海生、陈荣祥
搜集地点：云南省怒江傈僳族自治州贡山独龙族怒族自治县

从前，有一个小伙子，他天天喜欢去钓鱼，有一天他钓到一条很好看的鱼，自己舍不得吃，就用一个水槽把她养起来，这小伙子只有一个妈妈。

第二天，他和母亲都做活去了，家里什么人也没有，到了晚上回来，家里已经煮好了饭，他和母亲都感到很奇怪。第三天，他和妈妈又去做工，但到了半路他们又转回来，来到房后躲着一看，见那条鱼把鱼皮脱下，变成一个很美的姑娘来给他们做饭。这天过去了。到了第四天，他们又见那鱼脱下鱼皮变成姑娘做饭，小伙子见了这样漂亮的姑娘，就跳进去把那张鱼皮丢在火里烧了，然后拉着那姑娘。那姑娘因烧了鱼皮就回不去了，只得和小伙子结了婚。

从此，那小伙子因得了这样漂亮的一个媳妇，他怕被别人夺去，就天天守着，活计也不去做。姑娘见丈夫不去做活，心里很难过，她一连几天叫她丈夫去做活，她丈夫都不去。由于他不去出工，姑娘就给他想了一个办法，一天，她用纸画了两张自己的画像，将两张画像插在地的两头，丈夫见这两张画像全像自己的爱人，就担起犁，赶着牛去犁地，在犁地的时候，每犁一犁到头，他都要看看那张画像。这样过了几天，有一天，忽然吹起一阵大风，就将一张画像吹到一家有钱人家家里，那家男主人看到了这样美的女人，就和她老婆说："这样漂亮的女人不知是出在什么地方？"过了很久，他都一直想念这画像上的女人。他心里这样想："这样好的女人，我何不派人把她找来做妻子呢？"主意已定，第二天，他就派了三个家丁拿着那张画像去找，家丁临走时，他指示说："只要像这张画像的姑娘就把她抓来。"家丁找了许多天才找到了姑娘家里。

姑娘自从自己的画像被风吹走后，心里想："我的画像一定是吹到哪家大富人家去了。"因此，她天天用些火灰把自己的脸抹黑。有一天，她正在炒粮食，出了一身汗，把脸上的灰都淌下来了，恰巧那三个家丁来到看见，一对画像说："就是这个了。"

家丁来到家里，儿子就和母亲商量说："家里什么菜也没有，只有一只公鸡和母鸡，我们拿一只来招待他们吧！"这话被公鸡和母鸡听到了，母鸡对公鸡说："叫他们宰我吧！"公鸡说："你还要养小鸡，叫他们宰我好了。"公鸡和母鸡说的这番话，被三个家丁听到了，就告诉主人家说："你们千万不要宰鸡给我们吃。"

家丁来到家里的目的，姑娘已经早知道了，她就对自己的丈夫说：“明天我要和你分开了，我要跟着那三个家丁去，现在没有办法，你也不用难过，自明天起，你到山上去打雀，把打来的各种雀毛做成一件衣服，等衣服做好后，你穿着这衣服，到我走后的第三天来找我。”第二天，姑娘就跟着家丁去了。

姑娘被家丁带到富人家里，那男主人就想和她结婚，但姑娘不答应。到了第三天，她丈夫穿着雀毛做的衣服来了，他是一路要着饭来的。他到了那富人家门前，就开始唱起歌，跳起舞来。他一跳，富人家的仆人看到了，仆人看到这样的怪人，就进去叫他的主人出来看，主人听到了就叫姑娘出来看。姑娘出来看到她丈夫跳舞，就非常的喜欢。那主人看到姑娘这样喜欢，就想：“我这样有钱的人都不喜欢，她却喜欢那个穿雀毛的叫花子。”当时那财主就脱下自己的衣服和那人换了。他穿上衣服也学着跳起舞来。姑娘的丈夫换得富人的衣服后，就穿起来，和姑娘站在一起，后来姑娘暗暗叫她丈夫说：“你叫家丁把那财主杀了。”她丈夫听了她的话，就叫家丁把财主杀了。杀了财主，他们便得到了财主所有的财产。

三、传说

怒族是怎样居住在这里的

讲述者：斯那茨利
翻译者：刘建文
记录者：杨海生、陈荣祥
搜集地点：云南省怒江傈僳族自治州贡山独龙族怒族自治县

过去云南省有一个金场，这个金场是傈僳族找到的，傈僳族的人用狗血洒祭在金场里，金子就出来了。但是皇帝很不满意，就霸占了金场，皇帝把傈僳族杀了，用军队霸占金场，人们被杀，被剥削，但没有办法。后来各个皇帝之间为了争霸金场而发生了战争，后来才分开傈僳族、怒族、独龙族。

傈僳族、怒族、独龙族原是一个父母生的，因打仗分开了，以后语言才不同。打仗时，大家往碧江走，在碧江又找到一个金场。但傈僳族看不起怒族，说怒族太小，因此怒族被杀、被绑，被杀的有二百多人，后来汉人的头人把怒族抢来卖给金场（碧江），他们（怒族）生活不下去，又往福贡走，到福贡仍然遭到傈僳族的迫害，因此，逃到山上大山洞里住，住在山洞里，傈僳族又来抢他们，最后只有几家来到怒江边上，傈僳族又来撵他们，因此，怒族人又往西藏察瓦龙走，走到西藏车扑（从察瓦龙上去），在那里住了几个月，怒族在那里生活不了，天旱种不出粮食，种下去的东西长不出来，再加上藏族又撵他们，因此，只得又转回来住在查拉，然后分家，有些到独龙河；有些到青那桶；有些到普拉底；有些到曲江去；有些到双塔；有些到隆波；也有到迪麻洛去的。

各地区住好了，过了一二代，在西藏（东叶粗）有水银，在那里有工厂铸造火枪卖给察瓦龙头人，后来察瓦龙的头人就把火枪背到怒族地方来卖，那时一支火枪要一头牛，那时怒族由于有了火枪，就慢慢地得到了发展。后来这地方来了一种不吃猪肉的民族（回族），因为他们不吃猪肉，叫大家不要养猪，只许养牛、羊、鸡等。因为回族不许他们养猪，因此就遭到怒族人民的反对，他们与回族打了一仗，回族是用箭，用标枪来打仗的，那时怒族有火枪，把回族（怒族语：哦个）打败了，并把他们赶到昆明去，怒族赶回族到昆明后，又回到原来的地方安居下来，后来怒族慢慢地发展起来，其他民族——傈僳族才不敢来侵犯了。

后来由于藏族进犯怒族又引起了战争，那时纳西族的头人说："现在又打起来了！"纳西族的这个头人力气很大，本事也很不错，他的身材与一般普通人也不相同。他有三个名字：一叫"阿巴"，二叫"达巴"，三叫"斯那洛丁"。他在战场上一百多人都不能打败他。他使一把大刀，有一丈多长，他带起军队追赶敌人到西藏地方去，他走路像风一样的快，他的军队根本不能赶上他。等他一人把敌人打败了，他的军队才赶到，最后在西藏喇嘛寺里住起（有几千大喇嘛和小喇嘛）。后来敌人又赶来了，他穿起喇嘛的衣服，结果他自己的兵赶来认不出他是头人，就用箭射死了他，后来兵又折回来，斯那洛丁家人说："打仗打来打去，最后他死了，这不好！"

斯那洛丁的长刀现在还在德钦若宫喇嘛寺挂着，斯那洛丁的夫人说："我们讲和了，不要打了，大家安居下来，互相不要打了。"就因她这样说，人们才不打仗，慢慢地得到了发展，才有民族，才有喇嘛，才有人信教。①

① 据说此故事是在十代人以前就有人讲了。

知子罗为什么穷

讲述者：赛阿局
翻译者：光富益
记录者：吴广甲
搜集地点：云南省怒江傈僳族自治州福贡县匹河怒族乡知子罗村（原怒江州和原碧江县政府驻地）

以前，这个地方没有盐吃，两元钱还买不到一斤盐，知大爷来到这里以后，就叫傈僳人去背盐巴，自此，盐虽不多，但多少还能吃到一点。

国民党在碧江盖房子的时候，曾用盐来充抵工钱，体力强的人做一天工还可以多得一点盐，体力弱的人做一天工只得一二两。那时知子罗这地方还比较富裕，虽然缺少盐，但生活还好，后来，一个国民党官员领着两只狗来到村里，他们就用枪打一棵很大的黑桃树，这树中了好几弹，不久就死了，知子罗这个村也就跟着穷下来了。

忘达尼的传说

讲述者：罗阿此
翻译者：和树珍
记录者：冷用刚
搜集地点：云南省怒江傈僳族自治州福贡县

我们怒族不找地方（原来就居住在这里），代格、代记是我们的祖先，代格的儿子是阿索尼，阿索尼的儿子又叫铁吐。这几代都没有搬过家，也没有碰到过其他族的人，铁吐的儿子是尼罗撒。有一次，他在江边看见漂下来一个竹筒盖才知道上游也有人居住，于是他就顺着找上去，找到独五里岩洞，看见洞里住着个独龙族人，名字叫忘达尼。

在那里尼罗撒使用铜锣锅煮饭吃，忘达尼是用土锅。当独龙族人把饭煮上时，怒族人已经吃饭了，独龙族人就称怒族人为大索扒（快人），怒族人给了独龙族人一点食盐和棕油，独龙族人给了怒族人一点生姜，从此两人结为朋友，互相找烧柴赠送，但是独龙族人很费柴，怒族人不费，以后就各找各的，也是独龙族人早已烧完了，怒族人还有一大堆。

后来他们打赌，每人插三棵竹笋，如果谁的先死，那谁的老百姓就归不死的那方管，结果也是独龙族人的先死掉了，独龙族人就对怒族人说："你就跟我的脚迹刀印走吧（去接管独龙族）。"怒族人（尼罗撒）回家背好口粮就跟着独龙族人的脚迹刀印走，到了塞瓦朵和忘达尼的家乡格朵，从此，那一带的独龙族人就受怒族人管，只要怒族人去到那里，独龙族人就要送他们东西，并以尼墨夺大河的塔柱为界，东边为怒族，西边就是独龙族，尼罗撒拿着一些贡品（鼠箩和扁担）回来了。他的儿子杂得这一代，傈僳族来到了这里，其他各族也从各地来到这里。尼罗撒的二儿子叫熬本，熬本的儿子叫海九，海九的儿子叫拉摆，拉摆的儿子雀阿斗，雀阿斗的儿子叫阿纳翁，这就是怒族的一支，另一支是杂得儿子克物，克物的儿子里阿九，里阿九的儿子是卜阿戛，卜阿戛的儿子叫六四扒。

四、歌谣

颂恩人

演唱者、翻译者：余秀兰
记录者：杨秉礼、杨开应
搜集地点：云南省怒江傈僳族自治州贡山独龙族怒族自治县

我们的毛主席像太阳一样，
没有毛主席，
我们像太阳一样的日子，
也就没有了。
我们的朱总司令像十五的月亮一样，
照亮了普天下，
人民喜欢得说都说不完。
我们的解放军像天上的星星一样，
星星布满了全世界。
各族人民的生产得发展，
劳动人民喜洋洋。

想见毛主席

演唱者：阿娜、王荣顶
翻译者：张兆文
记录者：杨秉礼、杨开应
搜集地点：云南省怒江傈僳族自治州贡山独龙族怒族自治县

天上搭了楼梯，
说是搭给毛主席，
有什么困难要告诉毛主席。
水上搭了桥，
想去见毛主席，
有什么困难要告诉毛主席。
沾毛主席的恩，
有什么困难要告诉毛主席。

各民族今天见面了

演唱者：西立
翻译者：刘建文
记录者：陈荣祥、杨海生
搜集地点：云南省怒江傈僳族自治州贡山独龙族怒族自治县

好像春天的拂晓一样，
没有见面的都见面了。
太阳出来了，各民族才能够见面，
没有太阳，各民族不能见面。
过去没有见面的现在都见面了，
现在新社会日子好过了，大家团结在一起。
好像春天的拂晓一样，
没有见面的都见面了。
月亮出来了，各民族才能够见面，
没有月亮，各民族不能见面。
过去没有见面的现在有好日子过都见面了，
现在新社会里日子好过了，大家

团结在一起。

好像春天的拂晓一样，
没有见面的都见面了。
星星出来了，各民族才能够见面，
没有星星出来，各民族不能见面。
过去没有见面的现在有好日子过都见面了，
现在新社会里日子好过了，大家团结在一起。

党对我们的关心

演唱者：松
翻译者：刘建文
记录者：陈荣祥、杨海生
搜集地点：云南省怒江傈僳族自治州贡山独龙族怒族自治县

你们是从遥远的地方来，是领导人关心我们，
党对我们的关心使我们的生活一天天好起来了，
大家都热闹地集中在一起。
现在的生活比过去的生活幸福多了，
现在生活好是因为有了一个好领导，
有了好领导我们才穿上了新衣裳。

这是一个很好的领导

演唱者：松
翻译者：刘建文
记录者：陈荣祥、杨海生
搜集地点：云南省怒江傈僳族自治州贡山独龙族怒族自治县

解放后出现了一个新的领导人，
他是很好的人，
他很关心和照顾我们怒族。
这是一个很好的领导，

我们希望他活得千岁万岁。

解放后出现了一个新的领导人，
他是一个很好的人，
是为人民服务的，
他不准打人，不准骂人，也不准剥削人。
这样好的领导，
我们希望他活得千岁万岁。
有了这样的好领导，
他关心我们民族，使各民族得到了团结，
各民族的团结过去是不可能有的，
现在有了这样的好领导，
他使我们各民族得到了团结。
现在新社会生活非常好了，
这是他领导的结果，
我们心里很快乐。

毛主席教导我们

演唱者：阿娜
翻译者：真补
记录者：杨海生、陈荣祥
搜集地点：云南省怒江傈僳族自治州贡山独龙族怒族自治县

我们村子里的人哪个敢说不好在[①]，
我说我们村子是最好在的，
我说好在是我们的土地好。
你们说我们土地为什么那样好?
我说给你听，我们是毛主席教导的。
我为什么说好在，是因为土地好。
土地为什么那样好?
我说给你听，是因为毛主席使我们思想明白，
思想明白了就好在。

你说我们村子不好在，
但我一辈子就在这里生活，
你说我们村子不好在，
我说是好在的。

① 好在：云南汉语方言，意为“宜居，生活得很惬意舒适”。——编者注

为什么好在？因为有了土地。
我们的土地好是毛主席教导我们，
毛主席说的政策我们要执行。

怒族调“出嫁姑娘的心”

搜集地点：云南省怒江傈僳族自治州贡山独龙族怒族自治县

不想出嫁，
父母亲逼着我走。
见着别人时，
想起故乡的亲人，
想起父母亲，
我眼里流出热泪。

求神、呻吟

演唱者：中丁、尼玛
记录者：杨秉礼、杨开应

到高山顶上去烧香，
连在家的也平安了。
江东江西的庄稼都好，
把两岸的作物堆在一起，
人人都觉得好看，
哭了一句，唱了一句。

孤儿们说不出话，
叫天天也高，
叫水水也低。

跳舞

记录者：杨秉礼、杨开应
搜集地点：云南省怒江傈僳族自治州贡山独龙族怒族自治县

没有遇着亲戚朋友五年了，
遇着了大家来欢欢喜喜地跳。
没有遇着县长三年了，
遇着了大家来欢欢喜喜地跳。
没有遇着村长三年了，
遇着了大家来喜喜欢欢地跳。
跳舞跳到天快亮了，
现在鸡快叫了，
我们可以休息了。
大家愉快地回去，
今年跳了明年收成好，
明年再来跳。

逼嫁

翻译者：张化文
记录者：杨秉礼、杨开应
搜集地点：云南省怒江傈僳族自治州贡山独龙族怒族自治县

我是个年轻的姑娘，
我是个年轻的姑娘，
不想出嫁到别的地方，
喇嘛挂给红条布[①]，
不去也得去了，
心里很难过。

我是个年轻的姑娘，

① 过去怒族风俗，结婚时要请喇嘛挂红条布，请大官挂黄条布，请地方上的老人挂白条布在脖子上，表面上是祝贺，实则教育男女双方对婚约不要反悔。

不想出嫁到别的地方，
裴姆[1]挂给黄条布，
不去也得去了，
心里很难过。

我是个年轻的姑娘，
不想出嫁到别的地方，
帕克[2]挂给白条布，
不去也得去了，
心里很难过。

盖房子

演唱者：王双弟的母亲
翻译者：张化文
记录者：杨秉礼、杨开应
搜集地点：云南省怒江傈僳族自治州贡山独龙族怒族自治县

房子要修得更好更好，
像金子一样的房子修起来了，
金房子好像花一样，
金房子里住着喇嘛，
我们庆贺了喇嘛。

房子要修得更好更好，
像银子一样的房子修起来了，
银房子像银花一样，
银房子里住着裴姆，
我们庆贺了裴姆。

房子要修得更好更好，
像蚌壳一样的房子修起来了，
蚌壳房子像白花一样，
蚌壳房子里住着帕克，
我们庆贺了帕克。

---

① 裴姆：大官。
② 帕克：地方上的老人。

远方来的客人

演唱者：王双全的母亲
翻译者：张化文
记录者：杨秉礼、杨开应
搜集地点：云南省怒江傈僳族自治州贡山独龙族怒族自治县

远方来的客人，
翻过了大大小小的山坡，
这地方是否好你们已问过喇嘛。
喇嘛说这地方好，
远方来的客人很喜欢。

远方来的客人，
翻过了大大小小的山坡，
这地方是否好你们已问过裴姆。
裴姆说这地方好，
远方的客人很喜欢。

远方的客人，
翻过了大大小小的山坡，
这地方是否好你们已问过帕克。
帕克说这地方好，
远方的客人很喜欢。

在无人走过的海边

演唱者：斯那茨利
翻译者：刘建文
记录者：杨海生、陈荣祥
搜集地点：云南省怒江傈僳族自治州贡山独龙族怒族自治县

有一个很大很大的海，
它是不是有人走过一圈？
如果是你走过那里，
那里有金的绳子拉着，你见了没有？

你要是见到金绳子，
那么你一定是心里很喜欢或者是很难过，
如果你心里很难过，那么请你不要难过，
有了困难我会来帮忙的。

有一个很大很大的大海，
它是不是有人走过一圈？
如果你是走过那里，
那里有银的绳子拉着，你见到了没有？
你要是见到了银的绳子，
那么你心里一定是很高兴或者是很难过，
如果你心里很难过，那么请你不要难过，
有了困难我会来帮助的。

有一个很大很大的海，
它是不是有人走过一圈？
如果是你走过那里，
那里有铜的绳子拉着，你见到了没有？
如果你见到了铜绳子，
那么你的心里一定是很愉快或者是很难过，
如果你心里很难过，那么请你不要难过，
有了困难我会来帮助的。

没有水的地方也出了水

演唱者：斯那茨利
翻译者：张建文
记录者：杨海生、陈荣祥
搜集地点：云南省怒江傈僳族自治州贡山独龙族怒族自治县

一座山上有一口井水，
一样水也没有的地方也出了一口井水，
有井水的地方各种各样的小鸟都来喝水，
它们来喝水的时候叫起了各种好听的声音，
听到了这些鸟叫的声音，

我的心里非常高兴。

半坡上没有水的地方也出了水，
孔雀[①]来喝水了，
孔雀不叫已经是三年了，
它一叫就使我想起父母亲，
听到了孔雀的叫声，
我的心里非常高兴，也非常伤心。

山脚下没有水的地方也出来了水，
鹦鹉[②]来喝水了，
鹦鹉已经三年没有叫了，
它不叫我心里很难过，
它的幽静使我想起了父母亲，
它的幽静使我心里非常的伤心。

我们年轻人要记住老人的歌

演唱者：甲拉（女）
翻译者：胡利伯
记录者：陈荣祥、杨海生
搜集地点：云南省怒江傈僳族自治州贡山独龙族怒族自治县

过去老人的歌，
年轻人要好好地记住。
过去老人的歌，
年轻人要好好记住。
你们思想上要好好地记住，
不要忘记了。
现在领导人说的话，
年轻人要好好地记住。
现在领导人说的话，
年轻人要好好地记住。
你们思想上要好好地记住，
不要忘记。

① 孔雀：怒语，下妈呀。
② 鹦鹉：怒语，尼祖。

母亲的儿子

演唱者：卡稼达（女）、李烈（女）
翻译者：胡利伯
记录者：杨海生、陈荣祥
搜集地点：云南省怒江傈僳族自治州贡山独龙族怒族自治县

一个母亲生三个儿子，
一个儿子去西藏，
这样长大，这样富裕，
这样富裕，大家同样的富裕。
一个母亲生三个儿子，
一个儿子到汉族的地方，
这样长大，这样富裕，
这样富裕，大家都一样的富裕。
一个母亲生三个儿子，
一个儿子去印度，
这样长大，这样富裕，
这样富裕，大家都一样富裕。

大家要想想

演唱者：滴母
翻译者：真补
记录者：陈荣祥、杨海生
搜集地点：云南省怒江傈僳族自治州贡山独龙族怒族自治县

我们要走很远的路，
走路又要翻过大山。
我们走路时要想起亲戚朋友，
我们什么时候能见面都还不知道，
我们集中起来什么都好了。
我们走起路来又远，
走路还要翻过大山，
我们走路时要想起领导人，

我们什么时候能见面都还不知道，
领导人集中在一起什么都好办。
我们走起路来又远，
走路还要翻大山，
我们的老农民在那天才能见面，
我们走路时要想一想，
老农民集中起来什么都好办。

富人和穷人换地

演唱者：阿娜
翻译者：真补
记录者：杨海生、陈荣祥
搜集地点：云南省怒江傈僳族自治州贡山独龙族怒族自治县

我们的坡坡一天比一天高，
别人问这坡坡是谁的，
别人说："这是他种的树。"
别人说："这是他种的花。"
别人说："这地不是我的。"
我日子好过一点别人心里就不高兴，
富人要用坡地跟我换平地，
坡地没有用，我不跟他换，
尽管富人的坡地再好，
我也不给他平地。
富人说："我的坡地是最好的，能种各种庄稼。"
穷人说："尽管你坡地再好我也不换。"
因为这平地是祖传的。

我是最苦的孤儿

演唱者：胡利伯
翻译者：刘建文
记录者：陈荣祥、杨海生
搜集地点：云南省怒江傈僳族自治州贡山独龙族怒族自治县

我年纪还很小时过着很苦的生活，
这支歌是唱过去最受苦的事，
我要唱自己无依无靠的事。
我从小就没有父母亲，
为了生活不知翻过多少山涉过多少水，
从小就爬山过水来到人家的地方，
由于痛苦才来到人家地方生活，
来到人家地方，见不到自己的父母亲、兄弟、姊妹，
自己很想念父母、兄弟、姊妹。
我是最苦最苦的孤儿，
我虽然是孤儿但也克服困难越过千山万水，
在很小的时候就是那样翻山越岭，
但是还是妻离子散，
这是国民党造成的。
这样的生活越过越困难，
生活困难，思想上很难过，
在旧社会里吃的困难，穿的更困难，
有一文钱都被官僚刮走了，
有头好牛、好马都给抢走了。

让我们都欢乐

演唱者：甲母初
翻译者：刘建文、李文富
记录者：杨海生、陈荣祥
搜集地点：云南省怒江傈僳族自治州贡山独龙族怒族自治县

我们来跳一个很好的舞，
我们各民族集中的时候要欢欢喜喜跳舞，
各民族集中时大家在一起喝酒。
今天是各民族集中的一个晚上，
也是喝酒的一个晚上，
让我们每个人都欢乐。
今天各民族都集中了，
是男女老幼团聚的一晚，
大家高高兴兴地来对唱。
我们团聚在一起像金房子一样，
我们的歌声像金子的声音一样，
我们团聚在一起像银房子一样，
在银房子里男女老幼都唱出嘹亮的歌声，
男女老幼集中的房子像水银[1]镀起一样，
我们在水银镀起的房子里唱出各民族喜喜欢欢的歌声。

① 这里的水银指的是银料的成色。——编者注

让我们唱最喜欢的歌

演唱者：甲母初
翻译者：刘建文、李文富
记录者：陈荣祥、杨海生
搜集地点：云南省怒江傈僳族自治州贡山独龙族怒族自治县

我们离别已有三年，
我们今天又相见了，
让我们来唱最会唱的歌。
我们集中是来自四面八方，
我们的歌也是来自四面八方。
三老豪杰[1]初相会让我们唱出很好的歌来，
男女老幼都集中了，三老豪杰都很高兴，
男女老幼集中在三老豪杰面前唱歌跳舞。
在我们村里的老人，
分别三年又相会，
我们相会都是来自四面八方的人。
为了表示我们的心情，
让我们唱出最欢乐的歌声。

盖房子的歌

演唱者：甲母初
翻译者：刘建文、李文富
记录者：陈荣祥、杨海生
搜集地点：云南省怒江傈僳族自治州贡山独龙族怒族自治县

我们住的地方很早时就有，
我们住在这块土地上，要盖一座

① 三老豪杰：指村里最讲道理、能调解事理的人。

房子，
我筑墙是用金块垒起来的，
我舂墙是用金土舂的，
我的房梁、房柱是金梁、金柱，
我的房顶地板是用金块铺的。
我住在这块土地上，
我要在这块土地上盖一间房屋，
我筑墙是用银块垒起来的，
我舂墙是用银土舂的，
我的房梁、房柱是银梁、银柱，
我的房顶地板是用银块铺的。
我住在这块土地上，
我要在这块土地上盖一座房屋，
我筑墙是用锡块垒起来的，
我舂墙是用锡土舂的，
我的房梁、房柱是锡梁、锡柱，
我的房顶地板是用锡块铺的。

想念

演唱者：甲母初
翻译者：刘建文、李文富
记录者：陈荣祥、杨海生
搜集地点：云南省怒江傈僳族自治州贡山独龙族怒族自治县

翻过这山到人家，
翻回这山是我家。
父母家乡好地方，
翻过山无亲人，
有困难无人帮忙。
翻过来翻过去不要说那里好，
我们好住是因有兄弟，
好住就是我家，
没有兄弟的地方是不好住的。
翻过这山到人家，
翻回这山是我家。
到了别人的地方想起兄弟姊妹，
这才想到自己家乡才是好住。
难舍离别父母、兄弟、姊妹，
父母身旁是好地方。

迎亲调

演唱者：甲母初
翻译者：刘建文、李文富
记录者：陈荣祥、杨海生
搜集地点：云南省怒江傈僳族自治州贡山独龙族怒族自治县

1

在娶新婚的日子里，
需要拿肉和美酒。
新婚姑娘翻山来这里，
有隔大河别难过，
河上架着金子桥，
走过金桥是人间。
快来快来，
翻过这座山来，
山中插起我的旗。
姑娘别怕快过河，
河上架着银子桥，
跨过银桥到人间。
快来快来，
翻过这座山来，
山中插有我的旗。
姑娘别怕快过河，
河上架着有水银桥，
跨过银桥到人间。

2

翻了一山又一山，
父母拦阻我翻山，
山河它也不会拦阻我。
出门父母告诉我：
“过桥翻山别难过，
越过小桥到人间。”
父母不拦我出嫁，
我年纪轻轻到婆家，
大河大山别阻我，
跨过山河属婆家，
姑娘出嫁时自由，
千山万水无阻拦，
有苦有难共享受。

最痛苦时唱的歌

演唱者：甲母初
翻译者：刘建文、李文富
记录者：杨海生、陈荣祥
搜集地点：云南省怒江傈僳族自治州贡山独龙族怒族自治县

过去我们民族在最痛苦的时候唱的歌，
我绕过天边地角，
越走越想念父母亲，
我绕地球三圈也见不到父母亲，
也不能和兄弟姐妹们见面，
离开了兄弟姐妹我流尽了心酸的眼泪。
我走遍了全世界也不能见到母亲，
不觉深深地想念母亲，
不能见到母亲，绕过全世界也没有意思。
我走到了天边什么也没有见到，
不觉流下了眼泪，
想起我的母亲，
自己心里真是难过，
绕过全世界也没有遇见自己的哥哥姐姐，
绕过什么地方也见不到什么。
我心里很难过，
我不觉流下了悲伤的眼泪，
想念哥哥姐姐，
真使我难过啊！

选一朵心爱的花

演唱者：丁四香等
记录者：杨秉礼、杨开应
搜集地点：云南省怒江傈僳族自治州贡山独龙族怒族自治县

一棵柏杨树，
长得很直，
别的树冬天落叶了，
它没有落叶子。
我们不爬高山，
就不会来到平原。
爬到雪山上，
才能来到平原。
海边有一朵花，
海中也有一朵花，
好心的人，
喜欢采海中的花。
马不骑就不骑，
要骑就要骑中甸马。
走路不走就不走，
要走就去中甸草地上走。
在金子的山顶上，
有十三朵金色的花，
我想采它一朵，
但不知哪朵是金花。

情歌

演唱者：余秀兰
翻译者：李根祥
记录者：杨秉礼、杨开应
搜集地点：云南省怒江傈僳族自治州贡山独龙族怒族自治县

珍珠是小珍珠，
珍珠上穿着红丝线。

珍珠不烂时，
线也不要断。
山上有两朵花，
山下有一对鹿，
看不见山阻住，
走不成河挡着。

哥哥你记着

演唱者：余秀兰、丁玉英、杨瑞华
翻译者：李根祥
记录者：杨秉礼
搜集地点：云南省怒江傈僳族自治州贡山独龙族怒族自治县

我想去的那座山，
山顶积满了白雪。
我不想去的那座山，
阳光又照得亮。

水说要下去，
鱼说要下去，
水和鱼两个，
一条心就好了。

第三编

独龙族民间文学

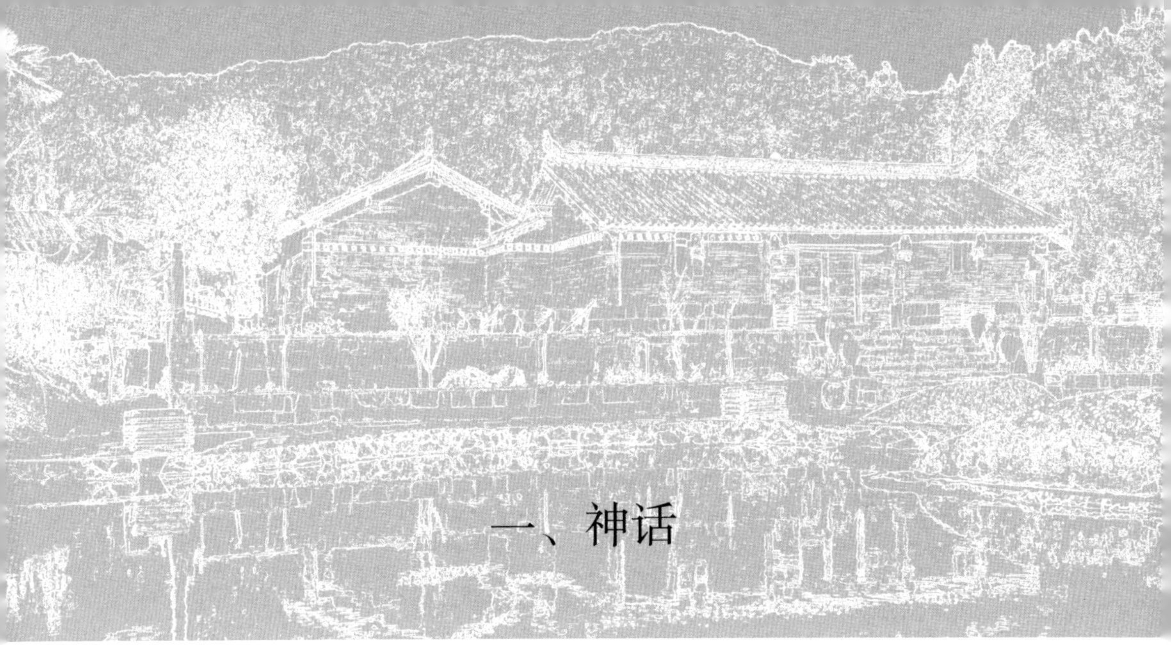

一、神话

创世纪

文本一

讲述者：孔美金（男，三十岁）、卜松
翻译者：和全
记录者：李子贤
搜集地点：云南省怒江傈僳族自治州贡山独龙族怒族自治县独龙江乡（原四区三村）

在那古老的力者水者时代，地面上人很多，鬼也很多，人和鬼都是生活在一块的。

人和鬼互相交换带孩子，鬼的下一代是人带大的，人帮鬼带孩子时带得很好，一个都没有死。而鬼帮人带小孩时，鬼把人的孩子一个一个地都吃完了。鬼是用这种办法吃孩子的，当人们去地里劳动时，鬼就把人的孩子们的皮一个一个地剥去了，把孩子们的肉一个一个地放在火塘上烤。

等人们晚上劳动回来时，却不知道火塘上烤的是自己孩子的肉，拿肉来就吃，这时鬼才对人们说：“你们是在吃自己孩子的肉啊，火塘上烤的，都是你们的孩子哩！”人们一听，又气又怒，拿起树枝就追着鬼打。鬼一个个地都从人们的家里逃走了，再也不敢轻易撞到人们家里去。以后，人和鬼再也无法生活在一块了，就各自生活在一处，从此，人们非常恨鬼，而鬼也就经常与人捣蛋。

又不知过了多少年，地上突然暴发了洪水。滔滔的洪水把地上的一切都淹没了。人几乎全然淹死了，只剩下一对男女，逃到了一个叫卡瓦卡鲁的高山尖上，生活了下来。男的叫波，女的叫嫡，洪水暴发时，人和野兽都吓得往高处跑，洪水却死命地追着淹，人只剩下两个，而野兽也只剩下一对蛇，与人一起逃到山尖上，两个人见了蛇，就要把蛇打死，但蛇却吓唬人们说：“你们如果要打死我们，你们也不得活；如果你们不打死我们，你们也就可以活下来。”人听了，也就不敢把蛇打死，所以蛇就传下种来，到处都是了。

到了晚上，他们不能住在一块，就用了一桶水隔在他们中间，但是夜里那桶水不知被什么东西拿走了，接连几天，都是这样。到天亮时，他们总是睡在一块了。他们想：“大概是老天要叫我们成为一对吧。”于是他们俩就成亲结为夫妻了。就这样，他们在卡瓦卡普山尖上一直生活了九天九夜，洪水才慢慢退了。

他们两人共生了九男九女，本来兄妹是不能结婚的，但是除了他们外，地面上再也没有别的人来，所以他们九兄妹只能结为夫妻，洪水退了以后，留下来九条大江，九对兄妹就分别搬到九条大江边上去居住。大儿子和大姑娘住在察瓦龙江边，成了藏族。二儿子、二姑娘住在怒江边上，成了怒族。三儿子和三姑娘住在独龙江边，成了独龙族。三姑娘的名字叫“蒋”，所以今天独龙族叫独龙河就叫作“蒋”。

九兄弟居住的地方，就数三姑娘居住的独龙江最好，出的东西最多。所以每年都要送些东西给大哥、二哥，但是大哥、二哥都想多要些好东西，为了这事争吵起来，父亲听到了，就对他们说：“你俩来显显本事，看谁能射中靶子，就叫三弟把好东西给谁送去。”老大和老二比赛射弩弓了，老大的力气大，一箭射中了弩箭靶子，老二的力气小，射了三箭都射偏了。结果，老三就年年把独龙河出产的贝母、黄连、兽皮这些好东西给大哥送去，而把黄腊、麻布这些差一点的东西给老二送去。

当洪水滔天的时候，什么野兽都淹死了，后来洪水慢慢地退下去了，先从土里钻出一对巴摆儿（土狗）来，又钻出一对狗来，随后就什么野兽都钻出来了，地上的野兽又多起来了。

在洪水暴发的时候，火被淹息了，火种没有了，人们在吃兽肉时没有火烤肉了，女的就用太阳来把肉烤干了吃，男的把肉割下来后就生吃。有一天，人们在吃兽肉时，见一只大绿头苍蝇来咬肉，只见它的两条大腿在那儿摩擦，人们想，用两根木棍摩擦会起火吧？于是就找了两根藤篾秆用来擦，不一会藤篾秆果然起火了，人们太高兴了，都欣喜若狂地哈哈大笑起来，一不小心，又把火吹熄了。但人们开始懂得了起火的方法，又重新用两根藤条摩擦生起火来。从此，人类开始有火种了，再也不吃生的东西了。

洪水过后，地上没有五谷，地上没有牲畜，人们无法生活了。天上的木崩格就派他女儿木美姬到地上来。在她走时，木崩格把一切动物都给她带到地上来，并嘱咐她说："你走在路上时，不论听到什么声音，你都不要怕，切莫回头看。"木美姬带着天上所有的动物到地上来了，走到半路上，忽然听得身后有"呜！呜！"的大吼声，她吓得回头一看，那些跟着她来的动物见她一回头，都吓得四处逃散了。木美姬见了，急忙去抓，但只抓回了牛、马、猪、羊、鸡少的几种动物回来，其他的老虎、豹子、老熊、狐狸、猴子等很多动物都没有抓回来，都逃到深山老林里躲藏起来了。从此以后，开始有家畜牲口了，但只有牛、马、猪、羊、鸡少少的几样了。

在木美姬离开天上时，木崩格还专门给了她一筒蜂种，并对她说："在半路上你切莫打开盖子看，等你到了家里以后，再把盖子打开。"可是木美姬不听父亲的话，走在半路上时，她很好奇，就把盖子打开，看筒里装的是什么东西。她一打开盖子，竹筒里的蜜蜂就嗡嗡地叫着飞跑了，结果蜜蜂就不在人家做窝，都到大山的岩石上去做窝了。

后来，木美姬又到她父亲那里去要五谷的种子，父亲给了她苦荞种子、甜荞种子、苞谷种子、稗子和燕麦种子。就是没有给大米种子，木美姬把苦荞种子放在头发里，把甜荞种子夹在腋里，其他种子背在身上，并偷偷地拿了大米种子，藏在指甲里边，带到地上来了。地上有了五谷种子，麦子、荞子、大米、苞谷，都种出来了。

有一天，木崩格忽然发现地上有了大米，他很奇怪，他并没有把谷种给木美姬，为什么地上会有大米呢？他猜想一定是木美姬走时偷偷带下去的。于是就派天上的人把成熟了的谷子，每年都收回一些到天上去，所以现在的谷穗，不是颗颗饱满的，有一些是空的，空的这些，就是被木崩格收到天上去了。

文本二

讲述者：鲁腊项
翻译者：和全
记录者：李子贤
搜集地点：云南省怒江傈僳族自治州贡山独龙族怒族自治县独龙江乡

原来地上只有一对人，生了一个儿子后就不生了。他们天天都去砍火山地，但头天把树砍倒，第二天砍倒的树又长得严丝合缝的了，他们感到很奇怪，晚上就偷偷地想去看个究竟。原来是一个老头把砍倒的树接了起来。那个男的就赶上前去把老头拦腰一抱，想狠狠地揍他一顿，老头儿说：“你们别打我，我是天上的木崩格，可以给你们找一个儿媳妇，可以把五谷种子给你们，把牲畜给你们。”男女二人听了就放了他。

木崩格有三个姑娘，一个长得最漂亮的嫁给了鱼。三姑娘只有一只眼睛，便嫁给了人做妻子，他们结婚后不久，父母亲就死去了。

他们结婚后，不会生孩子，第一次生了一双雀子，第二次生了一对蜜蜂，第三次生了一块石头。他们奇怪了，就到木崩格那儿去问是什么原因。木崩格告诉他们说："要给男的祭祭鬼才会生育。"他们回来后，就给男的祭了一次鬼，不久，他们果然生下了九男九女。

九男九女长大以后，人多起来了，需要有个工马（皇帝）来管理大家，父亲就叫他们都来射箭比本事，朋和婻都射中了靶子，其他的弟妹们都没有射中。老大说弟妹都不中用，要用弩弓射死他们。父母说："你敢射死他们，你也不得好死。"于是老大不敢射弟妹，夫妻俩一块搬到内地去做了工马，其他的弟妹们到各个地方去传种，并且每年都要向工马上贡。

木崩格给了姑娘五谷种子、牲畜，他姑娘又传给了十八个子女。人们会织布，也是从木崩格那儿学来的。因为木崩格曾对独眼姑娘说："嫁给人的织布必须要快些，好些，一天是嫁给鱼的两倍。"所以人织布就快了，好了。

木崩格把五谷种子给了人们，他担心人们不够吃，就遍地撒了很多野菜种子，到处生长出了野菜来，让人们在粮食不够吃的时候，可以去找野菜来充饥。但他又想，如果地里都长出五谷来，人们的粮食就太多了，这样，人又会慢慢地懒下去，于是，他又把杂草种子撒到地里来，所以庄稼地里会长出野草，需要人们去薅了，庄稼才长得好。

人们的粮食不够吃了，就到处去找野菜，人们一群一群分别去找，很多人都回来了，只有一群人没有回来，原来这群人去挖草乌，他们不知道是毒药，都挖了来准备吃，叫一个人去找柴火，其他的人一边挖，就一边吃了起来。寻找柴火的那个人回来时，这一群人都中毒死了，他便跑回来告诉大家说，草乌把人毒死了。人们从此才知道草乌有害，不能吃，慢慢地也就知道什么野菜可以吃，什么野菜不能吃了。

文本三

讲述者：普卡瓦金
翻译者：张联华
记录者：张文臣
搜集地点：云南省怒江傈僳族自治州贡山独龙族怒族自治县独龙江乡

1

远古时候，人和鬼同居，共同生活。凡挂有篮子的房子住人，没挂有篮子的房屋住鬼。人的孩子由鬼看领，鬼的孩子由人看领，可是人的孩子经常被鬼吃掉，举个例子说，一天，母亲由地里回来，鬼在火塘边指着火上炖着的罐子说："你的孩子乖极了，睡了一整天，不曾哭，不曾闹。这里给你炖只鸡子肉。"母亲回过头，看见孩子安静地睡在小床上，帽子搭严了脸蛋，被子盖得紧紧的。于是母亲感到快乐。

谁说鬼不好，鬼给人照看孩子倒算认真呢，随后，母亲开始吃那罐子里的"鸡子肉"。转眼，鬼跑出大门外，站在一块大青石上，得意地嚷叫起来："虎毒不吃亲儿肉，不要脸，母亲能吃亲儿肉。"母亲听到这，愣住了，惊悸不已，忙把孩子身上的被子掀开，不看则可，哪里还有孩子？脸是一个骷髅骨，被子下有的只是一堆骨头，母亲砸碎饭碗，去追这个狠心的吃孩子鬼，可是等母亲出了门，已经不见鬼的行踪。

那时，天和地的距离很短，只由楼梯相连，人可以随便到天上，天上和地下住着同一种人。天上有一只大蚂蚁，大得出奇。一天，它爬到楼梯顶，不小心，一脚把连接天和地的这把梯子踩翻了，从此，天和地的距离渐渐拉长，终于成了现在这个样子。

那时，太阳有两个，像火盆一样滚热，白天，大人到田里劳动，返回家里时，孩子被烈日烤死。孩子的父母十分愤怒，拿了铁弩弓，爬在一块大石头的尖顶上，射中了两个太阳中的一个——两个太阳一男一女，射下了男的。那轮男性的太阳被射中，女性的太阳发了慌，躲藏起来了，于是天下一片漆黑。这样的日子有九天九夜。九天过去，那轮剩下的太阳才又冒出山。在那九天九夜里，人们出进困难，都要点火把，并且要成群结队，否则会受野兽和鬼的侵袭。

第九天夜里，东方呈现出一点小亮光。公鸡啼叫了三遍，对着亮光说："亮公公，请给我挂耳朵的一个小耳环。"公鸡的话音刚落，天上掉下一个绿色的耳环圈，公鸡戴上它，谢道："亮公公，出来呀，往后我每夜五更天啼六遍，白天啼三遍。"公鸡啼了六遍，天亮了，太阳总算又出来，被射死的那轮太阳变成了月亮，从此，太阳和月亮交替地在白天和夜间出没，现在月亮中有一个黑影，那是猎人。据说，猎人原是最出色的射手，死后灵魂上了月亮，月亮上旁边的黑点子是猎人走动时留下的影子。

这是很古很古的时候，人和鬼同时居住着。

2

鬼繁殖得很快，数目比人多。鬼中有个鬼王，鬼王的势力特别大，处处与人作对。

鬼王把一块鸡蛋形的铁球在火中烧炼了无数日子，烧得血红后，他便把它掷到江水里。铁球滚进江，变成一头发狂的狮子，江水沸腾了，暴涨了，发生大水灾——空前的洪荒，向四方倾泻，水不断向山顶上涨，植物烫死了，动物淹死了，人和鬼几乎死完，最后各只留下一对种。

人下了决心，一定要超过鬼，绝不再受鬼的害，渐渐地人们一代代相传，终于起了质变，人成为万物的主人，这是后话。剩下的两个人，后来生下无数男女，他们逐渐向西边繁殖，世界上的人都是他们的后代，这也是后话。

留下的那对人种，由于受水的威胁，居住在山顶上。山顶上，同时有一对蛇，人想打死它，它却开口能讲话。人见蛇讲话，没有把它打死，蛇就传下来了。

不久，南方又发生水灾，水一直向山顶滚来，四面八方地包围了这一对人种。与他们只隔一箭之地，这样，一再蔓延了九天。九天后，水方逐渐下退。人种随水势的退落，向山下迁移。来到山脚下，有一个岩洞，二人定居下来，那里庄稼到处生长，却没有火。过了一些日子，二人发现松树长有松明，用麻结[①]去松明上摩擦，设法生火。火第一次被引着，女的一笑，吹熄了，第二次，他们再用麻结在松明上使劲磨，火才又生出来。在火未发现之前，虽然江面上漂着野兽肉，他们只能生吃，剩余的让太阳曝干。有火后，才吃熟食了。

这对人种，原是两个兄妹。第一天夜里，兄妹二人分开睡，早上醒来，不可理解地滚到了一处；第二天夜里，二人在中间用水板隔开，早上醒来，却又同在一处了。兄妹二人十分奇怪，说道："我们是留下的唯一人种，我们用竹筒装水，再把水倒出去，水若向九个方向流，变成九条江，我们便结成夫妻。"倒出去的水，果然变成九条江，他们做了夫妻。

他们生下九男九女。孩子们自个儿做了弩弓，一堆一堆地坐着玩，箭靶用铁环。老大和老二都中靶，老大力气大，却没有射穿；老二力气小，却能穿透铁环。为此，兄弟二人常常争执不已，父母排解，这才和解。这九对男女，后来分别搬到九条江去住，老大一对住内地，为九对男女之尊，发展成汉族；老二、老三变独龙族、怒族，只有傈僳族不是由这九对人起源，是由一个房头大的丝瓜生出。

一天，瓜旁传出奇异的歌声——傈僳调，老二听了很惊疑，人语声从哪儿传来呢？他把房头大的丝瓜破开，从中跳出几十个男女。他们繁殖很快，

① 麻结：云南汉语方言，指可以用来生火的植物。

这便是傈僳族的来源。

九对人的子女长大了，猛本耿的女儿嫁给新棉哈彭，新棉哈彭在大树里出生，由树洞里钻出，他成天在火山地里砍树枝，今天砍下明天长，明天再砍后天生，整日整月砍，总是没完没了，他很纳闷，一天他带了弓箭，蹲在火地里等，想看看树枝是怎么长法。他竟没有注意到，有人在他后面拉住了他。那人问他说："小伙子，别纳闷，是我数次三番接的树，看你勤劳勇敢，我早有心试试你。现在我把女儿嫁给你。"这人便是猛本耿。

猛本耿送女儿的嫁妆很多，牛、羊、猪、鸡……畜类种子各一对，猛本耿对女儿说："路上无论听到什么声音，都不能回头看，也不用害怕。"

猛美解——猛本耿的女儿走到半路，果然听到一片怪叫声，似乎还有什么东西拉住她的衣角。这时，她忘记了父亲的话，回过头看，野兽跟了一大帮。兽们见她回头，折转身子回头跑。猛美解由于害怕，只叫出"猪、鸡、牛、羊"等九个名，再也喊不出其他的，因此，其他兽类大部分跑进山里，变成野的，传下来的家畜种类不多了。

猛本耿还给了女儿一对蜜蜂，装在竹筒里，临行还嘱咐，半路不能打开竹筒，进家门后才能打开。猛美解走到半路，不知道蜜蜂是什么样子，同样忘了父亲的话，打开盖子一看，蜜蜂便飞走了，一起飞到石岩上。因此，独龙族地区过去没有养蜂。

猛本耿也给了女儿酒药，半路上，在一塘清水旁，猛美解不小心摔了一跤，酒药掉入水里，捞起来后，酒性大半失去，因此很甜美的酒变成后来的这个样子。

父亲还给猛美解一本书——兽皮上刻字。独龙族没有文化，相传猛美解的孩子不爱读书，把书吃进肚里，只想用脑子记，因此，文化没有留下沿袭下来的，光会讲故事，唱调子。

猛本耿将谷子给落了，女儿没有从父亲那儿得到谷子，倒是从猛本耿那儿跑出来的一只狗在尾巴尖尖上带了一粒谷种来，因此，以前独龙族地方只是在房前地角种上一点点谷子，不知道在田里种。

兄妹俩

讲述者：木修章
翻译者：苏杉娜
记录者：李永明
搜集地点：云南省怒江傈僳族自治州贡山独龙族怒族自治县独龙江乡（原四区三村）

从前，鬼很多，人很少，只有兄妹两个。

神仙把这兄妹俩叫到最高的山顶上，然后从天上放下一些大水，把鬼淹死了。

这兄妹俩，在睡觉时，他们中间放一碗水，可是每一个晚上他们睡着以后，总是有人来把水端了。原来这端水的是神仙，意思是说，世间只有你们兄妹俩了，你们应该结为夫妇，流传人种，否则世间就要断绝人烟了。于是他们就结为夫妻，生下了九男九女，并把那碗水端在山头上倒了。这碗水分成九股，各自流去，就成为九条江。

大哥、大姐和二哥、二姐写字。大哥、大姐把字写在石头上，二哥、二姐写在皮子上，结果皮子被狗吃了，以后，二哥、二姐就不识字。独龙族就是二哥、二姐流传下来的，所以，独龙族的人，以前都不识字。

大哥、大姐与二哥、二姐又在一块射箭，结果大哥、大姐射中了，而二哥、二姐没射中。所以大哥、大姐就做官，二哥、二姐就为百姓。百姓就供养着官。

大哥、大姐往东方去，住在内地，成为汉族，二哥、二姐原地住下，成为独龙族；三哥、三姐往北方去，成为藏族；四哥、四姐和五哥、五姐往西方去，住在缅甸；六弟、六妹往南方去，成为怒族；七、八、九弟妹不知去向。

人和野兽的故事

讲述者：孔美金
翻译者：和金
记录者：李子贤
搜集地点：云南省怒江傈僳族自治州贡山独龙族怒族自治县独龙江乡

1

木美姬[①]从天王木崩格那儿给人间要来了各种动物，但由于木美姬不听父亲的话，在路上回头看，把很多动物吓跑了，所以它们就跑到深山里成了野兽，它们又怕人，又想吃人。

野兽经常伤人，又吃庄稼，人们又到木崩格那里学到了打猎的办法，就用弩箭射，用扣子下野兽，使他们不敢伤人，保护庄稼，又可以经常吃到兽肉。

过去，人们跑得很快，速度就跟野兽差不多，因为那时人们的脚是一节直的，没有膝盖骨，也没有小腿肚，人们去打野兽时，用刀砍，用弩弓射，一下就追上了，山上的野兽几乎被人打光了。山神见野兽快绝种了，就赶紧出来把人的脚砍成两节，在中间放了块石头，成了膝盖骨，在小腿上放了块泥巴，成了现在的小腿肚，所以人就跑不快了，野兽也才没有绝种。

① 创世纪里说，动物是木崩格天王的女儿木美姬从她父亲那里要到地上来的。

2

狼子很灵巧，很聪明，手脚都长毛，和人是同一种类，只不过是笨些而已。

很古很古的时候，人和猴子是住在一块的，猴子专门给人做保姆领小孩。人们盖房子时，接头处里面用藤篾扎，外边又用茅草捆。猴子不知道，只以为是用茅草捆就行了，所以它们学着人盖房子时，就只用茅草来捆，房子盖起来了，它们高兴得在屋上屋下又跳又闹，房子却一下就垮了，它们照样盖了几次也倒了，猴子没有办法，就只好打算到野外住。它们问人："山上有没有吃的东西？"人回答它们说："酸甜苦辣什么都有。"它们一听高兴了，以为有这么多东西可以吃哩，于是就与人们告别，搬到森林里岩洞上去居住了。

临行前，人们给它们一块石板、一把小刀做礼品。这块石板现在成了猴子的屁股，经得起摔跤，刀子变成了猴子的牙齿，可以咬坚硬的东西。当时几乎给了猴子弩箭，如果给了，人们现在就没有办法对付它们了。临行前，人们还对猴子说："你们在山里如果肚子饿时，可以到我们地里来，饱饱地吃东西。"还祝福它们说："你们住在树上、岩洞里，但愿不要跌死。"所以现在猴子一等庄稼熟的时候，就成群结队地到地里来吃粮食了。而且由于人们的祝福，它们不论从什么地方摔下来，都不会摔死。

月宫之树

讲述者：兰别龙
翻译者：张联华
记录者：张文臣
搜集地点：云南省怒江傈僳族自治州贡山独龙族怒族自治县独龙江乡

有一天，鬼要过河，人帮鬼搭起一座用篾子做的桥。

鬼过了河，要来吃人，人爬在一棵梨树上。鬼顺着梨树的枝干往上爬，人只好拿梨往鬼身上砸。

眼看鬼就要接近人了。这时，从月亮里降下一位仙女，是嫦娥，嫦娥轻轻地把梨树一动，梨树便连根拔了起来。鬼从树上掉下，摔死了，嫦娥把人连同树，一起带到了月宫里。现在月宫里有一个树影子，就是这棵梨树。

二、民间故事

青蛙的故事

讲述者：普卡瓦金
翻译者：张联华
记录者：张文臣
搜集地点：云南省怒江傈僳族自治州贡山独龙族怒族自治县独龙江乡

很早以前，有一个女子怀了孕，一天，她在火塘旁，从膝盖上跳下一只青蛙。她拿起扫把，想把青蛙扫出去。可是扫了几次，青蛙还是跳回火塘边。这时，她才发现，身孕消失了。她做了青蛙的母亲，青蛙长大对母亲说：“妈妈，我要娶媳妇，我去找一个姑娘。”母亲只好说：“傻孩子，你是一只青蛙，谁愿意做你媳妇？”

青蛙告辞母亲，来到一处地方，在一个人家的楼梯口说道：“可怜可怜我，给一个姑娘吧。”

姑娘的父亲听见声音，又不见人，只有一只青蛙，很奇怪，便对青蛙说：“你能笑吗？”青蛙笑了几声，房子都震动起来，姑娘的父亲又说：“你能哭吗？”青蛙随即又哭了几声，房子给淹了一半，姑娘的父亲没法，只好把姑娘嫁给青蛙。

青蛙带着姑娘一跳一跳地跑回家，来到门前，叫母亲开门，他说：“妈妈，快给我开门，我带回来一位媳妇。”母亲生气地说：“傻孩子，谁给你做媳妇，从门洞里进来吧。”母亲开开门，看见一位美貌的姑娘骑在马上，不禁吃了一惊。

做一个青蛙的媳妇，姑娘很难过。

次日，母亲和姑娘出去劳动，回来，饭菜已经做好，这使她们很奇怪。第二日，她们又出去，却早早地回家。她们对着门缝往里瞧，一个很漂亮的小伙子在为她们做饭，她俩冷不防地跑了进去，一边拉住他的一只手。小伙子不能再变，他正是青蛙。

从此，他们一起过幸福生活。

乌鸦和四只脚的蛇

讲述者：普卡瓦金
翻译者：张联华
记录者：张文臣
搜集地点：云南省怒江傈僳族自治州贡山独龙族怒族自治县独龙江乡

乌鸦和四只脚的蛇打架，乌鸦的士兵是老鹰，蛇的士兵是小蛇蛇。乌鸦和老鹰站在大树尖头，一个一个地把四只脚的蛇的士兵吞食了。四只脚的蛇打败了。

在那以前，人和人之间相处很和睦，发生乌鸦和蛇的斗争后，人们互相间也就开始不幸地发生了战争。

老虎和火

讲述者：学哇当彭
翻译者：张联华
记录者：张文臣
搜集地点：云南省怒江傈僳族自治州贡山独龙族怒族自治县独龙江乡

老虎和火赛跑。

老虎来到火旁，火一动不动，于是，老虎对火说："你等什么？"火说："等风，大风一起，我们开始跑。"

老虎狂妄自大，不相信火会有本事，拉拉胡须，显出一副蔑视的样子。

大风吹起，老虎抢前跑，火借着风势，一劲儿向老虎跑去的方向猛扑，很快就超过老虎，刹那间，老虎给烧死了。

猴子的趣事

讲述者：学哇当彭
翻译者：张联华
记录者：张文臣
搜集地点：云南省怒江傈僳族自治州贡山独龙族怒族自治县独龙江乡

人和猴在一起，人盖房子，先搭木架，后拴篾子，猴子盖房子，不拴篾子，很快就坍塌，盖了又倒……正盖着，房子后面有一棵果子树，一只猴子先去尝，咬了几口，有甜有酸，其他猴子停下工作都去吃，用牙齿当利刀，用嗉囊当粮仓，等到再回来，房子又倒了。

人请猴子领娃娃，末了，人给猴子一个皮做的箭袋，让他装东西用，猴子接下它，偏了心，跑到人的田里偷东西……所以猴子就成了现在的这个样子。

狗话

讲述者：学哇当彭
翻译者：张联华
记录者：张文臣
搜集地点：云南省怒江傈僳族自治州贡山独龙族怒族自治县独龙江乡

古时候，狗会说人话。

狗成天这家串出到那家，光贪图嘴巴上的便宜。它总是这样说："我的主人今天吃肉。"它想，这样一提，人家也会说："我们也吃肉。"便会赏赐它一块。

该是狗倒霉，人对它说："你主人平素与我们亲睦，吃肉哪有不相送之礼？我们没有收到你主人的肉呀？"狗的谎言被道破，狗伸出了长舌头，一直缩不回去。从此，狗变哑了，不会再说话。

乌鸦、青蛙和蛇

讲述者：普卡瓦彭
翻译者：张联华
记录者：张文臣
搜集地点：云南省怒江傈僳族自治州贡山独龙族怒族自治县独龙江乡

青蛙在水里生活，过了不少闲适日子。

有一条蛇在青蛙身上打主意。

蛇把水分成小塘，然后一塘一塘地再把水抽干，这样蛇渐渐地接近了青蛙。

乌鸦在树上看穿蛇的把戏，把拦水的闸门打开，蛇来不及逃命，让大水冲走。结果，蛇没有吃到青蛙，反倒伤了自己。

乌鸡和老虎

讲述者：肯定丁、肯定朋山
翻译者：苏三娜
记录者：李承明
搜集地点：云南省怒江傈僳族自治州贡山独龙族怒族自治县独龙江乡

乌鸡和老虎的皮肤上原来是没有花的。乌鸡和老虎互相画花，乌鸡先给老虎画，它很细心，因此，老虎的皮花很好看，特别是鼻子很好看。后是老虎给乌鸡画花，老虎粗心，只是用手抓了几下，所以乌鸡身上的花是一斑一斑的，很不好看。

猪和狗

讲述者：肯定朋山、肯定丁
翻译者：苏三娜
记录者：李承明
搜集地点：云南省怒江傈僳族自治州贡山独龙族怒族自治县独龙江乡

原来猪和狗是在一起劳动，而且也会说话。

狗常常背着猪对人说猪的坏话，说猪很不爱劳动。于是人就把猪杀了。

以后，人发现狗常常撒谎，就把狗的舌头割掉。自此以后，狗就不会说话了。

狗和猪的对话

讲述者：兰别龙
翻译者：张联华
记录者：张文臣
搜集地点：云南省怒江傈僳族自治州贡山独龙族怒族自治县独龙江乡

猪为主人辛勤地在田里忙碌着，用嘴巴翻动土块，耕作土地，狗翘着尾巴跑到田里，以轻松的口吻嘲笑猪：“你这样卖力气，只能吃到苞谷皮子、米糠，我为主人看守门户，却和主人一样吃好东西。”

猪抬起嘴巴，愤怒地对狗说：“我为你们从早忙到晚，生长出来的粮食倒没有我的份，以后你们自己干吧。”

猪对狗这样说过后，不再劳动。狗怕主人怪罪它，伸长了舌头，自此不会再说话了。

驱鬼记

讲述者：孔美娜
翻译者：木贵民
记录者：张文臣
搜集地点：云南省怒江傈僳族自治州贡山独龙族怒族自治县独龙江乡

察瓦龙土司对人说：“人生病，是人得罪天鬼，天鬼惩罚人，每当人生病，要用杀生来祭鬼。”

一天，作威作福的土司王子生了病，叫什戎丹地方的“那不刹”[1]去祭鬼，一连祭了两次，天鬼还是不离去。

什戎丹地方的“那不刹”第三次被传去。这一次，“那不刹”家里的牛羊也给拉去做祭品，根据是“那不刹”前两次祭鬼不用心。

这次大祭，一样不管用，察瓦龙土司说“那不刹”长了坏心眼，用熊熊燃烧的明子火拷打他，要他认罪。“那不刹”实心实意地为土司王子祭鬼治病，贴进了牛羊，还被烧去了一只眼睛。

“勒麻”和“那不刹”

讲述者：丙当坚
翻译者：木贵民
记录者：张文臣
搜集地点：云南省怒江傈僳族自治州贡山独龙族怒族自治县独龙江乡

藏族的“勒麻”（土司）害病，请了独龙族的“那不刹”祭鬼。

过了几天，“勒麻”的病势加重，要惩罚“那不刹”祭鬼不灵，说道：“天天祭，为什么不好？”

“那不刹”回答：“我不是天，也不是地，你不相信，太阳光下一床铺挂给你。”

① 那不刹：巫师。

鬼打水

讲述者：兰别龙
翻译者：张联华
记录者：张文臣
搜集地点：云南省怒江傈僳族自治州贡山独龙族怒族自治县独龙江乡

鬼对人说："我口渴。"

鬼想喝人的血，拿人血解渴。

人给鬼一个打水的竹筒，对鬼说："把这个竹筒打满水，要什么，我给你什么。"

鬼拿了竹筒去打水，打呀打，水总是装不满，这时，鬼把竹筒翻过来，底底是空的。

鬼放下竹筒，去追赶人，人已去远。

解孟开和鬼做朋友

讲述者：普卡瓦朋
翻译者：张联华
记录者：张文臣
搜集地点：云南省怒江傈僳族自治州贡山独龙族怒族自治县独龙江乡

远古时候，"那不刹"解孟开和鬼交朋友。

鬼到解孟开家里做客，解孟开酒肉相待，照应十分周到。由于解孟开交结的是鬼，隔壁的人不肯理睬他们，除了和鬼碰杯把盏，什么人也没有，冷冷清清。

晚晌，解孟开送鬼回家。半路，鬼说肚子饿了——虽然酒肉吃得够多，实在是没有吃到人肉的缘故。解孟开对鬼说："给你们带去的食物，你们自个儿揣着，拿出来吃吧！"眼看太阳快要落山，鬼就打消吃人的念头。

过了数日，在鬼的邀请下，解孟开也去到鬼的家里做客，去到鬼居住的地方，无数的鬼望着他淌口水。

待了大半天，解孟开到该回去的时辰了，鬼对他说，时候尚早，又过了一阵，鬼又说得再休息一会。话这么说，鬼却早早地叫其他的鬼到半路上专候解孟开，这块到口的肉怎能再放过！

末了，鬼只好送解孟开起程。解孟开碰上那些专候他的鬼，他们张牙舞爪，要来扑食他。解孟开说道："我请你们时，是那样地敬重你们，轮到你们请我，倒是这个样子，讲得过去吗？"鬼没有话说，放了他。

又行了一程，来到森林里，鬼变成野猪，一样向解孟开行凶，解孟开爬上大树，鬼没法，又只好放他走。

后来，进到一个庄子，这一次，鬼直言不讳地向解孟开说，多天来他们没有吃到人肉，要借他祭牙齿。解孟开回答，结成朋友，倒想把朋友吃了，这是哪儿来的道理。

鬼听了解孟开的话，交头接耳地过了好一阵，才对解孟开说："不能吃朋友肉，那么，我们以后不再和你做朋友。"这才放了解孟开归去。

人和鬼的故事

讲述者：孔美金、卜松
翻译者：和金
记录者：李子贤
搜集地点：云南省怒江傈僳族自治州贡山独龙族怒族自治县独龙江乡

文本一

从前，鬼专门和人作对，自从鬼吃了人的小孩，人把鬼撵跑了，人和鬼分开住以后，[1]鬼还是随时与人为敌，尽做坏事。人们去砍柴，他躲在大树后，人们去背水，他藏在水塘边，人们为了不至于被鬼伤害，就天天带着长刀、弩箭防身，使鬼不敢轻易接近自己，但是仍有不少的人被害死了。

有一个名叫朋的青年，他恨死了吃人的鬼。这青年很勇敢，射得一手好弩箭。一天，他出外打猎，被一个大鬼王紧紧地跟上了。青年见了鬼，愤怒地举起弩弓就射，那鬼王都哈哈大笑起来，骄傲地对青年说："你一箭射不死我，如果你有本事一箭射死我，我就让你射好了。"青年一听，心中想到，不如寻个好机会，一箭射中他的要害才好，就对鬼王说："好，我就只射你一箭，如果射不死你，我就坐在这里给你吃好了。"鬼王哈哈大笑着，同意了，他以为人一箭是无论如何射不死他的。

青年迅速跳到一棵大树上，趁着鬼王张开大嘴在发笑的时候，对准他的喉咙，狠狠地一箭射去，不偏不歪，正好射中了鬼王的咽喉，立即死了。

① 独龙族创世纪上说，在洪水暴发以前，人和鬼是合住在一块的，由于鬼吃了人类的孩子，被人打跑了，才分开来住的。

从此，鬼就害怕人了，再也不敢轻易跟在人们的后边吃人了。

文本二

人和鬼还住在一块的时候，鬼经常想吃人，特别是吃人们的孩子，所以人们出外去做活时，都吩咐孩子们不要到外边去，好好在家里玩。孩子们很听话，就都不出门了。

鬼没有办法进到人们家里，吃不到小孩，就想了个骗人的鬼办法。他们装成孩子们的父母，来到门前大叫大嚷："孩子们，你们的阿蒲阿美[①]回家了，快快来开门！"孩子们一听声音不对，就不开门，在屋里说道："你们不是我们的阿蒲阿美，你们要把手伸进来给我们看看，我们才开门。"鬼听了，以为可以欺骗孩子，就大胆地把手伸进门里来了。孩子们一看，只见那手毛茸茸的，哪里是人的手！他们想，一定是鬼想骗开门来吃他们呢，就壮着胆子，拿来一把长刀，狠狠地朝鬼的手砍去，一下把鬼的手血淋淋地砍断了，鬼疼得叫着逃走了。

鬼心里想，人的孩子都这么厉害，更不用说大人了，他们对孩子也害怕起来了，从此，鬼就不敢乱闯进人们家里来吃人了。

文本三

以前，人和鬼分开以后，有一种名叫各勒的鬼怪，时时与人作对，人到哪里，他就跟到哪里。

有一个青年上山去砍柴，解成板子回来盖房子，却被六个各勒紧紧跟上了，那个青年人时刻提防，各勒也没有办法吃他，却总是纠缠着他不放。青年人也在想着办法，一定要把这群恶魔杀死。

① 阿蒲阿美：即阿爸阿妈之意。

时间一天天过去了，各勒还是没有走，到了第三天，青年砍倒了一棵几围粗的大树，他就想了个计策，把大树的头砍开，打进一个楔子去，就对那些各勒说：“喂，你们快来给我帮帮忙吧，替我把这棵大树破开。”

各勒为了迷惑青年，方便吃他，就信以为真，六个一起来用手撇那棵破开的大树。正在他们一起用力的时候，青年迅速地把楔子退掉，大树一合拢，就把六个各勒的手夹在树心里，丝毫动弹不得了。青年砍来一大堆柴，用大火把大树和六个各勒一同烧化了。从此，各勒这种鬼怪绝种了，但是青年在烧他们的时候，各勒有一节肠子没有烧化，这节肠子就变成了害人的毒蛇。他们的指甲没烧化，就变成了专门吸人血的蚂蟥。那些灰飞在空中就变成了叮人的蚊虫，直到现在，他们还在与人为害。

文本四

过去，独龙族居住的房子都是用木头盖的。自从人和鬼分开了以后，鬼天天来捣乱，当人们晚上关起门来睡觉的时候，他们就拉着木板，屋上屋下，乱爬乱叫，吵得人们不得安宁。

人们就想了个办法，用茅草做屋顶，用竹篱笆做墙壁。鬼不知道，他们照旧来爬房子了，他们的手一碰到竹篱笆上就被竹刺把手划破了，等他们爬到屋顶，却滑得一跤摔到地上来。他们不知是什么东西，吓得远远地逃走了，再也不敢到人家的房子上来乱爬乱叫了。

星星姑娘的故事

讲述者：孔美金
翻译者：和金
记录者：李子贤
搜集地点：云南省怒江傈僳族自治州贡山独龙族怒族自治县独龙江乡

在怒族地方，有父子两个猎人，他们常常在一个名叫松古土的大山上下扣子。一天，父亲下了扣子，叫儿子去看看下到了野兽没有。儿子到了山上下扣子的地方，只见扣子上已扣上了一个长得十分漂亮的年轻姑娘。原来这是天上的星星姑娘到地上来玩，一不留神被扣子扣上了。

父亲在儿子走的时候对他说："不论扣上了什么东西，都要把他打死。"但儿子太爱这个姑娘了，他舍不得打死她，就对姑娘说："你愿不愿意做我的妻子？"星星姑娘回答说："你和我做夫妻是可以的，但你要放了我，并在这里等我九天九夜，如果等得到，我就来和你做夫妻。"青年同意了。

青年猎人就在这里等星星姑娘，他一直等了九天九夜，到了最后一个夜晚天快亮时，他太疲倦了，不知不觉地打起盹来了，等星星姑娘来到他面前，他已呼呼大睡了，星星姑娘以为他没有等她，就依然回天上去了。青年一觉醒来，天已大亮了，什么人也不见，他很懊悔不该睡着了错过时机。天上的其他星星姑娘，也认为地上的人心不真，从此不再到地上来了。

老人们说，如果青年能与星星姑娘结婚，那么以后的人就会个个都聪明漂亮，因为没能和星星姑娘结婚，所以后来的人就有的长得好，有的长得丑些；有的聪明些，有的笨些。

小伙子与仙女

讲述者：木修章
翻译者：苏三娜
记录者：李承明
搜集地点：云南省怒江傈僳族自治州贡山独龙族怒族自治县独龙江乡

在独龙河东岸的山顶上，有一个水塘，山上的野牛、野羊、野鸡都来水塘中饮水。天上的仙女也下来取水。

一天，一个怒族小伙子来到水塘附近打猎，忽见一个仙女正在水塘边打水，小伙子一把抓住仙女的手，要请仙女跟他回家，做他的妻子。仙女对小伙子说："如果要我做你的妻子，你就在这里等九天九夜。"话毕，仙女回天宫去了。小伙子也就在此等待。

小伙子等了九天八夜，在第九个夜晚，他困倦得睡着了。仙女下来看见小伙子睡着了，也就回天宫去了。天亮时，小伙子忽然醒来，未见仙女，他后悔自己昨天晚上没有坚持到天亮。很失望地回家去了。

月桂

讲述者：董蔑先
记录者：张文臣
搜集地点：云南省怒江傈僳族自治州贡山独龙族怒族自治县独龙江乡

山上有一块苞谷地，俩兄弟到山上看守苞谷，怕猴子吃。他们唱歌，四面山头上也缭绕着同样的声音，他们很惊奇。

回到家里，母亲正在煮酒。两弟兄说苞谷地里闹鬼，母亲不相信，说他们想回来喝酒。

母亲亲自到苞谷地里看，被鬼吃掉了，鬼变作母亲的模样，来到门口。两个孤儿警惕地把门牢牢关紧。鬼的手上戴着他们母亲的手镯，想骗他们把门开了，两个孤儿看到“母亲”手上生长毛，不敢去开门。

鬼把手上的长毛拔掉，哥哥没有能耐，认为真是妈妈，不听弟弟的话，把门打开，鬼进了门，对弟兄俩说：“你们每晚与我睡一个。”弟弟觉察“母亲”跟往日不同，不跟“母亲”睡。

晚上，鬼把哥哥吃了，弟弟装着小解，鬼用线拴在他身上，这样让他出去。出了门，他爬到梨树上，好久，鬼出来看，见他在树上吃梨子。他对“母亲”说：“你张开嘴，我把梨子给你吃。”便用梭镖挑了梨子，往母亲的口里送去，“母亲”被刺死了。

鬼的血升到梨树的半腰，人下不来。这样过了九天九夜。后来月亮里的嫦娥下来，把他连人带树带到了月亮上，梨树变成了桂花树。

鱼姑娘的故事

讲述者：阿克
记录者：李子贤
搜集地点：云南省怒江傈僳族自治州贡山独龙族怒族自治县独龙江乡

从前，在葱翠的独龙河畔，住着一个无父无母的孤儿，他一早出外劳动，很晚才归来，还得自己动手做饭。只有他从独龙河里捕来的一条小鱼陪伴着他，因为他很喜欢这条小鱼，天天把它养在竹筒里。

有一天，他出外去劳动，很晚才回来，只见屋子里的饭菜已香喷喷地做好了。他很奇怪，但肚饿也管不了什么，一口气吃光了。第二天晚上回来，还是照样的有现成的热饭热菜，他更奇怪了，一边在吃，一边在想着办法，要把这事弄得清楚。

第三天早上到出工的时候，他照样准备出工了，却只是躲在门外仔细偷看屋里的情况，过了一会，只听得竹筒里哗啦啦水响，便跳出那条小鱼来了，立刻那条小鱼却变成了一个非常漂亮的年轻姑娘。她正在忙着给孤儿做饭做菜哩。孤儿太高兴了，连忙几大步跳到屋里去，用手掌把竹筒盖上，对那姑娘说："你就做我的妻子吧！"鱼姑娘没办法推辞，就答应了青年的要求，和他结婚了。

他们共同生活了一段时间，一天，鱼姑娘对孤儿说："你去盖一个猪厩吧！"孤儿回答说："我们穷得连小猪也没有一条，盖猪厩做什么？"鱼姑娘说："你只要把猪厩盖好，自然就会有猪了。"果然，等孤儿把猪厩盖好时，几头大猪在他脚下正吵着要食呢。孤儿太高兴了。一天，鱼姑娘又对孤儿说："你去盖一个牛厩吧！"孤儿说："我们穷得连小牛也没有一条，盖牛厩做什么？"鱼姑娘回答说："你先别管，只要把牛厩围好就是了。"等孤儿把牛厩围好后，只见他身后一条大奶牛正在给几条小牛崽喂奶呢。从此，他们一块劳动，家里什么都有了，生活过得很快乐。

过了一段时间，有一个自称是他嫂嫂的人来到了孤儿家里，他们热情地欢迎她住了下来。他嫂嫂却偷偷对孤儿说："鱼是人吃的东西，鱼姑娘做不得你的媳妇。"孤儿太爱鱼姑娘了，根本不理睬她说的一套。他嫂嫂说不动他，就想了个鬼主意。一天，她想办法弄了块鱼骨头藏在头发里后，就去请鱼姑娘给她理头发，鱼姑娘发现她头发里有一块鱼骨头，鱼姑娘心中想道："原来我们鱼是被人吃的，迟早有一天我也会被他们吃了。"就找了个机会，扑通一声往独龙河里跳进去了。

孤儿见心爱的鱼姑娘跳入河里去了，就一天到晚守在江边放声大哭。远方飞来的乌鸦听到了孤儿的哭声，就问孤儿："你为什么哭得这般伤心？"孤儿回答它说："我的好妻子鱼姑娘跳进独龙河里去了，所以我伤心地哭了，你帮我的忙吧！"乌鸦听了孤儿的话，一声不响地飞走了。孤儿见乌鸦不帮他的忙，又失声痛哭了起来。过了一会，有一条来江边饮水的蛇，听到了孤儿的哭声，就问他："你为什么哭得这么伤心？"孤儿回答说："我的好妻子鱼姑娘跳进河里去了，请你帮帮我的忙吧！"蛇听了孤儿的话，又一声不响地走了。

孤儿仍旧哭了起来，这时，又从河边上跳过了一只小青蛙来，它亲切地问孤儿："青年人你有什么事，为什么哭得这样伤心？"孤儿回答说："因为我的妻子鱼姑娘跳到河里去了，所以我伤心地哭了，请你帮帮我的忙吧！"青蛙对孤儿说："你有没有黄豆？"孤儿回答说："有！"青蛙又说："你拿一些黄豆炒面来给我吃，吃了后，你等着看鱼姑娘就是了，不过你千万不能笑。"孤儿一一答应下来了。青蛙吃饱了黄豆炒面，有力气了，就在河里跳来跳去，一会就把河水都跳干了，孤儿见到了鱼姑娘，她正坐在河底织布呢！他太高兴了，不禁哈哈大笑了起来。孤儿忘记了青蛙的劝告。他这样一笑，又把河水笑满了，鱼姑娘又见不到了，孤儿再也不能与鱼姑娘相会了。

老人们说，自从鱼姑娘跳江以后，人们就一样都没有了，家家才开始穷了下来，人也长得不太好看了。如果那次把鱼姑娘接上来的话，人就会富裕了，人就会生得更漂亮了。

说谎的狗

讲述者：兰别龙
采录者：张文臣
整理者：李子贤
搜集地点：云南省怒江傈僳族自治州贡山独龙族怒族自治县独龙江乡

古时候，猪和狗在一块生活，而且都能跟人说话。猪很勤快，整天在地里劳动，用嘴巴翻动土块，耕作土地。狗很懒，它不但东游西荡，还嘲笑猪说:“你这么卖力地干活，主人只给你吃苞谷皮和野菜。我呢，只为主人看守门户，却跟主人一道吃好东西。”

猪一听，火了。它想:“原来是这么回事，以后我不干活啦，让主人自己去干吧。”于是，猪便跑到树荫下睡觉去了。

狗一见猪不干活，就急忙跑去对主人说:“猪成天只想睡觉，什么活也不干。不信，你快去瞧。”

主人一看，果然如此，就把猪给杀了。

可是，主人不久就发现狗经常撒谎，就把狗的舌头割去了一半。以后，狗就不会说话了。

三、民间传说

石碑的传说

讲述者：丙当得
翻译者：张联华
记录者：李子贤
搜集地点：云南省怒江傈僳族自治州贡山独龙族怒族自治县独龙江乡

在贡山四区独龙族住的丙当地方，有一块三角形的大石碑立在村子下边的台地上，石碑上有四个凹陷的地方，第一个凹陷的地方表示这里属于怒江单打的土司管，第二个凹陷表示这里的百姓要听从怒江土司，第三个凹陷表示独龙族必须每年向怒江土司纳贡，第四个凹陷表示这里的粮食也是属于怒江土司的。过去，人们还经常到这里来奠祭呢。这块石碑是压在独龙族身上的土司势力的象征，随着独龙族的翻身，奠立石碑的主子们也被历史的发展埋葬了。人们早在这块神圣不可侵犯的石碑周围，开出了一片稻田来。

过去单丹是傈僳族土司直属管理的地方，原先，他们常常到独龙河边上来，拉独龙族去做奴隶，抢独龙族的财物。有一次，傈僳族又来抢东西，把斯拉姆隆村的人和财物全都带走了，这些独龙族人全成了傈僳族土司的奴隶。

过了几年，傈僳族土司所管辖的地方打起仗来了，在残杀械斗中，独龙族的奴隶全部死了，只逃了一个叫棒的男子、一个叫蒋的女子回到独龙河边。

不知打了多少年，战争总算停止了。傈僳族土司又来掠夺独龙族了，他反咬一口，硬说是独龙族杀死了他的傈僳族百姓，要独龙族年年向他纳贡，赔偿那些死了的人的身价。傈僳族土司就在独龙河上立上了一块石碑，在上边刻着：“傈僳族不能造反，独龙族不能造反，谁要造反，那一个族就要死尽灭绝。”并强迫独龙族人和他们一道在石碑上滴了鸡血，表示立约誓天。后来，独龙族只得年年向怒江土司纳贡了。

到了黑杂斗（土司名）统治的那时候，贡要得更多了。黑杂斗常常派人到独龙河来要钱要粮，有一个傈僳族差官到独龙河收贡，拿了独龙族人的很多东西，还强拉两个独龙族青年去给他做奴隶。

他们一道翻过了大山，在山坡上宿下了，那两个给差官带东西，走得疲劳不堪的独龙族青年，抱来了两块石头准备做枕头睡觉，但官吏不准，因为石头是傈僳族征服独龙族的标记，他指着那两个青年大骂：“你们独龙族，就像石头一样，什么也不知道！”那两个独龙族青年听了，勃然大怒，他们问：“难道独龙族就要听任你们摆布吗？你不准用石头做枕头，我就用石头送你回老家吧。”两个独龙族青年举起石头，一下就把傈僳族差官打死了。

黑杂斗知道这件事后，气得发狂，向独龙族要大量的赔款，抵偿那官吏的身价，把独龙族的什么东西都搜光了。但是，人们却永远缅怀着那两个举起石头反抗压迫的青年。

历史传说

讲述者：鲁腊顶
翻译者：和全
记录者：李子贤
搜集地点：云南省怒江傈僳族自治州贡山独龙族怒族自治县独龙江乡

文本一：察瓦龙是怎样才统治了独龙河地区的

很久很久以前，察瓦龙并没有管独龙地区，这里是归汉族的大公马（官员）阿鸡竹木管理的。

有一年，阿鸡竹木的儿子病了，就请察瓦龙的藏族喇嘛奔布绿麻去给他的儿子治病。但是，奔布绿麻并没有本事把病治好，过了不久，阿鸡竹木的儿子就死了。阿鸡竹木听说儿子死了，又悲痛，又发怒，命令奔布绿麻无论如何要把他的儿子救活过来，不然，就饶不了他。

奔布绿麻心中明白：人死了怎么能救活呢？就想了个办法去欺骗阿鸡竹木，在一天太阳刚出山的时候，奔布绿麻装作是在救阿鸡竹木的儿子，并把阿鸡竹木也请了来看。他趁阿鸡竹木不注意的时候，就把阿鸡竹木儿子的衣服抛到太阳光线上，并对阿鸡竹木说："你看，你儿子的魂早已散去了，被太阳收去了，他的衣服都飘到太阳光上去了，实在救不活了。"

阿鸡竹木信以为真，也就不再与奔布绿麻理论了，反倒请求奔布绿麻帮他儿子祭鬼超度灵魂。奔布绿麻也担心死去的人的鬼魂来纠缠他，就同意了阿鸡竹木的请求。于是宰牛宰羊，祭魂来了，祭毕，奔布绿麻对阿鸡竹木说："你儿子的灵魂已超度了。"阿鸡竹木大喜，为了奖赏奔布绿麻的功劳，就把独龙族地方交给了察瓦龙土司管。从此，察瓦龙统治了独龙河地区，年年来收贡了。

文本二：独龙族人民反抗察瓦龙土司压迫的斗争

独龙族虽然人口较少，社会发展缓慢，是一个弱小的民族，却也是一个勤劳勇敢、富于反抗性和斗争精神的民族。几百年来，他们深受察瓦龙藏族土司的残酷压榨，处于饥寒交迫的生活状态之中，但在历史上曾不止一次地举起长刀，背上弩箭，全族一致地群起反抗察瓦龙藏族土司的压迫。

大约在几百年前（据鲁腊顶讲，距今已十三四代了），怒族和独龙族是生活在一起的，直到后代才分到两地居住（即怒江两岸及独龙河两岸）。那时，察瓦龙藏族土司常来欺压他们，察瓦龙到怒族、独龙族地方来收贡，第一年要每家交一竹筒粮食，第二年要每家交一簸箕粮食，第三年则每家要交一箩筐粮食，而且还逐年增，逼得人们走投无路，生活越来越走向绝境。

独龙族人民和怒族人民忍无可忍，于是就联合起来反抗察瓦龙土司的统治。他们暗地互相约定，决定同时出兵去攻打察瓦龙土司，并结绳记日，到约定时一齐动手，双方各出武装一百人。到了约定的那一天，独龙河两岸沸腾起来了，在出发之前，人们大会师，把家里的猪鸡全杀了，饱饱地吃了一顿，喝了很多苞谷酒后，才动身往察瓦龙杀去。

独龙族的兵马按时到达了约定的地点努马郁，但是却不见怒族的人到，原来怒族解错了一个疙瘩，迟到了一天，独龙族人孤军直入，到了察瓦龙的阿巴阻地方，就冲杀起来了。独龙族人民积了多少代的仇恨，都在这时发泄出来了，他们勇敢异常，他们用姆苟（野牛角做的长矛）、用德里（火弩弓）做武器，一见察瓦龙的人就大杀大砍，杀得天昏地暗，鬼哭狼嚎，绝大部分察瓦龙的兵丁被一下子就砍翻了，他们一直冲到藏族努马郁地方的土司屋前，把他砍了，而且用从独龙河带来的藤条，一下就把土司的屋子拉倒了，并用熊熊的大火把它烧成灰烬。

经独龙族人民这么一杀，连察瓦龙土司都害怕了，赶快派人来求和，要求独龙族退兵，并说：“独龙长（即独龙人民之意）快别杀了，这样杀下去，人都会绝种的。”独龙族的人马杀了个痛快，看着打了胜仗，才凯旋，经过这么狠狠地打了察瓦龙一次后，察瓦龙土司不敢来统治独龙族地方了，大概过了四五代人的时间，察瓦龙才又重新来统治独龙族地方，但互相不大往来。

在这次出征的时候，坑底有一个名叫坑底顶的人，他为人诚恳老实，喝酒吃肉时和别人分成一样，但打仗时却很勇敢善战，一直打到了察瓦龙，被人们把他称颂为顶伞（即勇敢的顶）。而腊佩有一个名叫腊佩·金的人，他力气很大，喝酒吃肉时都多给了他一些，但他却胆子很小，没敢打到察瓦龙去，被人们嘲笑为儿弱（意即坐下来的人）。

过了很多很多年，察瓦龙藏族土司又要来统治了，独龙长就派嘎强这个人去谈判，在察瓦龙土司的威胁之下，嘎强同意了他们的这一要求，察瓦龙土司又重新统治了独龙族，同过去一样，藏族土司对独龙族百般压榨，独龙族生活更加痛苦了。

曾经打败过察瓦龙土司的独龙长，是不甘于这种压迫的，他们又重新组织起来，带上武器，群起反抗藏族土司的压迫，只半歇气的工夫，就到了察瓦龙地方，正好遇上藏族土司带着军队要到独龙河地方来抢劫，他们见这支独龙长队伍武器精良，个个咬牙切齿，勇敢善战，来势凶猛，就心虚了一半，慌忙问道：“你们是不是又要来打仗了？”独龙长回答：“我们是来与你们讲理的，为什么你们又要来压迫我们？”藏族土司怕打不过，他只好来了个缓兵之计，赶紧把这支独龙长队伍迎接在一个平坡上，对他们以礼相待，宰牛，宰羊，摆设酒肉招待他们。

于是，双方又在这里重新开始谈判主属关系，藏族土司是布左，独龙族首领是徐杉崩。先前是用了这样一个办法来决定的，他们把独龙族的俄夺（首饰）和藏族的德木梁儿（头上佩戴的骨制装饰品）同时放在江对岸山坡上，然后由一个独龙族射手用弩箭射藏族的德木梁儿，由一个藏族射手用火枪射独龙族的俄夺。如果谁射中了，谁就是主，谁射不中，就是属。

比赛开始了，独龙族射手一箭就把德木梁儿射穿了，而藏族射手也一枪就把俄夺打落了，双方欢呼起来，但却决定不下谁管谁的问题，所以又重新谈判，商议结果：独龙族地方仍由察瓦龙土司去管理，时间规定九代人，但在这段时间内，如果藏族土司肆意压迫独龙长，独龙长有权利重新组织起来反抗。并且双方派人到昌都藏族土司那里去要来了一块大印，作为这次谈判的凭据。独龙族队伍回来时，还得到了九背布左赠送的飞鼠皮。

从这次和谈以后，独龙族与藏族双方基本上没有发生过武装械斗，但在察瓦龙藏族土司的统治下，独龙族的生活一直很痛苦，曾不断发生过各种形式的反抗斗争。

据讲述人说，从那次和谈到解放时为止，九代人的时间已经过去了，连同第一次武装反抗的时间算在内，到解放时已过了十三四代人的时间，大约距今 150 至 200 年的时间。

文本三：独龙族与帝国主义侵略势力的斗争

在现在年近六十这辈人的祖父的祖父的时候，英帝国在缅甸的侵略势力入侵怒江傈僳族地区，被傈僳族打得大败而逃，损失很大。

这些侵略者吃了败仗还不出气，却要独龙族来负责赔偿他们的这笔损失。他们经常成群结队，在独龙河谷地区横冲直撞，沿途抢劫，见猪鸡就抢，见粮食、药材就拿，几次从四村深入到二村的布来地方，他们这样还不知足，又要到独龙长的头上来收贡品。

独龙长忍无可忍，激于义愤，就男女老少全部组织起来，由一个名叫勒达木·蒋生的人率领着队伍，准备去打击这帮外国强盗，独龙长的队伍浩浩荡荡顺江南下，到了猛顶地方，正好遇上了那帮强盗。原来这帮强盗已听到独龙人要组织起来抵抗了，急忙派了五个人来探听消息，不料在猛顶（四村）就与独龙长的队伍遭遇了，独龙人见到他们，怒不可遏，大家用砍刀，用弩箭一下就打死了四个强盗，只有一个侥幸逃走了。被杀死的那四个强盗是王郁、王沙、阿布朗、拿木拿·多都京。逃走的是绿立脚，绿立脚逃回去报告他的土司，知道独龙长的厉害，也不敢派兵来了，这帮强盗从此也不敢再到独龙河来抢劫了。一直到了讲述者的祖父那个时候，他们才又来要那次的赔偿，独龙人的东西被他们要去了很多。

记录者附记：这三则历史传说，是在四区三村孔目向一个“上房”搜集的，他现在是副乡长，约六十多岁。第一个传说，真实性是不可靠的，但可以看出独龙族受藏族土司的统治是不久前才出现的事。第二个传说是历史上不久前发生的真实事件，但年代已不确定了。第三个故事，讲述者说那些侵略者都是缅甸人，也有可能，但那时缅甸已沦为英国殖民地，也可能是英帝的爪牙，如在十多年前，英国传教士就到了四村，设教堂，有80%的独龙族信仰基督教。（一、二、三村基督教未传入。）

怒江和独龙江的人

讲述者：怒永光
翻译者：李承明
记录者：李承明
搜集地点：云南省怒江傈僳族自治州贡山独龙族怒族自治县独龙江乡

原来怒江和独龙江的人，互相不往来。怒江的人不知独龙江是否有人居住。独龙江的人也不知怒江有无人居住。

于是，就有七个怒江的人到独龙河地方来找人，找了七天七夜都找不到人。他们想，这个地方可能没有人了，要准备回去了。最后他们走在一条小河岸上，这条河叫迪九罗河（现为缅甸境内），走了三天，忽然发现一个打水用的竹筒盖子。再走了几天，又发现剥了皮的麻秆子。据此二证，他们判断此地定有人居住，再走了两天，在迪九罗河河头找到了人。但人不多，只有七家。

这七个人把自己带来的盐巴拿一点给他们尝尝。本地人用自己编的竹箩和他们换盐巴。但双方都不知道盐巴和竹箩的价格，而且这七个人带来的盐巴也不多。因此交易不成，于是这七个人准备回去了，他们协定七天之后，双方带上交易的货物到白儿果（现在国境线上25号界桩处）进行交易。

七天之后，双方人员都到了白儿果。因双方货物价格不知道，他们就协定办法：双方以相等的人各砍一堆柴，砍好之后，双方交换着烧，若甲方先把乙方的柴烧完，甲方就管理乙方，反之也如此，结果怒族以七天七夜的时间就把独龙族砍的柴烧完了。独龙族十天十夜也有把怒族砍的柴烧完。应由怒族来管理独龙族。但独龙族不服气，要另作协议。双方又将自己所带来的货物，用火烧。若甲方的烧不完，则甲方就统治乙方。结果，因怒族带来的盐巴烧不化，最后决定由怒族来统治独龙族。独龙族也承认了，怒族的人把烧不化的盐巴送给独龙族的人。怒族的人要独龙族每年送两次黄连、兽皮、干鱼、黄蜡、竹箩给他们。

要账的人一年来两次，独龙族送货物去给怒族的人，有男有女，女的就不准回来，以后独龙族去送货物的时候，不去女人，先去男人。怒族就把两个送货的独龙族人抓起来，为他们砍柴，每人发给他们一把大长刀。这两个人砍了一阵，带上刀子逃回来了。三天之后，怒族派人来找人了。结果这两个人找不着，又抢去了两个女人。女人的母亲告诉她们，去了之后，叫他们顺着普拉河逃跑回来。她们在贡山在了两个月以后，顺着普拉河走了十七天就回来了。在途中七天之后，断绝了粮食，就吃草根树皮。第七天那晚上，她们找着一个岩洞，叫安纳机士河库，在里边住了两天。

第十天中午，她们找到了山雷（五六斤重，是一种野兽）喝水的一条沟，在沟两岸睡着很多山雷。她们又走了七天七夜，就回到独龙河。回家后，她们告诉了家乡的人。家乡的人准备了伙食，由她们中的一人带路，去了三十个男子，去打山雷。临走前他们嘱咐家中的人："我们十五天以后不回来，你们再来三十个人背山雷。"结果六十一个人背不完的肉，他们就放在岩洞里，回家来了。

他们回家以后，岩洞中的肉被怒江的人发现后，全部被拿走了。最后独龙族的人去拿剩下的山雷时，正碰上怒江来拿山雷的人。怒族人说："这是我们的地界，你们不能来打。"独龙族的人又说："这是我们发现的。"互相吵吵不休。于是，独龙族人就拿一种土芋（一种很臭的草）埋在山雷吃水的水塘中，从此以后，山雷就不再来此地喝水了。双方也就打不成山雷了。独龙族人对怒族人说："以后你们不要来统治我们了。"怒族统治了独龙族人统治了三代人。从此以后，怒族才不再统治独龙族了。

妖鬼洞

讲述者：兰别龙
翻译者：张联华
记录者：张文臣
搜集地点：云南省怒江傈僳族自治州贡山独龙族怒族自治县独龙江乡

很早以前，独龙河的两岸——肯丁附近的山谷中，有一个大石洞，里面住有妖鬼，人们称它妖鬼洞。

妖鬼洞偏偏坐落在通往山脊的通路间，每当人和家畜从那里经过，便没有影儿。被妖鬼摄去祭鬼的"那不刹"说，石洞里面有大村子，住的全是鬼，老百姓每年用大批牲畜给鬼祭奠，仍不顶事，所以，老百姓成天担惊受怕，忧愁得饭食不进。

这时，独龙河的龙宫里有位龙女，由于受不了宫廷生活的寂寞，私自离开龙宫，来到河岸上，听到人们哭哭啼啼，心里十分惊讶，她以为人间比龙宫强，不会有什么灾祸，哪知人间有人间的苦。

龙女知道妖鬼作祟的事后，偷偷把龙宫里的镇水珠拿出，站在独龙河水面上，使独龙河水顿时暴涨三尺。然后她把镇水珠一摇，一股江水直向妖鬼洞飞滚了去，吞没了整个妖鬼洞。后来，独龙族人民为了纪念这个龙女，每年都要对着独龙河朝拜一次。相传妖鬼洞让水填满后，从中淌出一条清丽的溪水，流往独龙河，几十年长流不息，至今犹在。

四、史诗

创世纪——独龙族长篇史诗

演述者：伊里亚（独龙族）
翻译者：孟国才（独龙族）、张联华
记录者：李子贤
时间：1963 年 11 月
搜集地点：云南省怒江傈僳族自治州贡山独龙族怒族自治县独龙江乡孟当村（原孟丁村位于靠近中缅边境的独龙江畔）

1 人的起源

——人是个个都劳动，不劳动的人就不能活，
大家互通了气，人人都会劳动了。

在远古远古的时代，
人是没有的，
上天的大神嘎美和嘎莎，
来到了姆傣义·陇嘎地方，
这是一块大得望不到边际的岩石，
嘎美和嘎莎在岩石上，
用双手搓出泥土，
他们用泥土来揉“娜”[①]，
又用“娜”来捏成人。

① 娜：意即泥巴团团。

头捏出来了，
身子捏出来了，
手捏出来了，
脚捏出来了，
人捏成功了。

第一个捏出来的是男人，
捏得好一些的是男人，
他的名字叫作普（即老大之意）。
第二个捏出来的是女人，
捏得差一些的是女人，
她的名字叫作姆。
有男有女才好配成对，
两个捏出来了才好传后代。
“娜”变成的人不会呼吸，
他的身上没有血液。
大神嘎美和嘎莎，
在他们身上吹了口气，
他们身上有血液了，
他们会呼吸了。
捏出来的女人要聪明一些，
是因为大神在捏她的时候，
在肋巴骨上放了些泥土[①]。

人是捏出来了，
但这两个人什么也不懂，
也不懂该怎样生育后代，
嘎美和嘎莎就教给了他们，
应该怎样生育后代，
姆以后才怀了孕，
从此，人才从肚子里生了出来。
那时的人不会死，
祖祖孙孙们都共同生活，
就像蛇那样长生不老。
但还是死了一个人，
这第一个死的人叫布和男，
所有的人都来了，
所有的人都惊愕了。

大家商量：
“死了的人应该活起来。”
四脚蛇也跑来参加议论：
“人死了还会有后代，
人死了以后应该用土埋。
还应该吃酒吃肉，
把死了的人祭祀一番。”
大家同意了四脚蛇的意见，
四脚蛇披上了蓑衣，

① 由于讲述人本人是基督教徒，而且是大“马叭”（教士），故记录者很怀疑这里是《圣经》中情节掺杂了进去。

背着死了的人去埋掉，
从此人就会死了，
并且举行德布姆卡[①]。

因为人的祖先是用土捏的，
所以人死后才埋在土里。
从此人开始一代传一代，
老的一辈死了，
新的一代生了出来。
最初人们的生活，
吃的东西也好，
用的东西也好，
人们不必劳动。

日子年复一年，
吃的东西少了，
用的东西少了，
人们就互相商量：
“我们这样坐着是不行的，
我们应该学会劳动。”
人们于是去劳动了，
嘎美和嘎莎把种子给人们了，
但地里的野草很多，
草长出来了，
种子的禾苗也长出来了。
草把种子的禾苗盖住了，
禾苗长不出来了，[②]
普和姆气得哭起来，
但他们慢慢地学劳动，
他们是最早劳动的人。

他们到达了姆克姆达木[③]地方，
这是大土的中心，
是一片肥沃的土地。
普和姆的子孙们也学劳动，
草长得太快了，
薅也薅不完，
有的人就把草踏倒，
但连庄稼也踏死了，
这些人就没有粮食吃。
有的人用刀来割草，
种子的芽长出来了，
这些人有粮食吃了。
有的人草早薅完了，

① 德布姆卡：人死后的一种葬礼仪式。

② 该句在2016年收入李子贤专著出版时，李子贤在句首增加了“种子的”三字。参见李子贤：《再探神话王国——活形态神话新论》（云南人民出版社2016年）第210页。——编者注

③ 姆克姆达木：神话中的地名，但独龙族又说它就在独龙河下游的马库附近。

有的人等到以后才薅，
越薅越薅不完，
被蚊子把人叮死了。
有的人很会劳动，
用大火来烧火山地，
有的人不会劳动，
天天在家里闲起，
会烧火山地的人有吃的，
不会烧火山地的人饿死了。
有的人一天鼓足劲头干，
天一亮就去劳动了，
火烟把天遮得漆黑一片，[①]
粮食就吃不完了。

有的人不会劳动，
粮食一天都不够吃，
一年到头都饿肚子。
当时人们不会说话，
人们不会互相关心，
所以有的人活着，
有的人死了。

人们到天神那去要种子，
要来了玉米、小米[②]、芋头做籽种，
天神没有给谷子和甜荞，
人们悄悄地把谷子放在耳环里，
把甜荞放在衣袋里，
于是地上有五谷了。

秧苗刚长出来，
一对鸭子来啄秧苗。
秧苗几乎全被啄光了，
人们赶紧把鸭子关起来，
剩下的秧苗长起来，
人们才又有了谷子。
甜荞几乎被猴子、老鼠吃光了，
人们把猴子、老鼠赶跑，
剩下的几棵甜荞长起来了，
人们才又有了甜荞。

千百个男人生出来了，
那两个会锄草人的说：
“我们要把劳动的本领，
全部教给他们。”
男人们学会劳动了，
女人们学会劳动了，
以前的人不会互相关心，
因为人们不会讲话，

① 过去独龙族刀耕火种，烧火山地时，一片树林都燃起来，所以黑火烟把天都遮住了。
② 该句在2016年收入李子贤专著出版时，李子贤写作“小麦”。参见李子贤:《再探神话王国——活形态神话新论》（云南人民出版社2016年）第212页。——编者注

只会用眼睛把心思告诉别人。
人们会说话以后，
人人都学会劳动了，
人才渐渐地多了起来，
人多得连地上都站不下。

2 人和鬼的斗争

从普和姆开始，
到人们会说话时，
人就多起来了。
但那时鬼也很多，
人和鬼就住在一块。
人和鬼互相换工，
人的孩子鬼来养，
鬼的孩子人来带。
鬼不好好领孩子，
人的孩子被蚊子叮，
鬼就在蚊子叮的地方，
把孩子的血吸光，
人的孩子越来越瘦了，
不久一个个地死了。

人帮鬼带孩子很用心，
鬼的孩子一天天胖起来。
鬼越来越多了，
人越来越少了，
人们互相商量：
“人和鬼一块住不行了，
必须分开住才行，
否则人就没有发展。”
从此人就和鬼分开住了。
但鬼还是危害人们，
有一种鬼名叫各勒，
他们的指甲很宽很长，
就像簸箕一样，
他专门来抓人，
抓开人皮吃人血，
人就想了法子和鬼斗争。

人们用竹筒装上毒汁，
放在家中等鬼来上钩，
大人都往地里去，
只留小孩来看家。
鬼溜到人的家中来，
见到竹筒就问装的什么，
孩子们大声回答说：
“我爹眼睛天天痛，
这是擦眼睛用的药。”
鬼一听乐得哈哈大笑：
“我的眼也很痛，
擦上一些药岂不是好！”
鬼倒过竹筒来，
用毒汁狠命洗眼睛，

鬼的眼睛立刻红肿了，
鬼痛得大叫着逃走了。

鬼的眼睛看不清楚了，
但他还不死心，
随时想害人们。
人又想了一个办法，
用满巩[①]放在大树下，
叫孩子们在那儿玩耍。
鬼又来了，
他问孩子们这是什么玩意？
孩子们齐声回答：
“我爹腰杆经常发酸，
到这里压压就很舒服。”
鬼一听哈哈大笑：
“我的腰正酸得难忍，
何不压一下也舒服。”
鬼一弯下腰去，
孩子们赶忙把吊绳放了，
鬼就被活活地压死了。

人和鬼住在一块时，
鬼曾把人的孩子的皮剥了，
把孩子的肉给他父母吃，
人把鬼赶走以后，
鬼常嘲笑人们大傻，
围在人的房子旁边跳边嚷：
“人把儿子的肉吃了，
人把女儿的肉吃了！”
人听了心中很伤心，
又被吵得整天不得安宁。
他们就找来很多热嫩[②]，
把它放在房子周围的草地上，
晚上鬼又来吵吵闹闹，
但一个个都被粘在草地上了，
人们高兴得哈哈大笑，
拿起了大刀和木棒，
把鬼一个个收拾尽了。

3 洪水滔天

人和鬼才分开住了一代人，
洪水滔天了，
洪水泛滥了一代人的时间，
地上的人全部被淹死了，
只剩下了一男和一女，
男的是阿朋，
女的是阿嫡，

① 满巩：一种装置，像铡刀状的工具，现已不见用了。
② 热嫩：一种树胶，可粘东西。

他们往大山上逃，
洪水紧紧在后边追，
他们一边跑，
一边找木耳充饥。

他们跑到了东边的嘎娃嘎布[①]山，
就在山顶上住下来。
跑到山顶上的东西都成对：
老虎是一对，
麂子是一对，
鸟是一对，
蛇也是一对。
东边洪水的波浪高一丈，
西边洪水的浪头宽一尺，
洪水震天响，
响得人心慌。
他俩见到蛇，
要把蛇往水中抛。

蛇对人们说：
“你们不能这样做，
不然你们也会跌进水中央。”
人们听见害怕了，
人们不敢抛了，
蛇就同人住在一块了，
蛇从此传种到今天。

足足过了一代人时间，
洪水被太阳晒干了，
淹死的野兽到处是。
男的见了生肉就吃，
女的见了肉，烤干了才吃。
他们各自带了一木杆，
四处去找人，
遍天下他们都走到了，
再也找不到一个人，
不知走了多少天，
他俩又碰到一块了，
只剩下他俩做人种了。

他们两人好商量：
“现在剩下我们俩，
我们只好一块住。”
男的睡左边，
女的睡右边，
中间放上一桶水，
中间架起一堆柴，
晚上睡觉时，

① 该句在2016年收入李子贤专著出版时，李子贤改为“卡窝卡普”。参见李子贤：《再探神话王国——活形态神话新论》（云南人民出版社2016年）第216页。——编者注

东西依然在，
人却睡在一块了。
两人只好再商量：
“我们两人滚石头，
男在东山坡，
女在西山坡，
石头滚拢就成婚。”
两块石头滚下山，
两块石头滚在一起了，
他们两人齐声说：
“神们有意叫我们成婚，
我们就做一家人。”

他们从此成了夫妻，
他们从此一块生活了，
他们生了九个儿子，
他们生了九个姑娘。
生孩子的那一天，
朋和婻在山顶上倒了一桶水，
一桶水流成了九条江。
儿子渐渐长大了，
姑娘渐渐长大了。
父母亲叫来子女们，
却拿弩弓来，
射箭考本事，
大哥和大姐，
一箭射中了，
弟弟妹妹们，
一个也没射中，
弟弟妹妹们不满意，
个个张开口吵起来了。

阿波[①]来说：
“你们别争吵，
听我把话说，
大哥和大姐，
回到东边姆克姆达木，
生做天下人的工马，
没射中靶的弟妹们，
年年给工马去上贡，
分别各地去住，
到各个地方去传种。”
大哥和大姐到姆克姆达木去了，
大米种子带去了，
猪鸡牛羊带去了。

二哥和二姐到德鸡五[②]去了，
三哥和三姐到独龙河来了，

① 阿波：即阿爸，父亲。
② 德鸡五：神话传说中的地名，不详。

六弟六妹到蒋虾儿[①]去了，
其他兄弟姐妹们，
到孟能孟巩[②]地方去了。
姆克姆达木地方，
是世界上最中间的地方，
是总管一切地方的地方。
东边去住的同是一家的人，
西边去住的同是一家的人，
北边去住的同是一家的人。
——嘎娃嘎布是人的发源地，
它比高黎贡山还高，
它是洪水先干的地方，
姆克姆达木是世界的中间，
祖先的根根同是阿吸惹[③]。

十八个子女们分开后不久，
他们的父亲已经死了，
美惹孟巩[④]没见到父亲。
他们的母亲死了的时候，
他们用布在她的坟上围了九道圈。
缅甸人是我们的朋友，
他们和我们的祖先是一个人，
听到父母亲死了的消息，
美惹孟巩来到父母的坟上看，
所以后来的人们都要祭祖坟。

十八个子女分开住后，
发展成后来的许多民族，
大哥大姐东边去了，
因为只有他们射中靶子，
所以他们成了工马。
其他的弟妹们没有射中，
都成了工马的百姓。
按照父亲的嘱托，
年年都要给工马去进贡，
人们的领袖是东边的人，
遇事有办法的是东边的人，
大哥大姐走时，
最好的种子带走了，
最好的牲畜带走了，
东边成了最富裕的地方，
其他地方落后了，
其他地方的人生活苦了。

① 独龙语称姑娘为“蒋”，现在人们把独龙族称为蒋。蒋虾儿为今独龙江下游缅甸境内地名。
② 孟能孟巩：神话中的地名。
③ 阿吸惹：即阿朋和阿嫡。
④ 美惹孟巩：即到缅甸的第六个姑娘和儿子。

4 祭鬼的根据

洪水退了以后，
在姆克姆达木地方，
嘎姆朋要到天上去造金银，
他用脚踩成了九道土台。
一台比一台高，
九道土台连到了天上，
嘎姆朋踏着土台上天去了，
在嘎姆朋要上天去的时候，
蚂蚁来向他要绑腿，
嘎姆朋看不起蚂蚁，
他对蚂蚁说：
“你们都是小东西，
身子小，腿小得更可怜，
绑腿不给你们，
别再跟我啰唆！”

蚂蚁听了嘎姆朋的话，
齐唱起了歌：
“别看不起我们小，
你筑的土台虽然高，
我们在半夜里可以走得到。”
等嘎姆朋已去到天上，
蚂蚁也一起来到土台下，
它们一起把土台的土爬松，
它们要把土台弄倒，
半夜里传来轰的一声响，
九道土台果然倒塌了。
那时天是高高的，
地是低低的，
嘎姆朋正在天上造金银，
上天的九道土台倒了，
他回不到地上来了。

嘎姆朋焦急万分，
他在天上对人们说：
“地上搭起楼梯来，
我要下地来。”
地上的人们赶快搭楼梯，
怎么也搭不到天上，
嘎姆朋在天上说：
“地上种起东棕[①]来，
让我回到地上来。”
地上种起了东棕树，
东棕树再长也接不到天上。

---

① 东棕树是一种亚热带植物，状如棕树，高大挺拔。（这里指的是棕榈科鱼尾葵属植物董棕。——编者注）

嘎姆朋在天上说：
“地上快种起竹子来，
地上快种起藤条来，
我要回到地上来。”
竹子种上了，
藤条种上了，
但都长不到天上。
嘎姆朋还是下不来，
他想用银绳子吊下来，
银绳子没有这么长，
嘎姆朋还是下不来。
嘎姆朋没有办法了，
他永远回不到地上来了，
慢慢地他变成了一个鬼[①]，
他在天上苦苦唱道：
“我吃的没有了，
喝的没有了，
你们在地上的人们，
天天有吃有喝，
要每年送些给我吃，
要每年送些给我喝。”
自从嘎姆朋上天造金银，
回不到地上以后，
人们每年都要祭一次鬼，
给他送些饭，送些酒，
否则就得罪了嘎姆朋，
祭鬼就从这里来的。[②]

5 娶媳妇

这一段名叫“爬马得哭”，
意思就是要找姑娘。
蓬根朋是个青年小伙子，
他也是姆克姆达木地方的人，
他早到了找媳妇的时候，
但他却不知道找姑娘。
他天天在大山上砍火山地，
一棵棵的树木砍倒了，
奇怪的事情发生了：
他白天砍倒了大树林，
晚上又长成原来的样子，
他第二天又把树林砍倒，
但第三天又长得和未砍时一样。

---

① 独龙族人尚处于万物有灵时代，这里的鬼不是灵魂，而是一种虚幻实体，是某种自然力的化身，相当于神。

② 该句在2016年收入李子贤专著出版时，李子贤改为“祭鬼的根据就是这样来的”。参见李子贤:《再探神话王国——活形态神话新论》(云南人民出版社2016年)第223页。——编者注

蓬根朋感到很奇怪，
猜想是什么东西在搞鬼。
这个性格刚强的青年，
带了弩弓和毒箭，
晚上在大树下躲藏起来，
要找那怪物算账，
晚上的月色清清，
他见一个老头来到火山地边，
只见老头在比画什么，
倒了的树又直立起来了。
蓬根朋愤怒地跳了过去，
从后面把老头拦腰一抱。
那老头不慌不忙，
慢慢地对蓬根朋说话了：
“我们应该成为亲戚，
我要把我的姑娘嫁给你。”

蓬根朋放了老头，
于是老头把他领到家中，
带出了两个姑娘由他挑选，
这个老头名叫美崩，
他已是天上的神仙。
一个姑娘脸上常常洗，
但她只有一只眼睛，
她的名字叫美根①。
另一个姑娘两只眼睛很漂亮，
但满脸涂满了灰尘。
美根很喜欢蓬根朋，
她愿意嫁给他做妻子。
美崩就把心爱的美根，
嫁给了蓬根朋，
蓬根朋和美根，
从此就结为了妻子②。

在美根要走的时候，
她父亲给了她很多东西，
五谷种子给她了，
所有的牲畜给她了，
一切她所需要的东西，
统统给了她了，
从他们两人开始，
才兴讨媳妇，嫁姑娘，
送东西的习惯也传到现在，
独龙人凡嫁姑娘，
母亲家都要送些东西，
这就是结亲戚、讨媳妇的来历。③

---

① 美根：只有一只眼睛的姑娘。

② 该句在2016年收入李子贤专著出版时，李子贤改为“夫妻”。参见李子贤：《再探神话王国——活形态神话新论》（云南人民出版社2016年）第225页。——编者注

③ 该句在2016年收入李子贤专著出版时，李子贤删去了“结亲戚”三字。参见李子贤：《再探神话王国——活形态神话新论》（云南人民出版社2016年）第225页。——编者注

6 文娱活动（卡雀哇）

过年[①]的时候到了，
蓬根朋一家欢欢喜喜，
杀了牛羊和猪鸡，
又煮好了米酒，
人多多的来了，
大家都来吃肉，
大家都来喝酒。
大家都用板梗（竹筒）吃喝，
酒不够吃了，
肉不够吃了，
人来得太多了，
酒肉吃得太多了。
吃饱了肉，
喝够了酒，
大家都来跳舞了，
森林的野兽也来了，[②]
样样动物都来了，
都来参加跳舞了。
样样动物的尾巴都很长，
特别是菠罗鸟的尾巴最漂亮。
麂子太高兴了，
它跳得比谁都起劲，
一不小心，麂子跳到菠罗鸟的尾巴上了，
把菠罗鸟的漂亮的尾巴踏[③]断了，
从此，菠罗鸟变成了秃尾巴鸟。
麂子也感到很害臊，
羞愧得拉长了脸，
所以它的脸变得又小又长。
从这个时候起，
每到过年节的时候，
独龙人就要吃肉吃酒。
要唱起曼珠[④]来，
要跳起览木[⑤]来。

---

① 独龙人过年节，约当旧历年。这时吃酒吃肉，跳牛锅庄舞，是独龙人最盛大的节日。

② 该句在 2016 年收入李子贤专著出版时，李子贤改为“森林里的”。参见李子贤：《再探神话王国——活形态神话新论》（云南人民出版社 2016 年）第 226 页。——编者注

③ 该句在 2016 年收入李子贤专著出版时，李子贤改为“踩”。参见李子贤：《再探神话王国——活形态神话新论》（云南人民出版社 2016 年）第 226 页。——编者注

④ 曼珠：独龙语，即唱调子。

⑤ 览木：独龙语，即跳舞。

记录者附记[①]：

这是我们在独龙河搜集到的唯一一份诗体创世纪，由于翻译只是一个有初中文化程度的独龙族青年，所以不能确切地把原意用汉语表达出来，但诗味是有的，也有民族特色。这份创世纪与我们所搜集到的其他散文体创世纪略有不同，在这份中多了开头一段人的来源，人们如何学会了劳动以及祭鬼的来源等内容，而其他方面又描写得少一些，或者就根本没有讲到，如火的来源等。

这份诗体创世纪普遍流传于独龙河四乡。但能唱全调的人极少。唱者伊里亚是一个宗教上层头人（现为州政协委员），信仰基督教，颇精通傈僳文，懂《新约圣经》，所以我很怀疑第一段中，人是用泥巴造成之说，可能是从《新约圣经》中移植过来的，但没深入考查，不能做结论。其他人也这样唱，我也照记了。

此份材料，据伊里亚说，他在省民委也吟诵过。

李子贤

1964年元月4日补记于维西县委招待所

① 该附记在收入李子贤:《再探神话王国——活形态神话新论》（云南人民出版社2016年）时，李子贤教授对个别字词进行了润色，见该书第226—227页。此处为油印本原文。——编者注

五、歌谣

配婚歌

演唱者：丙当妮
翻译者：张联华
记录者：李子贤
搜集地点：云南省怒江傈僳族自治州贡山独龙族怒族自治县

女唱：
亲戚朋友们都来了，
什么好招待的都没有，
肉也没有，
酒也没有。

亲戚朋友围在一起喝酒，
和和气气喜喜欢欢地喝酒。

亲戚朋友不能乱交，
有缘有分才成亲戚。

亲戚朋友一家人，
亲戚朋友一条心，
你的儿子送给我，
他的身价慢慢还（反话）。

我的姑娘还小，
我的姑娘出不得门，
我的姑娘不给你，
要把她留在母亲的身边。

亲戚朋友们都来了，

我家的姑娘也不给，
不能让你们带走，
只能让你们空走。

我家猪鸡也没有，
我家煮酒也没有，
让你们白白空走，
回去后别说二话。

男唱：
亲戚朋友应该给姑娘，
我们既是有缘有份的人，
你家为什么不给我姑娘？
你家的姑娘已经长大，
请把你家的姑娘给我，
我聘她做我的妻子。

如果你家不给姑娘，
我有什么脸回去？
我出门去做活，
一个人没有什么脸见人。
如果你家不给姑娘，
我一个人孤零零的，
就像一根拐棍一样。

你的家要添个人，
我一个人可以到你家，
一个人到什么地方都可以，
你们家也给我家一个人，
带回去见我的父母亲。

附记：独龙族过去实行族外婚，固定地与另外九个家族构成一定的婚姻集团，女婿在女方缺少劳动的情况下，要到女方家里去充当劳动力。男方娶媳妇时，必须与女方父母亲商定姑娘的礼价，这首歌就是说亲时候吃酒时唱的。

劳动歌

演唱者：孟斗老人
翻译者：孟国才
记录者：李子贤
搜集地点：云南省怒江傈僳族自治州贡山独龙族怒族自治县

我们大家要勤快，
一起上山砍火山地，
只有劳动才能收获粮食，
有了粮食大家才不会挨饿。

我们劳动回来了，
大家一起来喝酒，
大家一起来惹爱夺木[①]，
亲亲热热唱曼珠。

好好劳动了以后，
吃的粮食才会有，
挖了药材换钱去，[②]
有了钱才能买盐茶。

---

① 惹爱夺木：独龙族喝酒的一种方式，两个人同时喝一缸酒，表示亲切团结之愿。
② 独龙河两岸深山里盛产贝母、黄连等药材，每到冬春季节，都结队上山挖药材。

情歌二首

演唱者：孟斗
翻译者：孟国才
记录者：李子贤
搜集地点：云南省怒江傈僳族自治州贡山独龙族怒族自治县

文本一

男唱：

现在我们在一起，
一出门就碰到了，
好像同有一颗心。
我心中想着你，
你时刻有想着我，
你心中怎样想，
我心中也怎样想。
我们要一块玩耍，
一块喝酒，
一块唱曼珠。
我们要去告诉父母，
马上给我们结婚。①

女唱：

你这样好的人，
我从来没见过，
你唱得这么好的歌，
我从来没听过。
你这样爱我的人，
我从来没遇到过。

---

① 四区四村解放前传入基督教。在教徒中提倡所谓“婚姻自由”。

文本二

男唱：

我的姨妈到了你们家，[1]

你们家的姐妹，

也应该到我们家来。

我要讨媳妇，

你也很愿意，

我家到你家去过人，

你家也该来我家一个人。

女唱：

我的阿妈、哥哥和我一起要回家去，

舅母家的表哥同我去不去？

表哥、表妹今天相遇在一起，

我们要再次结成亲戚。

酒歌（独龙曼珠）

演唱者：孟斗
翻译者：孟国才
记录者：李子贤
搜集地点：云南省怒江傈僳族自治州贡山独龙族怒族自治县

我们家的猪养肥了，

我们家的米酒煮好了，

我们家杀猪吃酒了，

你们大家一起来，

围着火塘坐下来，

大家起来喝酒。

以后你们家杀猪，

我们又再到你家。

饱饱地吃，多多地喝，

喝了酒好唱曼珠，

唱够了曼珠明天砍火山地才有力气。

---

① 独龙族家族之间，有固定的婚姻集团，长期联系。

亡妇吟

演唱者：兰培娜
翻译者：张联华
记录者：张文臣
搜集地点：云南省怒江傈僳族自治州贡山独龙族怒族自治县

心上的人不见，
我要跳江去，
嫁作老二当心姨，
年纪有我父母大。[①]
普松葛米呀！我的哥哥，
你忍心不来买我？
传话的人啊！
我在东窗下彻夜不成眠，
普松葛米哟，我的情人，
现在你也变了心，
竟然不来买我。
可怜这怀里的孩子，
才三个月，
只有跟母亲一起跳水……

嫁妇吟

演唱者：兰英伟
翻译者：张联华
记录者：张文臣
搜集地点：云南省怒江傈僳族自治州贡山独龙族怒族自治县

命里注定嫁给纳嘎，
纳嘎这人我并不爱他，

① 根据独龙族风俗，一个青年小伙，可讨姊妹几人，或弟媳在死去丈夫后，哥哥可纳弟媳做小妻。从诗中看，可能是歌者的丈夫死了。

死亡也不跟他在一起。
我的爱人是阿开拉金，
阿开拉金，
他在山上冻死了，
悲苦呀！
相恋的人不能活在世间！

剽牛歌

演唱者：地拉达布郎
翻译者：张联华
记录者：张文臣
搜集地点：云南省怒江傈僳族自治州贡山独龙族怒族自治县

用什么东西来祭奠？
我们大伙，
为什么这样做得出来？
这是你（牛）的光荣。
我们乡邻，
酒肉同吃，
这是你的功劳，
过去酒肉，
喝不到，吃不着。
你的肉我们大伙吃了，
你这样毫无保留地献给我们，
我们没有答谢你的。
你给我们的，
我们吃了，
下一次我们找到你的伙友，
酒肉请他吃，
杀了猪，
一份一份送给。

想那从前我出嫁

演唱者：瓦东丹
翻译者：张联华
记录者：张文臣
搜集地点：云南省怒江傈僳族自治州贡山独龙族怒族自治县

想那从前我出嫁，
我死活不愿去，
仍被强抬了去，
去了，
他们对我不好，
更加把父母想念。
后来，
我伸直脖子，
挣脱了锁链，
离去那恶心的地方，
又和父母团聚。

逼嫁

演唱者：兰别龙
翻译者：张联华
记录者：张文臣
搜集地点：云南省怒江傈僳族自治州贡山独龙族怒族自治县

母：
嫁给人家不是你一个，
这是水灾后传下来的。[1]
你去之后，
心里不要难过，
不要伤心，

① 指洪水滔天。

不要生怨言，
这是做父母的希望，
这是独龙族的风习啊！
你出嫁，
进门的财礼我们吃了，①
人也给了，
从此以后安心在夫家。

舅：
我们买你不是做奴隶，
是来做主人，
由你供养舅父母，
生下男孩，
尊你做本村的主人，
尊你做本户的主人。
如果不安心给我们劳动，
我们不会给你家产。
家产由你自己找，
如果你要死（指自杀），
赔出身价钱，
死活由你选。

阿娜与阿克

演唱者：阿妮
翻译者：苏三娜
记录者：李承明
搜集地点：云南省怒江傈僳族自治州贡山独龙族怒族自治县

女：
我们感情很好，
但头人不许我们成一家，
这个垫单②送给你，
作为纪念。

男：
这个垫单不是你，
我也不在这个地方了，
我也不活了，
我要跳江了。

① 独龙族开始出现了阶级分化，有了买卖婚姻的萌芽，财礼即姑娘的身价。
② 垫单：云南汉语方言，意为“床单”。——编者注

女：
你要跳江了，
我也不愿活了，
我也要跳江了。

我们两个感情很好，
我们的父母也同意，
你们为什么不同意，
我们成一家呢？

你们不同意我们成一家，
我们跳江死了，
没有人养牛，
没有人养鸡，
你们以后什么也吃不着了。

打猎歌

演唱者：孔志明
翻译者：苏三娜
记录者：李承明
搜集地点：云南省怒江傈僳族自治州贡山独龙族怒族自治县

九条江的野牛，
从我这边来，
我们打着牛，
祖祖辈辈都光荣。

竹子树叶，
不要遮住，
让我看见野牛，
像花一样地站起。

妇女在家中，
煮好饭，煮好酒，
做好粑粑，
迎接男人打猎回来。

山上打的野牛，
是神仙给的，
山上打的老熊，
也是神仙给你。

上山打的猎，
全家人来吃，

上山打的猎，　　　　全家人来一起吃。

毛主席救活了独龙人

演唱者：伊里亚
翻译者：孟国才
记录者：李子贤
搜集地点：云南省怒江傈僳族自治州贡山独龙族怒族自治县

独龙河地方过去见不到太阳，
独龙族过去生活很艰难，
没有吃的，没有穿的，
独龙族像一个害病的人一样。
毛主席救活了独龙人，
就像阿几度[①]救活了要死的病人
一样。
不见天日的独龙河又见到阳光。
苦难的独龙长得到了新生。
是共产党毛主席的领导，
各个民族平等了，
原来的兄弟们又成一家人了，[②]
（蒋）又成了最富裕的地方。[③]

---

① 阿几度：独龙语，意即大医生。

② 在独龙族创世纪中说，洪水滔天以后，只剩下一对人种，他们生了九男九女，九对男女便到各地传种，成了各个民族。

③ 在独龙族创世纪中说，三姑娘（蒋）来到独龙江，独龙江是最富裕的地方，（蒋）成了独龙族的祖先，独龙族人从此也称“蒋”。

独龙人不忘过去的苦

演唱者：嫩都
翻译者：孟国才
记录者：李子贤
搜集地点：云南省怒江傈僳族自治州贡山独龙族怒族自治县

以前国民党时候，
父母亲们生活非常困难，
吃的没有，穿的也没有。
我们就是这样长大的，
生活逼迫下，
父亲早死了，
母亲也早死了，
以前的生活呵，
晚上想起来也伤心，
过去受的苦呵，
说十个晚上也说不完。

以前国民党时候，
独龙人生产不会搞，
生活很困难，
吃的是野菜，
穿的是树叶，
我们住的地方，
没有田，没有地，
到处是一片老林，
我们就在岩洞里住，
用芭蕉叶来做房子，
火烧地种出来的粮食，
还不够吃两个月，
过去我们住在大山上，
有的被野兽吃，
有的被毒蛇咬，
有的被石头打，
妇女身上只有一条约扁[①]，
劳动时用它，
睡觉时也用它，
男子身上光光没有衣服，
晚上冻得睡不着，
抱着死了的野兽来取暖。

① 约扁：一种麻织品，可做裙子，也可围在身上御寒。

妇女身上只有条齐勒①,
男子身上只有块朗格②,
晚上睡觉没被子,
到了冬天更难熬。
夜里冷得紧紧往火塘上挤,
皮子一层一层烤焦了,
孩子生出来也喂不起,带不好,
孩子饿得像根柴,
一个一个死去了,
死了的人光着身子埋,
最多用块木板做盖盖。
(这时嫩都大娘哭了。)
解放了以后,
有了共产党和毛主席来领导,
生活一天比一天好,
困难的时候有救济,
没有吃的送粮食,
缺少穿的送棉布,
没有工具送锄头。
妇女过去男人看不起,
在人面前话也不敢说,
现在男女平等了,
吃是同样吃,做是同样做。
五三年开始挖水田,
五七年建立互助组,
生产发展了,
生活会计划了,
去年办了合作社,
今年就来个大丰收,
生活一天比一天好。
过去的苦日子不能忘,
党时刻关怀着我们,
要走社会主义的道路,
好好建设独龙江,
好好干生产,办好合作社,
把我们的家乡,
变成一个大花园。

① 齐勒:女子用的遮羞布,麻织品。
② 朗格:男子用的遮羞板,木制品。

毛主席像冬天的红太阳（独龙曼珠）

演唱者：都拉
翻译者：和全
记录者：李子贤
搜集地点：云南省怒江傈僳族自治州贡山独龙族怒族自治县

毛主席像冬天的太阳，
把地上的寒露晒干，
赶走了冬天的严寒，
照着地上万物乘兴生长，
毛主席的光辉照到了独龙河，
独龙族才享受到温暖的阳光。[①]

独龙族之歌

演唱者：肖马茨
翻译者：张联华
记录者：张文臣
搜集地点：云南省怒江傈僳族自治州贡山独龙族怒族自治县

独龙人哟，去哪里？
去哪里？
独龙人哎，去参观，
去参观。
参观有什么好？
有什么好？
参观对我们好，
对我们好。

① 独龙河谷一年四季多雨，只在冬末春初时少雨，才能见到万里无云好晴天，见到晴空一轮红太阳，所以他们对冬天的太阳有无限亲近之感。

山峦峰峰白云飘，
白云飘。
朵朵祥云是什么？
是什么？
共产党送给棉毯哎，
棉毯哎！

山顶皑皑白雪堆，
白雪堆。
皑皑白雪是什么？
是什么？
共产党送给棉花哎，
棉花哎！

山顶千树叶子飞，
叶子飞。
山顶飞叶是什么？
是什么？
共产党送钱哎，
送钱哎！

山顶丝丝雨点下，
雨点下。
滴滴雨点是什么？
共产党送给香油哎，
香油哎！

半山百花开，
百花开，
半山百花是什么？
是什么？
半山百花是麝香，
是麝香。

麝香什么用？
什么用？
麝香拿去换钱哎。

山下百花开，
百花开，
山下百花是什么？
是什么？
山下百花是贝母。

贝母什么用？
什么用？
贝母拿去换新衣，
换新衣。

贸易公司盖起做什么？
做什么？
盖起贸易公司买衣裳，
买衣裳。

买了花衣哎，做什么？
做什么？
花衣服哎，女的穿，
女的穿。

买了华达呢哎，做什么？
做什么？
华达呢哎，男的穿，
男的穿。

青年人哎，去哪里？
去哪里？
青年人哎，背背子，
背背子。

背背子哎，有什么好？
有什么好？
背背子哎，对我们好，
对我们好。

老年人哎，做什么？
做什么？
老年人哎，到地里，
到地里。

劳动生产哎，有什么好？
有什么好？
劳动生产对我们好，
对我们好。

我们的哥哥哟，哪一个？
哪一个？
我们的哥哥参加工作队，
参加工作队。

我们的姐姐哟，哪一个？
哪一个？
我们的姐姐当医生，
当医生。

我们的父母亲哟，哪一个？
哪一个？
父亲哎，毛主席，
父母哎，共产党，
毛主席，共产党。

从前，我们的人总是不想活

演唱者：瓦紫阿妮
翻译者：张联华
记录者：张文臣
搜集地点：云南省怒江傈僳族自治州贡山独龙族怒族自治县

从前，
我们的人总是不想活，
今天，
我们活的年岁总是嫌少，
对于死，
我们憎恶。
我们病了，
毛主席派来的医生，
强过“那不刹”，
我们只剩一口气，
还是一切从死神手里被救活。

越活越年轻

演唱者：瓦紫阿妮
翻译者：张联华
记录者：张文臣
搜集地点：云南省怒江傈僳族自治州贡山独龙族怒族自治县

过去父母苦，
变成一具具骷髅骨。
留下来的，
没有一根柴火。
幸福的太阳出来了，
我们总算熬出头，
我们虽然年老，
却变得分外年轻。

父亲毛主席叫我去参观

演唱者：地达拉布朗
翻译者：张联华
记录者：张文臣
搜集地点：云南省怒江傈僳族自治州贡山独龙族怒族自治县

过去，
独龙族像一所黑地狱，
父母辈只知道有独龙河。
解放了，
我来到大理、武汉。
巍峨的长江大桥，
难道在梦中？
跨过长江大桥，
我幸福地由火车伴送，
奔向祖国的心脏，
毛主席所在的地方，
牵引我们心向的京城。
毛主席叫我们参观，
东北的鞍山，
西北的太原，
工厂的汽笛，
奔驰在田野间的拖拉机……
祖祖代代幻想不到啊！
光荣、自豪的心情，
语言无从传述，
真正的父亲呀，毛主席，
我们向你祝福。

树根、石头连根拔

演唱者：孔老荣
翻译者：张联华
记录者：张文臣
搜集地点：云南省怒江傈僳族自治州贡山独龙族怒族自治县

独龙河被树根、石头压着，
解放，
树根、石头连根拔掉，
有共产党教育，
独龙人民喜气洋洋，
独龙地方过去像一条乱毯子，
乱毯子剥去，
一片崭新。
党的政策像旭日，
照耀着独龙河，
独龙族人民心情如蜜。
过去一片森林，一片荒凉，
已变成梯田，
已变成肥沃的土地，
过去劳动用树杈，
现在工具是党和毛主席送来的锄犁。

老人唱的歌

演唱者：阿比
翻译者：苏三娜
记录者：李承明
搜集地点：云南省怒江傈僳族自治州贡山独龙族怒族自治县

这样好的社会，
这样好的环境，
这样好的生活，
但恨自己年纪大了，
心中很是难过。

如果毛主席早点来，
如果共产党早些来，
我们什么道理都懂了。

以前的统治阶级，
我们永远憎恨，
以前所受的剥削，
我们永远不忘。

解放了，
共产党毛主席来了，
独龙江边照着太阳了，
独龙人民身上温暖了。
独龙河岸什么都变了，
独龙河岸什么都好了。
远处的姑娘，
嫁到我们这里来吧！
远方的人儿，
到我们这里来安家吧！

从前从江西[①]走到江东，
只见一些森林，
现在从江西走到江东，
满坡都是稻田。
我们老人年纪大了，
我们老人生活不长了，
你们年轻的，
要好听党的话，
把我们边疆建设好。

毛主席的政策，
是永远不会变的，
好像一座山峰，
祖祖辈辈都不会变。

新社会是这样的好，
可是我是这么样老，
夜中想着这些，
睡也睡不着。

以前我们歌不会唱，
现在听见小青年唱歌，
感到很新鲜，
感到很高兴，
越听越想听。

国民党统治时，
天气也不好，
我们吃的是山茅野菜。
解放了，

① 江西：即独龙江西岸。

天气也好了，
我们不吃山茅野菜了，
我们吃上大米了。

以前，
我们的国家是什么样，
我们也不知道，
解放后，
我们到了昆明、北京，
看见了大平原，
我们的国家，
真正好啊！

以前，
汉族、白族、傣族、纳西族，
都没有见过，
现在各个民族都是平等了，
我们与他们在一起，
感到很温暖，
这样的事情，
死也忘不了。

颂歌

演唱者：努拉
翻译者：和全
记录者：李子贤
搜集地点：云南省怒江傈僳族自治州贡山独龙族怒族自治县

问：我们的父亲是哪一个？
答：我们的父亲是共产党。
问：我们的救命恩人是哪一个？
答：我们的救命恩人是毛主席。
问：我们老大哥是哪一个？
答：汉族就是我们的老大哥。

问：天上飘飘落下来的是雪花吗？
答：那天上落下来的不是雪花，是共产党送给独龙族的棉花。
问：满山白白是下了大霜吗？
答：满山白白不是下大霜，是共产党给独龙族送来的盐巴。
问：山那边叮当滚过来的是石头吗？
答：山那边滚过来的不是石头，是共产党给独龙族送来的锄头。

问：天上唰唰响，下的是冰雹吗？
答：天上下的不是冰雹，是共产党给独龙长送来南方的大麦种。
问：头上飘动的是彩云吗？
答：头上飘动的不是彩云，那是党救济独龙长的棉毯。

问：独龙地方有什么？
答：独龙地方遍地是宝藏。
问：宝藏又是些什么？
答：半山坡上长贝母，大山身披绿衣裳[①]。
问：帮姆力山上有什么？
答：帮姆力山上产贝母。
问：贝母拿去做什么？
答：贝母拿去做药，拿到贸易公司去换钱。
问：换了钱来做什么？
答：换了钱来买布，
问：买了布来做什么？
答：独龙长男女老少穿新衣。

问：独龙族的人到内地去做什么？
答：有的到昆明，有的上北京。
问：到昆明、北京去做什么？
答：到昆明、北京去参观。
问：去参观时见了些什么？
答：见到祖国大得无法说，
见到无数工厂和机田，
见到拖拉机在地里跑，
见到了恩人毛主席。
合：以前没有听说过的听到了，
以前没有见过的见过了，
以前没用过的用过了，
独龙长当家做主了，
独龙长要努力建设自己的家乡。

记录者附记：努拉是四区一乡的女乡长，这种一问一答的“满都”，即调子，流传于一村（也称一乡）各地，它不押韵，不受字数的限制，因为是唱的，所以有谱，可即兴创作，只要合谱就行。

① 即火山上长满了绿色的原始森林。

歌唱合作社①

演唱者：努拉
翻译者：和全
记录者：李子贤
搜集地点：云南省怒江傈僳族自治州贡山独龙族怒族自治县

问：江对面那绿油一片是什么？
答：是合作社里的禾苗。
问：对面山坡上金黄一片是什么？
答：是合作社快收割的大麦。
问：江那边一大片青青的是什么？
答：是合作社的秧苗一片青。
问：江那边成堆的沙子做什么？
答：那是合作社的谷子堆成堆。
问：江那面是高高一片竹林地？
答：那是合作社的苞谷地。
问：江那面叫的是野牛？
答：那是合作社的耕牛在吃草。
问：江那边畜厩里关的是老熊？
答：那是合作社养的肥猪。
合：互助合作方向好，
丰衣足食过好生活。

① 1957年这里开始办互助组，1960年成立了合作社，现在独龙河四个行政村（乡）中，都有1—3个合作社。

对比歌

文本一

演唱者：丙当妮
翻译者：张联华
记录者：李承明
搜集地点：云南省怒江傈僳族自治州贡山独龙族怒族自治县

在国民党统治的时候，
我们一天比一天穷。
就像火柴头一样，
越来越短了。

为男人织的布，
被国民党要去了，
上山打的猎，
被国民党抢去了，
上山挖的药，
也被逼抢。

那时候北方的察瓦龙，
一年来三次，
国民党一年来两次，
派钱要粮，
使我们吃穿不上。
东边有皇帝，
北方也有皇帝，
四面八方来剥削，
使我们不得吃来不得穿。

以前衣服被逼抢，
自己身上无衣穿，
皮肤晒黑了，
还是得劳动。

解放后，
在党和毛主席的领导下，
办了互助组、合作社。
生活改善了。

以前国民党来剥削，
我们穷得家里翻不出石头，
山上挖不出树根，
解放后，
石头翻出来了，
树根也挖出来了。
解放后，
我们衣服有穿的了，
我们吃的也有了，
办了互助组、合作社，
生产发展了。
这是由于党的领导，
我们要永远听党的话，
我们要永远跟着党走。
以前没有见过稻子，
以前水田我们不会开，
现在毛主席领导，
开了水田，种了谷子，
我们有米吃了。

以前鸡蛋不得吃，
现在发展了副业，
我们有鸡蛋吃了。

文本二

演唱者：肯花丁
翻译者：苏三娜
记录者：李承明
搜集地点：云南省怒江傈僳族自治州贡山独龙族怒族自治县

我们独龙地方，
在国民党统治时，
我们身上无衣穿，
出也出不了门。

解放以前，
我们独龙人民相当苦，
没有水田，
过溜索掉下江。

一年四季砍火山，
年年月月不够吃，

种地不会用牛犁，
山茅野菜来充饥，
这样的苦日子，
永远都不能忘。

女人家，织了布，
察瓦龙，逼了去，
男人没有裤子穿，
女人没有裙子系。

国民党统治时，
花衣裳没见过，
盐巴、茶叶没见过。
以前的苦日子，
在当时不能唱，
解放了，
讲故事，唱山歌，
都自由了。
共产党，毛主席，
英明伟大，
派干部到边疆，
帮助我们开水田。

解放了，
青年、老年变了样，
青年人像花一样，
新锅新口缸，
吃烟用火柴。
织布地方也漂亮了，
人也是新的了。

现在劳动为自己，
自己劳动自己吃，
我们的父母亲没有想到的，
毛主席为我们想到了，
毛主席和共产党，
比自己的母亲还亲。

工作队和独龙人是一家

演唱者：孔维英
翻译者：张联华
记录者：李子贤
搜集地点：云南省怒江傈僳族自治州贡山独龙族怒族自治县

朋友们，以前内地的人没有过，
现在有共产党的好领导，
你们从很远的地方来，
我们有缘有分相聚在一起，
我们亲如一家人。

过去我们吃的是草根树皮，
过去我们穿的是兽皮树叶，
过去独龙族的生活，
就是那严寒的冬天。
毛主席像春天的太阳，
烤暖了独龙族的心房。
毛主席派来了工作干部，
帮助独龙族建设家园。
现在有了共产党的好领导，
独龙河完全变了样，
金黄的稻谷两岸是，
苞谷荞子满山坡。
过去穿的是破麻衣，
下雨淋湿了换不下身。
现在男子穿上干部服，
妇女穿上了花衣裳。
过去一年生产不够半年粮，
劳动用的是洽卡[①]，
现在用的是条锄，
合作社的耕牛肥又壮，
生产收成年年好，
仓仓粮食满满装。

工作干部执行党的好政策，
教独龙族办起互助组，
又组织了生产合作社，
我们在合作社里劳动，
心中很喜欢，

① 独龙族到解放为止，尚未越过铁器、石器时代，洽卡是解放前生产的主要工具，是土质的小手锄。

社员亲如一家人，
搞什么劳动也不落在别人后，
一心只想多生产，
齐心协力办好社。
工作干部来了，
办起了学校、卫生所。
送来了盐茶布匹，
处处为独龙族着想。
把党的道理教给我们，
听了工作干部的话，
思想觉悟提高了。

过去内地的汉族没见过，
帮独龙族做事的汉族没见过，
现在各民族是一家人，
派来的工作干部有如亲哥，
部队也住在独龙河，
他们是各族人民的子弟兵，
又帮助独龙族发展生产，
又保卫独龙族的幸福生活。

我们的救星

翻译者：和璞
记录者：李承明
搜集地点：云南省怒江傈僳族自治州贡山独龙族怒族自治县

我们的救星是哪个？
我们的救星是共产党。
我们的恩人是哪个？
我们的恩人是毛主席。
我们的哥哥是哪个？
我们的哥哥是汉族哥哥。
我们的姐姐是哪个？
我们的姐姐是汉族姑娘。
独龙人哪里去了？
独龙人参观去了。
参观有什么用处？
到内地去取经。
青年人做什么去了？
青年人拿锄头去了。
拿锄头做什么？
拿锄头去挖田。
孩子们哪里去了？

孩子们读书去了。
读书有什么用处？
为了建设社会主义。

妇女调

演唱者：丙当妮
翻译者：张联华
记录者：李子贤
搜集地点：云南省怒江傈僳族自治州贡山独龙族怒族自治县

从前妇女受压迫，
管你愿意不愿意，
从小就许配给人家。
收来的礼品呵，
就是姑娘的身价，
礼品父母吃完了，
姑娘长大却不愿去丈夫家。

从前妇女受压迫，
像货物一样被送出去，
被送到察瓦龙当奴隶的，
天天挨打受骂，
苦日子逼得妇女走投无路，
只得去投江自杀。

姑娘要嫁出去了，
姑娘不愿意去，
像货物一样卖出去，
姑娘没有说话的权利。
绑着送出门，
强迫嫁出去。
要把姑娘送给察瓦龙做奴隶，
姑娘死活不愿去，
察瓦龙土司传来命令：
“要用物品抵姑娘的身价！”
什么东西都送完了，
姑娘还是被牧主当牛当马。

过去妇女受压迫，
只有当牛马使唤的权利，
男子喝了酒，
话多得说不完，
妇女喝完了酒，
却半句话也不准说。

共产党来了，察瓦龙跑了，
独龙族翻身解放了，
男女平等了，
妇女有说话的权利了。
衣服自己织，
织了衣服自己穿，
再也不会被察瓦龙抢去了。
贸易公司送来了新花布，
妇女们穿上了新衣裳。
“学习”过去听都没听说过，
现在妇女都进学校学习了，
像男子一样懂道理，
像男子一样有本事。
妇女翻身自主了，
妇女什么都能说了，
妇女什么都会做了，
妇女热爱自己的领导，
妇女热爱自己的祖国。

昔与今

演唱者：孔志明
翻译者：苏三娜
记录者：李承明
搜集地点：云南省怒江傈僳族自治州贡山独龙族怒族自治县

在过去，
我们的眼睛，
就像瞎了一样，
什么也不懂，
字不会写，
水田不会开。

女人家织布，
织到一夜通宵，
但被察瓦龙抢去了，
自己还是没有穿的。
如果自己没有布，
还得借了交给察瓦龙，
青年男女感情好，
也不能成为一家人。

解放了，
独龙人找到了温暖的太阳，
冰冷的身上暖和了。
以前没有见过的，

现在见过了；
以前没有吃过的，
现在吃过了；
以前没有穿过的，
现在穿过了。

共产党救了独龙族

演唱者：孟斗
翻译者：孟国才
记录者：李子贤
搜集地点：云南省怒江傈僳族自治州贡山独龙族怒族自治县

国民党时候太不好，
什么本事也不教给我们，
我们生活实在苦，
一天到晚唱苦歌，
解放了，独龙族人民翻了身，
党教会我们种水田，种熟地，
我们才吃上了粮食，
我们才穿上了衣裳。
仓库粮食堆得满，
一年到头吃不完，
妇女穿上花裙子，
棉被已暖冬天夜，
供应的东西像河水流不完。

共产党救了独龙族，
压在独龙族身上的石头推倒了。
独龙族要赶上汉族了，
这样的好日子过去没听过。
太阳、月亮也变亮了，
独龙河的气候变好了。
太阳的光辉赶不上毛主席，
它的好处比不上共产党。

老人、小孩都知道毛主席的情，
男人、女人齐声歌唱共产党。
我们个个都要记住：
独龙族是共产党救出来的。

这样的好日子，
过去做梦都梦不到，

我活到了一百多岁[①]，
才赶上过这样的好生活。

我们青年人太幸福了

演唱者：孟格
翻译者：孟国才
记录者：李子贤
搜集地点：云南省怒江傈僳族自治州贡山独龙族怒族自治县

父母亲们是很苦的，
他们过去没有吃的，没有穿的，
我们是在那个时代生出来的，
地也没有，只有火山地，
饭也没有，只有野菜汤，
衣也没有，光着身子长大的。
共产党来了，我们翻了身，
阿爹阿姆的苦日子也断根了，
我们一懂事就组织了变工队[②]，
我们长大了成立了互助组，
去年又办起了合作社，
生活一天比一天好过了，
父母的苦日子我们只是听到了，
我们青年人太幸福了！

① 独龙族不知计数，但据当地干部讲，孟斗已经一百多岁了，这很可能，因他的曾孙都十多岁了。

② 独龙河1953年在党的领导下开垦水田，1954年至1956年组织了变工队，从1957年起开始成立互助组，1962年在四乡建立了第一个孟丁合作社。

时代颂歌

演唱者：孟斗
翻译者：李德明
记录者：李子贤
搜集地点：云南省怒江傈僳族自治州贡山独龙族怒族自治县

过去的国民党时候，
统治者太狠毒了，
独龙族祖祖辈辈都受苦，
我们受尽了压迫和剥削，
吃的没有，穿的也没有。

国民党统治者，
不顾独龙族的死活，
我们一件衣服也穿不上，
一碗饭也吃不上，
还是不停地剥削。

过去独龙族没吃没穿，
自己种了不得吃，
自己织了不得穿，
全被别人抢光了，
一年比一年更艰辛。

过去国民党统治时，
独龙河两岸一片森林，
只砍了一点点火山地，
下雨天火山地烧不燃，
吃一个月的粮食也困难。

过去的年代里，
吃的没有上山找野菜，
找得到时吃一点，
找不到时饿肚子，
饿到头来只有死。

一年到头饿肚子，
熬过今天度不了明天，
有的人冷死了，
有的人饿死了，
苦日子不知何年才到头？

共产党毛主席来了，
来救痛苦的独龙族来了。

派来了工作干部，
教独龙族开出了水田，
独龙族第一次吃上了大米饭。

现在共产党毛主席领导得好，
过去不会做的会做，
多少年来的梦想实现了：
我们从没穿过的衣服穿上了，
我们从没吃过的大米吃上了。

共产党胜过自己的亲爹娘，
独龙族的生活有保障，
没有吃的发救济粮，
没有穿的送来新衣裳，
孤儿寡妇也过得欢畅。

现在解放了，不论什么人，
吃的也有了，穿的也有了，
过去穷苦人吃不上，穿不上，
现在穷苦人翻了身，
生活上什么困难也没有了。

解放以后，
政府派来了贸易公司，
需要什么东西都可以买，
过去没听说过的东西，
今天也得用得吃了。
过去我们吃不上盐巴、茶叶，
现在盐巴、茶叶也不困难，
需要多少就买多少，
需要的东西用不完，
就多得像独龙江水一样。

现在我已一百多岁了，
我已经四代同堂八九年，
我经历了五六代人，
这样的好世道从来没见过。
如果不是共产党来领导，
我无吃无穿，
早已不能活在世上了，
共产党毛主席来了，
我有粮食吃，
我有衣服穿，
我有被子盖，
我有盐巴、茶叶吃，
我有病时，医生送来药，
冬天到时，党送来了棉衣，
什么困难也没有了，
什么忧愁也没有了，
我的好日子才开始，
我要多过上几十年。
我睡觉时记着共产党的情，
我起床时不忘毛主席的恩，
我活着时记着共产党的情，

我死了时不忘毛主席的恩。

世道对比歌[①]

演唱者：努拉
翻译者：和全
记录者：李子贤
搜集地点：云南省怒江傈僳族自治州贡山独龙族怒族自治县

以前的世道太坏了，
独龙人的生活苦极了，
吃饭没有碗，
用的四姆卡[②]；
睡觉没有房，
住的是石洞[③]。
看看饭，
吃的是草根树叶；
看看衣，
用一条齐勒来遮羞。
过着牛马不如的日子，
国民党还骂我们是“野人”！

现在毛主席的领导好，
共产党的政策放光明，
独龙长从此翻身了，
独龙长过人的生活了。
独龙长心上暖洋洋，
独龙长的日子过得欢。
看看碗中饭，
吃的是大白米；
看看身上衣，
穿的是华达呢。
独龙长派代表去北京，
讨论建设独龙河的大事情，
独龙河还要大变样，
要把独龙河建设成天堂。
独龙长永远跟党走，

① 独龙人过去过着“山茅野菜全家饭，春夏秋冬裤一条，夜来火塘边上烤，一年辛苦两月粮”的生活，现在已基本上改变了这种状况。

② 四姆卡：木筒。

③ 过去为逃避外族的抢劫，住到石洞中。

人人都想见毛主席，
人人都争取做模范。

独龙族的人的过去和现在

演唱者：孟布南
翻译者：孟国才
记录者：李子贤
搜集地点：云南省怒江傈僳族自治州贡山独龙族怒族自治县

祖父的时代，
独龙族说唱着苦歌，
世世代代唱苦歌。

祖父的时代，
独龙族就是痛苦的民族，
男的也痛苦，
女的也痛苦，
祖父的日子也苦，
祖母的日子也苦。

以前的生活，
吃的也没有，
穿的也没有，
独龙族就是这样过来的。

我们这辈人，
也是同样的困难，
衣服没有一件，
冬天冻得发僵，
夜晚在火塘上烤火，
皮子都烤得可以蜕下来。
越冷往火上靠得越紧，
还是黑沉沉的不见天亮，
盼望那冬天的太阳，
眼巴巴地看着东方！

男人一件破衣服，
女人一条破裙子，
一年到头度不过去了，
年底眼看度不过去了。

妇女一年到头，
只能织出一床麻毯，
有的人穷得一床麻毯也没有，
男人、小孩没穿的，

只能光着身子来度日。

孩子穿的也没有，
睡觉时烂毡子也没一条。
父母身上的破衣服，
拿下来盖在孩子们身上，
父母亲冷得一夜合不上眼。

过去的日子困难，
一年劳动不够一月粮，
找一天野菜不够一顿吃。
天天到山上找野粮，
今天找了明天找，
明天找了后天找，
饿着肚子在山上转，
有的出去了就回不来。
以前的苦日子啊，
劳动后够吃的人没有，
会生产的人，生活过得好，
不会生产的人，生活没办法，
年年月月都困难。
苦日子说也说不完，
一年到头的日子难度完，
子女多了为难父母，
一年到头吃不好，
瘦得浑身只剩几根骨头，
简直不像人样。

母亲也累得一身骨头，
一身骨头也得上山找野菜，
她不忍心看孩子饿死。

一个人劳动，
一个人找野菜，
还养不活自己，
一年饿到头，
孩子多的人家，
更是野火上头起大风，
饭天天要吃，
粮食哪里去找？

以前的生活苦，
吃的不够有原因，
好的办法没有教，
有办法的人不向别人讲，
一年的雨水不到头，
火山地湿烧不着，
路滑泥烂劳动不起，
穷苦的人年年过苦日子。

旧社会里谁来救独龙人？
开田开地没人教，
天天只会种火烧山。
几块火山地收不到几颗粮，
老熊猴子把粮吃光了，

下雨太多时颗粒无收，
一年到头全家饿肚皮。

以前国民党时候，
天天劳动不懂得开田，
挖熟地没有锄头，
统治者只会压迫剥削，
独龙族的日子天天痛苦。
国民党压迫的时候，
好的办法不教，
坏主意却出得不少，
年年都要进贡出税，
吃的没有也得缴，
穿的没有也得缴，
苦上加苦，日子难熬，
国民党不顾别人死活，
柴已烧成灰灰还要吹火，
见人死了还要打三棒。

从前国民党时候，
雪封山时茶叶、盐巴吃不上，[①]
开山后吃上的人也很少，
一件鹿子皮才换一小块盐，
吃饭时用的是德嘎姆[②]，
煮饭时用的是达瓦阿茎[③]，
口缸饭碗见都没见过。

共产党来救独龙人了，
教给了独龙族好办法，
工作队带领我们，
干出了水田，
开出了熟地，
什么东西都栽出来了，
没有大米的独龙族，
第一次吃上了大米。
共产党毛主席的好领导，
独龙人第一次穿上了衣裳，
男人穿上哈达呢，
女人穿上花裙子。
没吃没穿的时代过去了，
共产党是我们的亲爹娘。

解放了以后，
新时代到来了，
什么东西都是现在才有的，
口缸第一次用来喝酒了，
铁壶第一次用来煮茶了，
盐巴、茶叶第一次用不完了，

① 独龙河每年十二月至次年六月，大雪封山，与内地中断来往。
② 德嘎姆：竹筒做的碗。
③ 达瓦阿茎：竹筒做的炊具。

粮食第一次吃不完了。

解放了以后，
独龙河有了贸易公司，
以前没有的东西用过了，
以前没有的东西吃过了，
党派来了医生，
卫生所建立起来了，
过去的时代，
病的人没法救，
一年死了的人不知有多少。
病了只得请来东巴来祭鬼，
杀牛杀猪又杀鸡，
牲畜全都杀光了。
祭一次鬼要穷几年，
祭了以后病不好。
现在生病的人也少了，
病了还有医生看，
医好病人不收一文钱。

过去的生活实在苦，
饿死的人不知有多少，
现在不愁吃，不愁穿，
男女老少多快乐。
有了困难党帮助，
送来锄头、镰刀等工具，
送来了棉衣和棉毡，
党教育我们走社会主义，
要好好听毛主席的话，
好好建设独龙江。
现在办起了合作社，
这是第一次办新事，
是党教育的好办法，
是党指给的光明路。
我们要好好努力，
我们要好好团结。
办好合作社增加生产，
这样好的路，
从来也没找到过，
共产党把它找到了，
独龙人也要走到共产主义。

毛主席救了独龙族，
独龙族翻身了，
独龙族生活好过了，
独龙族想念恩人毛主席，
独龙族要高呼：
祝毛主席万寿无疆！

图书在版编目（CIP）数据

云南大学1963年怒江民间文学调查资料集 / 云南大学文学院编 . — 北京：商务印书馆，2023
（云南大学少数民族民间文学调查资料丛刊）
ISBN 978-7-100-22042-2

Ⅰ. ①云… Ⅱ. ①云… Ⅲ. ①怒族—民间文学—文学研究—史料—怒江傈僳族自治州 ②傈僳族—民间文学—文学研究—史料—怒江傈僳族自治州 Ⅳ. ① I207.9

中国国家版本馆 CIP 数据核字（2023）第 033845 号

云南大学少数民族民间文学调查资料丛刊

云南大学1963年怒江民间文学调查资料集

云南大学文学院 编

商 务 印 书 馆 出 版
（北京王府井大街36号 邮政编码100710）
商 务 印 书 馆 发 行
北京顶佳世纪印刷有限公司印刷
ISBN 978-7-100-22042-2

2023年5月第1版　　开本 710×1000　1/16
2023年5月北京第1次印刷　　印张 21¾

定价：118.00 元